陕西出版资金精品项目

谨以此书献给新中国七十华诞

执着

——科学家礼赞

王万江 著

西北工業大學出版社
西 安

【内容简介】 本书选择了100余位为共和国作出杰出贡献的科学家，以长篇叙事抒情诗的形式，真实地再现了各个时代的科学家们脚踏实地的人生足迹，歌颂了他们献身科学的执着的爱国主义精神。这是一本弘扬爱国主义精神，励志性很强且具有一定科普性的大众读本。同时，也具有一定的文献价值，是各级各类学校、科研院所等单位图书馆收藏的一本好书。希望受到社会各界的欢迎，产生积极的社会影响。

图书在版编目（CIP）数据

执着：科学家礼赞 / 王万江著.—西安：西北工业大学出版社，2019.4

ISBN 978-7-5612-6469-0

Ⅰ.①执… Ⅱ.①王… Ⅲ.①叙事诗－中国－当代 Ⅳ.①I227.3

中国版本图书馆CIP数据核字（2019）第059436号

ZHIZHUO—KEXUEJIA LIZAN

执着——科学家礼赞

责任编辑：杨　睿　　**策划编辑**：雷　军

责任校对：万灵芝　　**装帧设计**：李　飞

出版发行：西北工业大学出版社

通信地址：西安市友谊西路127号　　邮编：710072

电　　话：(029) 88491757，88493844

网　　址：www.nwpup.com

印 刷 者：陕西向阳印务有限公司

开　　本：787 mm×1 092 mm　　1/16

印　　张：32.5

字　　数：616千字

版　　次：2019年4月第1版　　2019年4月第1次印刷

定　　价：88.00元

如有印装问题请与出版社联系调换

序言

——preface

诗与科学的融合

孔子云："不学诗，无以言。"又云："兴于诗，立于礼，成于乐。"他认为，诗又有"兴、观、群、怨"的美学功能。依孔子之见，诗歌是人之为人的必要理由和审美依据，也是生命存在的感性工具和人生意义的逻辑前提。显然，诗在孔子的心中有着神圣的美学地位。德国哲学家海德格尔借助于荷尔德林"人诗意地栖居于世界"的话语，表述了他对诗意人生的审美信念和意义追求。可见，中西方思想家均推崇诗在历史文化中的重要地位和强调诗对生命主体的价值与意义，诗不仅保证了人的审美生活和超越现实的精神追求，也打开了公共空间社会交往的明亮门窗。然而，现代性和后现代性的技术发展与消费社会的欲望膨胀，一定程度上损坏了主体的诗性结构，限制了芸芸众生的诗意冲动和审美情怀。因此，诗性精神的衰落和诗歌的式微是一个符合历史与逻辑的双重结果了。

但潜藏于人类历史文化中的诗性精神总是顽强地抗衡着现实压抑和后现代社会的强大欲望，主体的诗性冲动和诗歌创造的强力意志影响着少数的群体，而这些小众则可谓是收获美感的幸者，王万江先生即是这幸者之一。王万江先生长年从事语言文学的教学和写作，积累了丰厚的文学素养和历史知识，尤其对诗歌这一文学形式情有独钟，他娴熟地掌握着诗歌表达的技巧，善于运用多种修辞手法，并借助于象征与隐喻等艺术策略，达到对审美意象的建构。同时，王万江先生富有诗人的激情与灵感，虽然已过耳顺之年，依然性格纯朴，仍保留着令人难得的童心和丰富的想像力，徜徉于文学的田野，执着于诗歌写作。这部洋洋洒洒、呕心沥血的厚重诗集，既是他多年的学养积累和艺术经验的凝聚，也气韵生动、形象睿智地呈现出诗与科学的审美融合。

诗歌与科学是人类性质不同的思维方式和精神世界，客观上有着一定的逻辑边界。然而，诗歌和科学均是主体存在对现实世界的直觉和感知、体验与认识、想象与阐释，都是人类精神对现实存在的描绘、揭示和反映。王万江先生这部厚重的诗集，着力寻找一条诗与科学的审美融合之路。他以坚韧不拔的意志、充满仰慕的情感、深邃绵密的思理、浓墨重彩的笔触、空灵流动的技巧、娴熟圆润的修辞表现了当代中国卓荦超凡的科学家群像，书写了这批民族脊梁、国家栋梁的心路历程和生命轨迹，以叩问和对话的方式展示了这些人类精英的精神世界和情感结构。

西北工业大学出版社即将出版的《执着——科学家礼赞》是陕西出版资金精品项目，并作为献礼新中国七十华诞的作品，是一部值得赞赏和推崇的文化诗集，也是可贵和精湛的美学选择。我们阅读这本厚实凝重、充满诗意与美感的诗集，不得不被这些不同人生经历和艰辛奋斗的杰出科学家折服，他们每一个人的科学创造都是无上智慧的硕果，每一个人精神境界都如青青翠竹。

这部诗集呈现这样几个美学特色：第一，作者选择叙事诗的方式对当代中国的杰出科学家群像的进行艺术化和审美化的表现，是一个富有创造性的美学选择。作者选择了100余位中国科学院院士，对每一位都进行诗意化的讴歌立传，他们都是各个科学技术领域的佼佼者，有着不同的生活遭际和奋斗历程，有着不同的思维方式和行事风格，有着不同的专业领域和学术旨趣，但他们都有着相同的爱国精神和民族情怀，都蕴藏着无穷的创造激情，富有严谨深邃的逻辑思维，怀揣着充盈的灵感和想像力，执着于祖国的科技大业。作者以叙事诗的形式书写每一位科学家的人生与事业，无论在艺术形式和思想内容上都是值得赞赏和肯定的。同时，作者“为情造文”，以人物对象的精神世界为轴心，以饱满的情感抒发为辅佐，以起承转合、详略得当、重点突出、注重细节等叙事技巧，勾勒出科学家栩栩如生的感人形象，让他们一一如浮雕地呈现于读者的眼前。第二，作者将科学家的人生历程和心路历程的交叉互渗，描绘出他们真实而可信、感人而可爱的美感心灵。叙事诗一方面书写每位科学家的不同人生经历，展示他们既可信又可爱的生活画卷，另一方面注重探索他们深层的文化心理结构、世界观、价值观与人生观，注重揭示他们内在的理想主义追求和对完美主义的科学精神的坚定信念。这样的诗歌书写方式，既呈现科学家们的可信一面，也勾画科学家们的可爱一面，将可信和可爱达到唯美主义的诗意统一。第三，作者也客观地书写了一些科学家的悲剧人生，他们的不幸命运和特定的历史风云密切关联，他们的生命轨迹包含着深刻的悲剧意识，绽放出悲剧的崇高之美。倘若不是历史与命运的制约，这些中华民族的精英们本应该有更丰盛、更杰出的科学成就与奉献。然而，这只能留下历史的无情叹息和苍凉的感伤追忆了，也留下了诗的魅力。第四，作者的诗歌创作运用多种修辞手法交替和象征隐喻的笔法，将中国传统的诗歌艺术融入到写作过程。诸如赋、比、兴的技法的交替使用，借鉴古典诗歌景情交融的策略，汲取了西方现代诗歌创造的一些如意识流、象征主义等表现技巧，使诗歌表现多元化和诗歌意象丰富多彩。第五，第二人称的叙事方式和审美意象化的和谐交融。诗歌采取第二人称的叙事方式，拉近与读者的距离，有利于读者深入诗歌所表达的内心世界，了解和理解科学家们的人生与心史，体察他们的生命轨迹和精神境界。在以叙事为经、抒情为纬的艺术旨趣之下，全书努力建构诗歌的审美意象，以充满感性的审美符号，来营造诗歌的思想内容和表达形式，达到思想与美感的和谐统一。简言之，《执着——科学家礼赞》是一部富有艺术创意并充满诗意与美感的诗集，体现了“诗言志，歌永言，声依永，律和声”的美学原则，是值得一读的优秀诗作。

《执着——科学家礼赞》值得称道的社会价值在于：第一，它可以提升人家对科学精神的理解，激发青少年对科学的兴趣和热情，鼓励他们将来献身于科学，建立整个国家民族对科学技术的信念和价值导向。第二，阅读本书有助于抵御消费社会的浮躁心态和节制不合理欲望，建构对科学家和社会良知的关切，尤其是有助于青少年的健康人格和积极进取的风尚的形成，重构爱国主义和理想主义的人文精神。第三，它可以引导一种正确的审美观和价值观，抗衡“追星”、追求时尚与虚荣、沉湎消费与享乐等负面潮流，对青少年而言，这无疑是一部既有认识价值、道德价值，又有教育价值和审美价值的文学佳作。

王万江先生与我结缘于金陵随园，他在20世纪90年代初求学于南京师范大学中文系，我们既是师生，更是友人。地域上我们都是江淮人士，有诸多性格和气质的相似性。王万江先生周身洋溢着诗人气质，为人和善谦恭，有儒家的传统禀赋，是一位重情义和充满怀旧精神的江淮人士。吾辈过了耳顺之年，两鬓染霜，感受到了什么是世态炎凉、什么是义利之辨，体悟了何为君子、何为小人的人生哲学，匆匆人生，既结识君子，也遭遇小人；既交往情义之士，也遭遇势利庸人。吾与王万江先生相识已逾四分之一世纪，乃君子之交和情义之友，性情上我们皆是诗人和文士。王万江先生这部诗集既是颂扬杰出科学家的佳作，亦是颂扬君子和情义的佳作。

权为序。

颜翔林[1]

2019年5月22日午后初夏于太湖兰庭“山木居”

① 颜翔林，美学家和文艺理论家、中国文艺理论学会副秘书长、浙江省美学学会副会长，博士生导师，文学博士、哲学博士后。

自序

——preface

说到明星，当下年轻人，尤其是一些追星族，总能滔滔不绝地道出好多歌星影星大腕，哪怕是普通市民，也能说出几个。社会上总有好些人把目光聚焦在明星身上，明星的私生活、绯闻轶事总让他们津津乐道。追星似乎是一种时尚，一种荣耀，一种生活状态。这些年此风迅猛，席卷南北，仿佛这个世界是由明星主宰的。当然，我并不是反对唱歌，排斥艺术，更不是对歌唱家有何置疑或轻蔑。生活需要歌声，但这仅仅是一个轻轻的协奏而已。其实，我自己也是一个歌迷，热度也很高，可是要我说出多少歌星来，我还真是汗颜。在经济高速发展的今天，我们不能忘记那些默默无闻的科学家、科技工作者。他们是国家坚实的栋梁，是国家宝贵的财富。是他们用智慧和心血，在悄悄地改变社会，创造新生活，推动历史的车轮前进。尤其是新中国成立后，一代代的科学家，为了共和国的成长，呕心沥血，披肝沥胆，鞠躬尽瘁，死而后已。他们的价值无法估量，没有他们，就没有繁荣富强的新中国。没有他们，也许中国的科学技术就不会取得如此成就。然而，他们艰辛的劳动，苦涩的汗水，那赤子般的情怀以及所作出的卓越贡献，却鲜为人知，甚至被遗忘在大山、戈壁，遗忘在那海角天涯。他们寂寞吗？孤独吗？有任何索求吗？没有，没有。他们有的只是奉献，只是立于厚土、支撑高天的脊梁。因此，每一个有良知的中国人，都应该了解他们，敬仰他们，学习他们。特别是在实现中华民族的伟大复兴之梦的今天，我们更应该唱响科学家的时代赞歌，讲好科学家的故事，弘扬科学家的崇高精神。

虽然我只是一位普普通通的语言教师，然而，我对科学和科学家情有独钟，达到了一种痴迷的程度，可以说是一位名副其实的科学家“追星族”。数年来，我一直在关注我国日新月异的科学发展，诸如翻阅报刊杂志，浏览科学网站，收看电视科技频道，关注科学赛事，等等。通过各种媒体来了解科技信息，已经是我生活中不可缺少的重要组成部分。

2011年我有幸参加“我心中的中科院”征文活动颁奖仪式，走进了我国最高科学殿堂——中国科学院，走进了院士学部大厦，零距离地接触了一些科学家，聆听了他们感人肺腑的事迹报告，参观了为共和国作出巨大贡献的科学家们的事迹展览。他们平凡而伟大的人生、豪迈而壮阔的情怀、顽强的意志和崇高的精神都深深地震撼着我，使我的心久久不能平静。从北京回来后，我决心要为新中国的科学家们写点东西，把他们的足迹、他们的奉献精神写下来，献给人们，献给年轻的学子。

我查阅了大量有关文献资料，先后共搜集各个时代100余位科学家的宝贵资料，做了60余万字的笔记。其间虽劳累艰辛但也快乐着，心中始终流淌着一泓甘泉，时刻被科学家们的精神感动着。

新中国成立之初，以钱学森为代表的一大批老一代科学家，他们放弃了国外优越的生活和工作条件，冲破了重重樊笼，毅然选择了回国，为新中国的建设贡献自己毕生的智慧和力量。1950年，朱光亚先生给留美学生的一封公开信，言真意切，感人肺腑。他在信中满怀深情地说：“同学们，听吧！祖国在向我们召唤，四万万五千万的父老兄弟在向我们召唤，五千年的光辉在向我们召唤，我们的人民政府在向我们召唤！回去吧！让我们回去把我们的血汗洒在祖国的土地上灌溉出灿烂的花朵。我们中国要出头的，我们的民族再也不是一个被人侮辱的民族了！我们已经站起来了，回去吧赶快回去吧！祖国在迫切地等待我们！”这是多么激动人心的召唤，这是多么催人奋进的号角。红旗在招展，号角已吹响，这封信感召了多少海外赤子，回归祖国，贡献青春和才华。以于敏为代表的本土科学家，他们虽然没有出国留学的经历，但是，他们的青春，他们的人生，在这片古老的土地上，同样绽放出夺目的光彩。在这些老一代的科学家中，有“两弹一星”的元勋们，他们为了铸造共和国的钢铁脊梁，为了争取新中国在国际舞台上的话语权，走出温馨的小家，丢下亲密的爱人，丢下年幼的孩子，走进了大山，走进了戈壁，走进了茫茫大漠和荒原，在那里一干就是数十年。他们最美好的青春在那里绽放，把热血乃至生命都献给了祖国的国防事业。在那里，他们与冰雪为伍，与寒风对话。在那里，他们废寝忘食，出生入死。郭永怀的事迹就让人感动不已，我饱含热泪，写下了这样的诗句：

你走得太早了，太突然了

祖国需要你啊，戈壁滩的基地在等着你

可是，黎明前的一声爆响

你走了

永远地走了

你为祖国的国防事业赤胆忠心，鞠躬尽瘁

直至生命的最后一刻

当人们用力地分开你与警卫员的肢体时

惊讶地发现

在你们烧焦的躯体胸前

还紧紧抱着文件包——这是绝密的核试验数据

多么伟大的一颗心啊

你用热血与生命铸造了人生的光辉

他的事迹的确惊天地，泣鬼神。在国防建设的“三线”，科学家们可歌可泣的动人事迹举不胜举。他们为了事业，为了祖国的命运，离开了都市，离开了家庭。他们中有的是夫妻双双背上行囊，踏上征途，有的甚至是同在一个基地，但互不知晓，更不要说见面了。

此外，本书还从各个角度考虑，基本涵盖了各个学科门类，真实地记录了科学家们的人生足迹，讴歌了他们的崇高精神。如著名的物理学家，我国科学的奠基者和引路人严济慈先生，他在整整一个世纪里，见证了中国教育与科学的历史，奠定了我国科学大厦的根基。有被称为“中国科技领军人”的周光召；有世界著名的地质学家李四光；有著名的数学家苏步青；有著名的土木工程学家、桥梁专家茅以升；有著名的物理学家“中国的居里夫人”何泽慧；有著名的化学家张大煜；有我国实验生物学家的创始人贝时璋；有我国天体化学的开创者，中国探月工程首席科学家欧阳自远；有著名的医学科学家吴阶平；有著名的建筑大师，毕生致力于中国古代建筑研究和建筑教育事业的梁思成；有实现人世间最美的梦“水稻像红高粱那样高大，谷穗像一串串葡萄那样丰硕”的袁隆平；有把青春，把一生都嫁给了祖国的妇儿医学事业，中国妇儿医学的奠基者，伟大的东方圣母林巧稚；有中国当代伟大的“毕昇”王选；有共和国的钢铁巨子李薰；有为中国潜艇和中国航母作出重要贡献的海军工程大学教授，年轻的海军少将马伟明；有夫妻院士陈竺和陈赛娟；有兄弟院士吴征铠、吴征镒；有开启“知识创新工程”大幕的原中科院院长路甬祥；有现任中国科学院院长白春礼……

书中还写入了为祖国的科学事业作出特殊贡献的两位人物，一位是中国科学院的原党组书记张劲夫同志，一位是郭永怀院士的夫人李佩老师。张劲夫老师于1956—1967年任中科院党组书记，副院长，主持全院日常工作，是公认的科学院党组的好“班长”，创造了建国初科学院的十年辉煌，使科学院在全国科技事业中发挥了“火车头”的作用。李佩老师在中科院长期从事英语教学工作，被誉为“中国应用语言学之母”。当年在美国留学时她说 “中国是我的祖国，我要走的时候就要走”。回国后，她挑起家中的生活重担，支持丈夫郭永怀院士研究“两弹一星”，在那段艰难的岁月，她在生活的湍流中搏击，以豁达与坚毅去面对。当科学的春天到来时，她以敏锐的目光开启了当代中国的“留学潮”，当时她的签字就是跨出国门的名片。她的一生平凡而又伟大，她把青春、家庭乃至生命都献给了祖国的事业，是一位古典与现代完美结合的东方女性。

这本诗集，以长篇叙事抒情诗的形式，从科学家青少年时期开始写起，材料翔实，真实地再现了他们一生奋斗的足迹，具有很强的纪实性。全书始终贯穿着一种强烈的爱国主义精神，是一本励志性很强，并具有一定的科普性的读本。他们中有的是出身于书香门第；有的是出身于清寒的工人、农民家庭；有的是见证新中国诞生的老一辈科学家；还有的是改革开放后成长起来的科学界的新秀。无论他们出身于什么门第，不管他们出生在哪一个年代，他们都有一颗共同的永恒不变的爱国、报国之心。他们把青春、热血，甚至生命都献给了祖国的科学事业。每一个故事都是一首赞歌，每一个人物都是一面旗帜。他们的精神是我们这个伟大时代宝贵的精神财富，他们不愧为当代青少年学习的楷模。我相信广大读者，特别是青少年读者，一定会从他们的身上汲取精神力量。同时，这本诗集都是客观地遵循事实而写，因此具有一定的文献价值，更是一本爱国主义教育的好教材，一定会受到社会各界的广泛关注，深受广大读者的喜爱。

习近平总书记说，“科技兴则民族兴，科技强则国家强”。相信本书在传播科普知识、弘扬科学精神方面，一定会产生积极的社会影响。

这本诗集共为100余位科学家作诗礼赞，然而由于篇幅所限，还有很多著名的科学家没有收录，有待以后弥补缺憾。

本书附录收录了朱光亚院士1950年给留美同学的一封“公开信”，丰富了全书的内涵，对于感召海外学子学成归来，报效祖国，更具有深远的现实意义。诗集的排序，均按照科学家们出生年月的先后顺序编排。

在本书写作过程中，查阅了大量的报道和文献，在此对相关作者、编者表示真诚的感谢。特别感谢中国文艺理论学会副秘书长、浙江省美学学会副会长颜翔林先生拨冗为本书作序。此外，由于笔者水平有限，特别是受科学知识的局限，书中缺点和错误之处在所难免，敬请读者批评指正。

王万江

2018年5月

目录

——contents

附录

用双脚踏遍山川　让大地放射光芒

——献给李四光院士

当新中国从废墟上拔地而起
当西方“中国贫油论”甚嚣尘上
是你力排众议向世界宣告“中国有油”
是你指点江山
让中华民族看到了能源的光芒
你深深地爱着这古老而新生的大地
对祖国的挚爱
犹如地下涌动的炽热的岩浆
也许你生来与大地有缘
对科学的追求源于你生命的起点
大别山区鬼斧神工的地貌
唤起你无数的遐想
村头那块形如小山的巨石
在你幼小的心中画下了一连串的问号
去书山里探寻答案
让科学来解开困扰你的谜团
私塾昏黄的油灯下
你遨游于文明古国的长河中
经、史、子、集那浩瀚的典籍中
你采撷那一颗颗璀璨的明珠
充满神话的《山海经》
让你了解了古代的风物
那间灰色的老屋毕竟让你感到沉闷
当新学的清风从海面上吹来

你抑制不住内心的激动
走进新的学堂
开始构筑你科学人生的梦想

你漂洋过海登临东瀛学习造船
要让中国这艘巨轮乘风破浪
但你明白祖国每前进一步
都离不开我们脚下的这块土地
向地球掘宝是必然的选择
于是你又一次登上越洋的邮轮
到英格兰去寻找新的学科方向
在伯明翰大学六年的学习生涯中
你的青葱岁月释放出耀眼的光华
每当黎明的钟声响起
你朗朗的书声便划破校园的寂静
你没有留恋于湖边垂杨的倒影
没有徜徉于繁华热闹的街衢
你在浩瀚的书海中游弋
到阿尔卑斯山脉去考察
你要让你的目光穿透地壳
去察看地球的每一根血脉和骨骼
你穿越时空跨越板块
《中国之地质》终于初放光芒
“回国效力”这是游子对母亲的忠孝
当你从西洋踏上这片沉睡的大地
你心急如焚奔走于祖国的山川大地
你要摸清“母亲”为儿女储备多少“食粮”
在崇山峻岭上勘察
到白山黑土里探宝
黄土高坡留下你深深的脚印
云贵高原留下你风餐露宿的身影
黄海之滨有你钻下的探井

滇池岸边有你野炊的篝火
你用你创立的“地质力学”
去解析中国地质的奥秘
你用你的陆相生油理论
发现了地下的石油宝藏
松辽平原你唱响了战歌
黄河三角洲你勾画了蓝图
克拉玛依你描绘了前景
巴蜀大地你看到了希望
泱泱沧海你展望了未来
“中国贫油论”在你的挑战声中被撕碎
石油之花在大江南北开放
汽笛长鸣那是给你的赞歌
机器隆隆那是对你的喝彩
大海扬波那是献给你的欢笑
高山俯首那是对你的敬仰
你让领袖满面春风
你让人民心花怒放
你在学术的舞台上
不断地去挑战权威
你在科学的大山里
不断地攀登高峰

为了验证理论
你风尘仆仆不畏艰险
步履于太行山脉
登临到黄山之巅
跋涉在天山南北
攀援于庐山险峰
一个个山头一道道沟壑
一块块石头一条条裂缝
你都仔细察看

“中国第四纪冰川”理论
终于在国际学术界唱响
你找到了华夏文明的原点
你描述了中国地质的风貌
你一生的心血啊
都凝聚在中国的大地上

把“原子裂变”作为天然能源
你早早就提出
你到漓江两岸去勘察铀矿
你在北戴河边挖掘“黑沙”
第一颗原子弹在高原上空腾飞
那也离不开你卓著的功劳
你的名字在中国核工业史上熠熠生辉
你用钢铁般的双手掘开了地壳
让源源不断的资源
走上了条条建设的跑道
你用你的地质理论
去探测地壳应力的释放
你曾斩钉截铁地说：
“地震是可以预报的”
你的预测得到了一次次的验证
因为你让人们避免了不必要的惊恐
让国家减少了生命财产的损失
你的热血啊
洒在辽阔的疆土上
你的青春和生命啊
谱写了一曲曲壮歌
你是大地上挺立的巨人
你是国际学术舞台上的大师
你亲手建设的院所
早已是地质人才的摇篮

大地因为你放射光芒
祖国因为你而屹立东方

李四光，中科院院士，世界著名的科学家、地质学家、教育家和社会活动家，是中国现代地球科学和地质工作的奠基人之一和主要领导人。

1889年10月26日出生于湖北黄冈一个贫寒人家，前13年在私塾读书，1902年到武昌新学堂，因成绩优秀，1904年被选派到日本留学，学习造船，1910年夏回国。1913年赴英国伯明翰大学留学，学习地质学，1920年春回国。

用生命来拥抱大自然

——献给竺可桢院士

每一次“神箭”腾空
每一次“银燕”起飞
每一次舰船远航
每一次乘坐高铁
我们都在关注天公的脸谱
每当农家收获
每当渔民出海
人们总担心着风雨来袭
谁来摸透苍天变幻莫测的脾气
谁来预测高空多变的云气
是你为中国的气象大厦奠定了根基
是你书写了中国气象科学的第一页
你的名字在中国气象史上
将永远熠熠生辉
漫漫的人生步履
见证了气象事业发展的艰难历程
厚厚的自然日记
记载了半个世纪的万千气象
那随身不离的“四宝”
磨破了口袋也磨砺出你坚韧的意志
你的执着
你的坚毅
都源于你幼时的秉性
在蒙学的私塾

昏暗油灯下你常常通宵达旦
酷暑寒冬里你终日手不释卷
陶醉于古代贤达的歌词诗赋
痴迷于大自然的神奇奥秘
唐山路矿学堂那铿锵的话语
永远激励着有志的中华儿女
“发愤读书，誓为中国人争气”
是啊
“少年智，则中国智！
少年强，则中国强！”
“科学救国”的路在你的脚下延伸
跨越到大洋彼岸
从伊利诺伊州到波士顿的剑桥城
农庄的田野上你唱响了希望之歌
辽阔的大地上
浩瀚的苍穹中
你探索气象变幻的奥秘

当你从海外踏上久别的家园
当你看到迅猛的飓风将小舟吞噬
当你远望金秋的稻谷为洪水所淹没
当你发现气象科学为列强所控制
投身气象事业为民减灾的愿望
已经牢牢定格在你的心中
显赫的地位
丰厚的薪水
对你都如过眼云烟
在钟灵毓秀的紫金山下
你创立了第一个地学系
你承担了第一个气象研究所的重任
北极阁的气象台你建立
气象学的奠基性论著你编写

你走遍了祖国的山山水水
东岳泰山你登临
“秀甲天下”的峨眉你翻越
涉江过河
穿越森林
遍布全国的气象台站你布局
满腔的热血倾洒在辽阔的疆域
青春的火焰像山茶花一样红艳
在你执掌浙江大学之间短短的八年
六十多篇的文论大放异彩
当“七七事变”爆发
西湖岸上的校园也不再那么宁静
你带领师生几度西迁
从天目山上到赣江岸边
从圣地吉安到红色遵义
敌机盘旋轰炸
逃难人流如潮
寒冬里饥肠辘辘彻夜难眠
风雨中山高路陡步履维艰
然而你和你的师生们
一路流亡
一路书声
一边坚持上课
一边宣传抗日
你用激情去燃烧岁月
你用爱心去温暖大地
你是一位堪称“保姆”的校长
你像一块巨大的磁铁
凝聚着一批精英才俊
你创立的“求是”校训
造就出一批科坛的明星泰斗

你的一生是一道从天空划过的彩虹
一端连着五谷飘香的田园
一端连着变幻莫测的气象
辽阔而美丽的大自然
是你天然的实验室
去横断山脉考察植被与季风
去三江源察看冰川与水文
沿黄河而上去驯服这条奔腾的巨龙
去西双版纳考证热带雨林的气候
你要组织千军万马进军沙漠
让它变为一片盎然的绿洲
你要效仿大禹治水的坚毅
把滚滚长江水引入多旱的北方
你用生命去拥抱大自然
和翠鸟对话
和花木亲吻
在辽阔的山川上奔驰
在科学的时空中飞翔
五千年的气候变迁与波动
浓缩在你呕心沥血的书稿中
你穿越时空
把科学史连缀成一串串珍珠
放射出耀眼的光芒
你开创的气象科学
给时代的动车保驾护航
无论是天空大地
还是湖泊海洋
无论是草原大漠
还是高山森林
气象科学都是条条战线的前哨
蓝天因你而亮丽
田野因你而充满希望

你生命的光华永远在科学的星空闪耀

竺可桢，中科院院士，当代著名的地理学家、气象学家和教育家，中国近代地理学的奠基人。堪称中国气象学、地理学的一代宗师。

1890年3月7日出生于浙江上虞，幼时聪明好学，中学曾就读于复旦公学，1909年考入唐山路矿学堂，1910年公费留学到美国伊利诺斯大学，后转入哈佛大学攻读气象学，1918年秋学成回国。

一身正气树风范　满腔热血洒江天

——献给饶毓泰院士

你是中国科学史上的一座山峰
你是近代物理学的奠基者
你是科学舞台上的名角
你是令人景仰的泰斗
是你为中国的科学扬帆起航
是你为历史的车轮注入了动力
你一身正气高风亮节
你满腔热血鞠躬尽瘁
可是在那人性扭曲的年代
在那梦魇惊魂的岁月
你的人格遭受侮辱
你的生命遭受践踏
你死得是那样凄惨和悲凉
苍山为你垂泪
江河为你恸哭
当阴霾散去的一天
你的冤魂终于得见天日
伟人给你送去了花篮
大地为你奏响了赞歌
你的一生是那样的灿烂
又是那样的命运多舛

你从才子之乡的临川走来
灵秀绮丽的鄱阳湖让你睿智聪颖

文脉昌盛的临川让你满腹经纶
抚州一中给你打开了眺望世界的一扇窗户
南洋公学给你铺就了科学救国的道路
芝加哥那片盛产大师的沃土
让你茁壮成长
普林斯顿那静谧幽雅的环境
让你气质非凡
九年的留美生涯
奠定了你物理学的坚实根基
国际权威刊物《物理评论》上
你的理论一鸣惊人
诠释了世界性难题
气体导电研究
让你站在了世界的前沿
你的梦想点燃了青春的激情
你要为自己的祖国贡献力量
你踏着太平洋的波涛
回到了阔别多年的故园
带来了赤诚的红心
带来了智慧的琼浆
带来了先进的仪器
在渤海之滨的南开
谱写了物理学的新篇章
大讲堂上你要倾三江之水
来浇灌学生久渴的心田
你几乎包揽了物理系的所有课程
尽情地倾洒你的热情
你精心培育的那片树林
好多都成为国家的栋梁
你学富五车但总感觉只是大海一滴
你又一次走出国门
在素有“小巴黎”之称的莱比锡

潜心于斯塔克效应的探索
你的付出让原子光谱熠熠生辉
你风尘仆仆再次踏上美洲大陆
分子红外光谱研究
为俄亥俄州立大学增添了光环
《物理评论》一次次呈现出你的人生华彩
你总把自己当做一块海绵
在科学的海洋中饱和地吸收
在自己的土地上尽情地释放

在未名湖畔
你书写了教学生涯的长卷
你撒播了科学的火种
你用实验来演绎人生
在滇池岸边
乡间小路留下你深深的车辙
遍地野花的田畴烙下你串串脚印
你精心呵护的秀木日后都是参天大树
在光与黑的角力中
你毅然投向了光明
你把整个身心都倾注于物理研究
你的精神忍受着巨大的痛苦
把你余生的光和热
洒上你挚爱的土地
你牵挂着物理学未来的发展
你续写着未竟的鸿篇巨著
你以敏锐的目光
捕捉科学的前沿
引领着后辈前行
你让祖国的光学和光谱学
走在世界的前列
你在告别人世的前两天

还叮嘱年轻人要担负起国家的重任
你对祖国就是这样地虔诚啊
就是这般地牵挂
你走了
走得是那么匆匆
但是你的精神之树
永远苍翠于辽阔的大地

饶毓泰，物理学家，教育家，中国近代物理学奠基人之一，被誉为“中国物理学界泰斗”，创办南开大学物理系，中科院院士。

1891年12月1日生于江西临川，父饶之麟，清末举人。幼年随父学四书五经，1903年入抚州中学堂，1905年就读于南洋公学，1913年留学美国芝加哥大学，1922年回国。1948年3月，北平解放前夕，国民党政府特派飞机接饶毓泰去台湾，但他不顾威胁利诱，断然予以拒绝。饶毓泰在“三反”运动中遭遇迫害，“文革”中备受凌辱，于1968年10月16日蒙冤自缢。

让生命在天空划出一道彩虹

——献给茅以升院士

一道斑斓的彩虹
唤起你童年无限的遐想
一次惨痛的断桥
给你稚嫩的心压上一块沉重的巨石
村头文德桥上给你留下永恒的伤痛
端阳节赛龙舟在你的心中
再也不是那么欢快
你向大山发誓
你对大海承诺
要在大地上架起一座座
美轮美奂的桥梁
从此你的命运便和桥结下了不解之缘
每当你走近桥时
无论是石桥还是木桥
无论是吊桥还是拱桥
你总是像在品诗赏画
去感受它的美学意趣
你总是像一位技艺高超的工匠
去细察它的结构
哪怕是一块石头一个木榫
你到大江小河上去采集“标本”
你到书本里去剪贴图样
为了圆你造桥的梦想
你和时间赛跑

你从“神笔”马良的故事中
悟出了真谛
用“勤奋”的“神笔”
去描绘你未来的梦想
你用一张张金色的奖状
回击了富家子弟对你的冷眼与歧视
当你还是一个顽童时
便走进了唐山路矿学堂
当你聆听中山先生“科学立国”的演讲时
你就像一个饥饿者
贪婪地吮吸知识的琼浆
1916年康奈尔大学
迎来了你这位最年轻的留学生
在这座美丽而恢宏的校园里
你的热情在奔放
青春在燃烧
“茅氏定律”的博士论文
让你赢得了世界的声誉
“斐蒂士”金质奖章
让你赢得令人羡慕的荣光
你也为母校赢得了殊荣

是游子总牵挂着自己的祖国
你终于带着挚诚与忠孝
回到了养育你的母亲的怀抱
从燕山脚下到金陵古城
从长江岸边到渤海之滨
在百年学府的讲坛上耕耘
撒播着桥梁科学的种子
培养着未来的桥梁精英
然而你更大的追求
是在江河大地上架起钢铁桥梁

你见过历史悠久的赵州桥
雕刻精美的卢沟桥
但那都是令人震撼的历史遗存
你见过松花江上的大桥
你见过济南的黄河大桥
你见过蚌埠的淮河大桥
但那都是出自洋人之手
那是列强入侵的见证
那是民族的屈辱
你要用自己的智慧
去架起一座座“争气桥”
让时空缩短
让天堑变通途
多少年的等待与期盼
机遇终于向你招手
钱塘江大桥建设的重任
终于落在你的肩上
这是机遇也是挑战
钱塘江是一条险恶之江
汹涌的江涛
奔腾的海潮
变化莫测的流沙
咆哮肆虐的台风
这是和大自然的一场殊死较量
也是实现你的抱负的一场智斗
“射沙法”打入了上千根木桩
“沉箱法”挡住了湍急的水流
“浮运法”架起了一道道钢梁
你挑战的最大风险远不是自然
你是在枪林弹雨中战斗
你是在敌机轰炸的烟尘下劳作
近千个日日夜夜的鏖战

攻克了无数个难题与险关
一条千米“苍龙”横空出世
在青山巨塔与广袤平野之间
一道绚丽的“彩虹”飞架南北
你用“神笔”勾画出一幅壮丽的立体画图
这是中国桥梁史上的一座“里程碑”
也是一座不朽的丰碑
在中国的抗战史上她功不可没

看着那矗立江中的大桥
你热泪盈眶但也忧心忡忡
你担心她会在战火中“夭折”
你的预感被敌机的轰鸣声所证实
当日寇兵临城下
为了阻断敌军南下
你亲手引爆了预留的炸药
一条卧江长龙瞬间坍塌
这是何等悲壮的义举啊
此时你的心情如翻江倒海般
内心的痛楚如撕心裂肺般
你留下了誓言：
“抗战必胜，此桥必复”
是啊
当抗战胜利的号角
在大江南北吹响
一条巨龙
又从湍急的江底腾飞起来
然而在新中国即将诞生的前夜
逃亡的国民党妄图炸毁大桥
你又一次用智慧保住了主体
让她回到了人民的手中
在祖国的建设中焕发出青春的活力

这是一座不平凡的桥啊
她是历史的丰碑
她的身上承载了多少沧桑和弹痕
她又是桥梁工程师的摇篮
一座桥就是一所大学
从这座桥上走出了多少桥梁专家
险恶的钱塘江上你创造了奇迹
激流汹涌的长江上你又刷新了历史
近半个世纪的规划蓝图
终于在你的手中实现
你用钢铁铸造了壮丽的人生
“一桥飞架南北，天堑变通途”
武汉三大重镇因她而联成一体
南北大动脉因她而畅通无阻
龟蛇二山为她挥舞彩练
黄鹤楼上白鹤亮翅为她引吭高歌
簇拥鲜花的人流为她欢呼雀跃
嘹亮的军乐划破长空为她庆贺
从她诞生那天起
历经世纪风雨雷电
依然岿然不动高高地矗立于江心
你一生学桥、造桥、写桥
你的人生与桥梁血脉相连
每一座桥梁都是你的一座丰碑
你的名字将永远镌刻在每一座桥碑上
将永远载入中国的桥梁史

茅以升，我国土木工程学家、桥梁专家、工程教育家，中科院院士。他主持修建了中国人自己设计并建造的第一座现代化桥梁——钱塘江大桥。

1896年1月9日出生于江苏镇江，1916年毕业于交通部唐山工业专门学校（今西南交通大学），后被清华学堂官费保送赴美留学，1917年获康奈尔大学硕士学位，1919年获卡耐基理工学院（今卡耐基梅隆大学）博士学位。1920年回国后至1930年间，历任交通大学唐山学校（今西南交通大学）教授、副主任，国立东南大学教授、工科主任，南京河海工科大学校长，交通部唐山大学（今西南交通大学）校长。

永不枯竭的生命之泉

——献给叶橘泉院士

一束珍草照亮无数生命的绿洲
一根银针穿越了数千年的历史长河
国学是文明古国的瑰宝
国医是疗救华夏的命泉
也许是上帝的恩赐
将民族的国粹熔铸在你的身上

你的童年是那样的平淡无奇
村头的河边
手摇水车聆听那悦耳的声响
碧绿的草地
吟唱那动听的牧歌
你身背竹篓
为牛儿割来鲜嫩的牧草
你采摘桑叶
喂养蚕宝宝发育成长
你的脊背是那样地黝黑
你的双手是那样地粗糙
你在大地上搜索
寻觅希望的亮光
你向天空瞭望
追逐心中的祥云
你要走出那窄窄的古巷
你不相信自己的命运

会定格在那片水乡
十年的私塾
一边顶着烈日
冒着朔风
劳作田间
一边发奋用功
寒窗苦读
孜孜不倦
夜深人静
你挑灯夜读惜时如金
家徒四壁
你清水代墨方砖作纸
蒙学读本你高声迭唱
四书五经你吟咏不绝
国学经典你谙熟于心
你拥有了一把钥匙
一把走进国医堂的钥匙

你是世传名医的高足
白天你随师临证录方
夜晚你抄录医籍典章
在浩繁的医典中你寻觅要略
在广袤的山野上你采撷丹药
你说你的学历是一穷二白
你的学途是迂回曲折
是啊，知道匮乏方能富有
任凭山高路险
你一边坐诊行医
一边修学医药文献
研读时你细心揣摩
临床上你大胆创新
独特的方药医救了多少患者

精湛的医道赢得了多少赞誉
你在大自然的药库中采撷研究
你在医疗实践中探索体验
民间药方你搜集
传统草药你整理
国医研究你开创
你主张海纳百川兼容并蓄
你提倡百家争鸣推陈出新
立足本土是你根之所在
放眼汉方吸取精华为我所用
新颖的构想让你拥有国际声望
你要让民族抛去“东亚病夫”的臭名
你要让国民成为东方咆哮的雄狮
当病魔吞噬着百姓的生命
但无处去寻草问医
你趟过一条条小河
登上一个个山头
走进一个个村寨
去寻找民间方药
去培养乡间郎中
乡村医疗进修社你创办
《实用经效单方》你撰写
你用精湛的医术驱除了瘟疫
你用高尚的医德给百姓送去了微笑
你从《神农本草经》掘出了金矿
让花粉成为养生保健的药膳
你从西北戈壁发掘了沉睡千年的罗布麻
因为你人们才认识它
因为你它的身价才那么不菲
你发现了“刺五加”的丹药神功
让它和人参一样的珍贵
你为了弘扬中华医学

跋山涉水呕心沥血
牛棚里你坚持著书立说
“干校”中你仍在研究方剂
七十年的医药生涯
在你的手中有多少病人起死回生
有多少穷人享受义诊
著作等身
为医药宝库增辉
高风亮节
令百姓高山仰止

叶橘泉，中医药学家，毕生致力于中医药教学、科研、临床工作，南京药学院副院长，原中国药科大学教授，中科院院士。

1896年8月28日生于浙江吴兴（今湖州）贫苦农民家庭，1915年经塾师推荐，拜名医张克明为师，历四年后独立开业，后靠自学成才。

从一个“助手”到科学领航人

——献给吴有训院士

你从古镇荷岭走来
带着千年古栎的芳香
身后是漫山遍野彩霞般的杜鹃
你从“山苍苍，水茫茫”的鄱阳湖畔走来
带着一身清新的泥土气息
带着你对科学的憧憬
在钟灵毓秀的紫金山下
开始了你的科学救国之路
你沉迷于自然科学的迷幻世界
每一次实验你都那样孜孜不倦
你让自己的神思飞翔
你用灵巧的双手去创造新奇
海上汽笛一声长鸣
你带着梦想带着渴望
从上海滩出发到大洋彼岸
追梦芝加哥大学
实现你人生的一次飞跃
你让青春在X射线上飞扬
你让激情在实验室里燃烧
你让时光消逝在图书馆浩瀚的书册上
你把心思专注在每一张物质散射曲线图上
你忘掉了斗转星移日月交替
忘掉了养育你的生身父母
当康普顿得知你家父的加急电报

他下令你离开实验室
给大洋那边的父母写封家书
你一口气写了三封
他才允许你走进实验室
这段佳话载入校史
你是母校的荣耀啊
你是青年的楷模
日夜鏖战你病倒了
在昏迷中你仍然念叨着X射线
刚走出病房你又迫不及待投入实验
仅仅三个月
你就捧出了“X射线光谱图”
消除了国际权威对康普顿效应的质疑
你声名鹊起轰动学界
美国物理学会会议在你的实验室召开
你的论文独占鳌头
为你而举行了盛大的庆祝宴会
当导师把你的名字列入“诺奖”受奖人时
你说“我只是一个助手”
当有人提出“康普顿—吴有训效应”时
你公开声明“这是老师的功劳”
这就是你博大的胸襟
当导师恳切挽留你时
你说“我是一个中国人”

是啊，祖国才是你的归宿
你把爱洒在鄱阳湖畔
洒在黄浦江边
洒在紫金山麓
你把激情洒在清华园
洒在昆明湖
洒在祖国的大江南北

你在一片空旷的土地上
开辟了我国物理学研究的先河
漫长的执教生涯
你始终离不开三尺讲台
离不开那创造奇迹的实验室
你要求学生拓宽知识
你培养学生的实验技能
你鼓励学生自学创新
从你的门下走出了一批批青年才俊
当蘑菇云在大漠升起
当卫星在太空翱翔
当神箭直插云霄
……
人们要讴歌共和国的科技精英
人们也不会忘记你这缔造精英的功臣
当你陪同领袖接见第一颗原子弹功臣时
你脱口而出“同学们……”
你多么骄傲和自豪啊
你和诺贝尔奖失之交臂
但你学术的光辉照亮了神州大地

条件是那样简陋
生活是那样艰苦
但你意志弥坚
成就斐然
立足本土
你的X射线又一次放射光芒
你的成果在《自然》上熠熠生辉
国际学界的目光又一次聚焦在你的身上
在清华园
你开教授治校之新风
是你和你的同仁让清华跻身于名校之列

你把你的光和热奉献给了科学事业
你用你智慧的臂膊推动科学的车轮
研究机构你布局
科学远景你规划
学科框架你构建
发展方向你把舵
世界前沿你抢占
你是一匹骏马啊
奔驰在科学的高原上
你对祖国赤忱的爱
就像地下滚烫的岩浆
怎能忘
抗日救亡中你站在队列的前面
北方沦陷你只身随校南下
当反动当局血腥镇压学生
你把军警挡在门外
当胜利的曙光在望
你悄然从海外回到魂牵梦萦的祖国
为了祖国的科学春天
你风雨兼程跋山涉水
从长城脚下到西南边陲
从东海岸边到长白山下
处处都留下你深深的脚印
在那梦魇的岁月
有人要批判爱因斯坦
是你力挽狂澜
避免了一场国际笑话
你是中国科学的播种者
也是中外科技交流的使者
你的生命之火是那样的红艳
你的激情是那样的奔放
在弥留之际

你的案头还堆满了书刊、文件和信函
你还有诸多建议没来得及说
你就这样匆匆地走了
你留给人们的是不尽的思念
长江黄河记住你
高原珠峰记住你
你像北斗星一样
永远悬挂在科学的星空

吴有训，中科院院士，著名物理学家、教育家，中国近代物理奠基人之一，是中国科学事业杰出的领导人和组织者。

1897年4月26日出生于江西高安荷岭，1916年毕业于江西省立第二中学，同年考入南京高师，1921年赴美留学，1926年回国。1947年出国讲学滞留美国，1948年于解放前夕第二次回国。

千年古栎的传说：当地有一棵古栎树，据说结满100个果实就要出一个大人物。历史上确实印证过这个传说。19世纪90年代末，正是吴有训出生的年代，千年古栎，又结了100个果实。

“康普顿效应”是国际公认的物理学理论，发现于1922年，这一发现具有伟大的历史意义。吴有训对康普顿效应作出了杰出的贡献。

探索生理密码　奠基三航医学

——献给蔡翘院士

端详你那张老照片
一身戎装彰显出将军的风采
在你的脸上似乎还留着
海风吹皱的痕迹
你是大山的儿子
潮汕背山面水
像一个温馨的摇篮
在那里你阅读那广袤的大地
你阅读那蔚蓝的大海和天空
当“五四”的清风送来新文化的芳香
你再也按捺不住心潮的激荡
要走出那灰色的老屋
放下手中的经、史、子、集
去寻找科学救国的良方
你和风光旖旎的金山告别
你和那棵参天的古松挥手再见
你站在外滩
听大海的乐章
观奔腾的海潮
你眺望那飘渺的远方
心已随着海风飞到海角天涯
你终于站在了甲板上
激动的心潮啊
随着波涛而起伏

要到美国的西海岸
在那科学的沙滩上寻找金矿
在加州大学
你仅仅用了两年时间
就走完了别人四年的历程
从曼哈顿到芝加哥
无意流连于摩天大厦
无暇浪漫于花前月下
图书馆是你精神的乐园
实验室是你探索生理密码的会馆
曾记得一代青年才俊
同学同住同乐
求知求索求荣
博士论文让学界惊羡
“金钥匙奖”让你赢得荣光

你满载着殊荣和果实
在复旦开始你创业的旅程
生物与生理学科
像并蒂莲花在你的手中绽放
在医学的园圃里
你培育的花朵像繁星一样闪烁
中国第一本生理学教科书是你汗水的结晶
中国早期的生理学专家都是你的高足
在学术的山路上你不断地探索攀援
伦敦的实验室还留着你的脚印
剑桥的护栏上还留着你双手的余温
法兰克福的校园里曾有你匆匆的背影
你带回丰硕的科学良种
在华夏辽阔的大地上撒播
讲坛上你循循善诱诲人不倦
实验室你因陋就简潜心研究

为了培养自己的人才
你宁愿放弃“雷士德”的高薪
从黄浦江边来到紫金山脚下
在这块贫瘠的土地上
又一次培育你的“新生儿”
当卢沟桥的炮声响起
你随校西迁巴蜀
不顾生活的艰辛条件的简陋
一手执鞭教坛
一手编纂刊物
在一张张白纸上书写你的光彩人生
你到美国讲演
向世界呼吁援助抗日
一本《来自中国的声音》传遍世界
你的声音是那样地铿锵有力
正是那一年
你的研究让人们发现了血清素

1952年值得你永远纪念
绿色的军装
让你感受到身上的重任
你将为共和国的军事医学奠基
今天当我们看到
神鹰在蓝天上飞翔
宇航员在太空漫步
“蛟龙号”载人潜水器在深海遨游
我们不会忘记你当年的付出
多少次你深入部队体验
多少次你在灯光下编写航空医学教材
多少次你登上讲台讲授三航医学
在“文革”中你的工作被剥夺
你忍受着痛苦的煎熬

但你没有寂寞
你仍埋头著书立说其乐无穷
数十万言的《航空与空间医学》横空出世
为了赶上世界军事医学的步伐
你风尘仆仆走遍世界各地考察
出入国际空间科学会议
从华沙到布鲁塞尔
从大不列颠岛到莫斯科
处处都能听到你的声音
你夜不能寐呕心沥血
无数次实验与研究
无数次探索与发现
中国生理科学你奠基
三航医学研究基地你建立
大批专家学者从你门下走出
是你缩短了与国际的距离
一个甲子的学术生涯
在你的身后流淌着汗水和心血
飘散着果实的芳香
作为学者笔耕不辍著作等身
“蔡氏区”的发现让你的青春靓丽
糖代谢和血液生理研究
让你赢得国际学术声誉
“生理科学”让你在医学史上功勋卓著
“三航医学”让你的人生映照蓝天碧海
作为师长
那温馨的话语
那自由的讨论
那严谨的作风
那敢立潮头的精神
将永远激励人们开拓进取
人们一定记住你的名言

“科学贡献在于想别人所未想
做别人所未做”
相信科学的明天
一定有新的发现、新的创造

蔡翘，生理学家，医学教育家，中国生理医学奠基人之一，是我国航空航天航海医学研究的创始人，中科院院士。

1897年10月17日出生于广东揭阳，1913年考入金山书院（今金山中学），1917年毕业，1919年到美国留学，因成绩优秀，获芝加哥大学“金钥匙奖”，1925年回国。1930年赴英、德进修，1932年回国。

育英才之大树　奠科学之根基

——献给叶企孙院士

当蘑菇云在西北高原上腾起
当卫星在太空翱翔
当中国神箭一次次穿越苍穹
当核潜艇在湛蓝的大海里航行
当电波传遍大江南北
当数字电视走进千家万户
当“嫦娥一号”去月宫探望
当“天宫一号”与“神八”亲吻
当中国航天员第一次在太空漫步
当中国的科学大厦屹立于世界之林
人们自然要想到钱学森、华罗庚……
不禁要赞叹那些科学巨匠
但我们也不应忘记你
——撒播科学火种的一代宗师
是你在一片空白的土地上栽下绿树
才有今天繁茂的科学大森林

浓浓的书香熏陶出你恬静而儒雅的气质
严厉的家教铸造你沉毅敬业的性格
经、史、子、集你耳熟能详
诗词歌赋你信手拈来
私塾的文化经典远不能满足你的知识渴求
当你走进敬业学堂
你感受到西学之风扑面而来

西方近代科学像磁铁般吸引着你
你立志要靠科学来富国强兵
金色的年华
在清华园你惜时如金
二十几门功课你尚感不足
科学实验你奇思妙想
社会实践你兴趣亦浓
你创立清华史上第一个社团——“科学会”
“切实求学”“切实做事”成为会员的总则
你带着收获
带着希望
跨越大洋
走进了芝加哥
走进了哈佛
“益智厚生”“察验真理”的校训
点亮了你的人生航标
你仅用数月测定了普朗克常量
令国际学界震惊
你的博士论文成为物理学的经典
这一年你年仅23岁
就已经是物理学界的“大家”了
你完全有资质留下过上优裕的生活
可是你没有
因为你心中装着祖国

你踏着太平洋的波涛
回到了你熟悉的清华园
北院7号那所住宅
青色的墙体
灰色的瓦面
至今还留着你生活的印记
你就是在那里

开始了科学的奠基工程
构建了现代科学的完整体系
清华的物理系你亲手培育
理学院的组建你殚精竭虑
航空研究所你倾洒汗水
建筑声学你一马当先
北大磁学研究室你呕心沥血
你开创的磁学研究
引起国际学界的关注
在抗日的烽火里
你是“地雷战”的幕后主角
也许是历史的选择
也许是你要从教育的肌体上革除弊端
你走上了管理者的平台
这对你来说也许要付出牺牲学术的代价
但为了让科学的土壤肥沃
科学的未来强劲
你甘做人梯鞠躬尽瘁
你思贤若渴礼贤下士
“一沐三握发，一饭三吐哺，犹恐失天下之士”
你把聘任名师当作头等大事
宁愿让名师的薪水高于自己
这是何等的胸襟啊
你不拘一格降人才
把初中学历的华罗庚破格升为教授
在你的身边聚集了众多教育名流
在你的麾下高徒辈出
芸芸众生
教授治校
人才立校
开了中国教育之先河
有一组数据让人震惊

中科院首届院士名录
有一半出自你的门下
23位“两弹一星”功臣
几乎全是你的弟子
在最早当选美国两院院士的华裔院士中
有两名是你的学生
在美国编撰的《百年科学大事》中
入选的两位中国科学家也是你的学生
两位“诺奖”得主你是功不可没
这在世界科学史上也是奇迹
没有你当年培育的沃土
没有你当年精心的栽培
就没有今天的科学大树
中国人就不会像今天这样扬眉吐气
你把青春、热血、生命
都献给了祖国的科学教育

“尊师爱生”是你教育生涯的佳话
学生没有路费回家你给上
三年困难时期你看到面黄肌瘦的学生
把自己的牛奶送上
那场浩劫中当你遭受非人的折磨
途遇时任部长的钱三强
你要他远远离开你
因为你怕他受牵连而影响核武器的研制
你的心胸比蓝天还要宽阔清澈
你那颗赤诚的心啊
像滚烫的火球
你对祖国是那样地虔诚
你双腿肿胀
身体弯曲
精神惶恐

沦为讨乞
你说"我是科学家，我是老实人"
是啊
你用你的生命
兑现了你"切实做事"的诺言
你的冤枉令人痛心滴血啊
你是科学的摆渡人
把一批批精英送上科学的前沿
成为祖国建设的栋梁
你是塑造人才的幕后英雄
尽管知道你的人很少
但是你的功业永远写在中国的科学史上
历史永远记住你
人们永远记住你
当我们仰望天空
看到光芒四射的"天宫"
看到翩翩起舞的"嫦娥"
我们一定记住你这位缔造大师的大师

叶企孙，中科院院士，卓越的物理学家、教育家，中国物理学界的一代宗师，中国科学史的开拓者。

1898年7月16日出生于上海的一个书香门第，初中就读于敬业学堂（今上海敬业中学），1918年毕业于清华学校后去美国留学，1924年回国。

"益智厚生"为芝加哥大学校训，"察验真理"为哈佛大学校训。

书香门第出才子　拳拳之心报祖国

——献给曾昭抡院士

九峰山下天宝物华
湘江岸边地灵人杰
悠悠古韵回荡龙城
浓浓书香孕育才俊
私塾里你接受古典文化之启蒙
雅礼学堂你沐浴现代科学之清风
正当金色少年
你便融进了清华园的春光
你带着斑斓的梦想
满怀科学救国的激情
登上了美丽的波士顿
在查尔斯河畔释放你青春的魅力
到神秘河去探寻科学的宝藏
你登高望远放眼未来
你倡导理论与实际结合
教学与科研协调
你提出发展民族工业
培养全面人才
忧国忧民是你的心结
民族自尊是你的节操
你的《理论科学与工程》
像一把火炬穿越时空
洋洋万言的博士论文
为你的化学丰碑奠定了基础

当国共合作的火焰点燃
你按捺不住心中的激情
“爱我母校，爱我中华”的心声
飞越大洋传递给祖国

你要用科技来振兴贫穷的家园
在黄浦江边短暂的停留
你便投身到火热的革命浪潮
羊城兵工厂你大显身手
钟山脚下炸药试验你舍生忘死
你深知国防化学的威力
炸药化学课是你开了先河
当九一八事变爆发
你心急如焚演讲著书
大学讲堂你进行防毒宣传
风雨操场你举行国防化学展览
绥远的抗日前线
你顶风冒雪发表演说
《炸药制备实验法》
像一颗无形的炸弹投向日寇
中央大学有机化学是你培植的一株奇葩
课程标准是你勾画的范本
未名湖畔你掌门下的学科焕然一新
你开辟了西方学术中国化的道路
你创立了毕业论文制的范式
是你催化出浓浓的学术氛围
是你引领着学科发展的航向
很难忘啊
实验室彻夜通明的灯光
师生鏖战的身影
无机化合物你捷足先登
国防化学你情有独钟

分子结构你探索其中奥秘
有机理论你赢得国际声誉
近代化学在中国萌芽时
你的累累硕果像璀璨的明星
闪耀在国际学术舞台
你站在历史的交汇点
架起了中西科学交流的桥梁
化学物质的命名你审查
数百万言的科技译著你撰写
《原子及原子能》奠定了核科学的基础
《元素有机化学》闪耀你生命的光芒
怎能忘珞珈山上一个个通明的夜晚
图书馆里你流星一样地穿梭
在巍巍的书山上攀援
在浩瀚的知识海洋里遨游
无论是三九隆冬还是炎炎酷暑
无论是冰天雪地还是风雨泥泞
图书馆里你总是来得最早走得最晚
怎能忘那个漆黑夜晚的山路上
你摔倒在地满面是血
你沉迷科学把讲台当做舞台
演绎了一场场精彩剧目
你热心学术社团
把刊物当做你精神的家园
美国化学学会有你响亮的名字
中国《科学》是你把她推向世界
你节衣缩食打造《中国化学会会志》
你呕心沥血扶植培育青年才俊

当时局动荡烽火连连
你的视野从实验室转向科学考察
东瀛之行写就的《东行日记》

国人争相阅读
西康跋涉是你生命的一场历练
漫无边际的原始森林你穿过
一望无垠的大草原你跨越
翻险峰涉恶水你风餐露宿
数十万言的《西康日记》
揭开了西部神秘的面纱
大凉山上留下你的脚印
滇康道上飘散着野炊的薄烟
《大凉山夷区考察记》记录你的艰辛
你就是这样
为了科学赴汤蹈火在所不惜
为了科学生命不息研学不止
你一生熟练掌握六种语言
你编写数百万字的文稿
你学富五车著作等身
你为科学鞠躬尽瘁死而后已
怎能忘
历史让你蒙受了奇冤
你的筋骨受损
但你的精神如钢铁一样地坚硬
怎能忘
病魔吞噬你的生命
你还是走上依依不舍的讲台
你还是要和时钟赛跑
去完成你未竟的事业
当生命之火燃尽
百万言的著作你在病榻上写成
这是你与死神搏斗的胜利
这是你生命的光华
你离开时是那样地凄凉
世界是那样地沉默

可是历史总会记住你
你的名字将永远镌刻在人们的心中

曾昭抡，中科院院士，我国化学研究的开拓者，《中国化学会会志》创办人。

1899年5月25日出生于湖南湘乡一个书香门第，是曾国藩胞弟曾国潢之曾孙，父亲曾广祚是前清举人，母亲陈季瑛出身名门。

1912年考入长沙著名的雅礼中学，1915年考入清华学堂，1920年赴美国麻省理工学院留学，1926年获博士学位后回国。

一生育桃李　引领科学路

——献给严济慈院士

凝视你的坐像
一种景仰之情油然而生
你那双深邃的眼睛
好像在回望你的风雨人生历程
整整一个世纪的斗转星移
你见证了中国教育与科学的历史
你奠定了科学大厦的根基
你从“歌山画水”的东阳走来
你从偏僻荒凉的山沟沟里走来
秀水给了你灵慧
大山给了你深沉
你生来就与科学有缘
童年一本《笔算数学》你如获至宝
从此你便在科学的山路上探索攀登
你对数学情有独钟
一道道难题
对你来说都是一个个妙趣横生的游戏
你从中获得无限的快乐和自信
四年的东阳求学生涯
你始终独占鳌头
讲台上有你这位小老师的风采
田间里也有你耕作的背影
你戴着全省状元的桂冠
走进了与“北大”齐名的“南高”

母校也因你声名鹊起
从此在紫金山下
你开始了自然科学的生涯
数理学科你仍是翘楚
讲台下你是学生
讲台上你又是老师
《数理化》你主编
教科书你著述
由你编著的教材哺育了几代青年
在享有盛誉的巴黎大学
你优异的成绩令全校轰动
学术名流厚爱有加
在夏尔法布里的实验室
你精确测定了
困扰四十年的压电效应“反现象”
你这样年轻的学术“大家”
在回国短暂的逗留中
让名流学府蜂拥争聘

但是你总感觉自己的学问浅薄
你丢下了刚出生的儿子
再度远涉重洋来到法兰西
塞纳河畔风光秀美
但都不能吸引你的目光
你的心思全部专注在实验室
因为你要让科学在祖国的土地上生根
你描绘着中国科学的未来蓝图
你终于带着丰硕的果实
回到了你深爱的祖国
在古都北平短短几年
一个人才辈出的物理所
从你的手中走向世界

影响了中国的当代科学
“压电晶体学”你奠定了基础
“光谱学”你开启了中国光学的先河
中国放射学研究你亲手开创
你是中国科学的播种者、奠基人
你是现代物理学研究的先驱
你是中国的“科学之光”
从基础理论到应用科学
你的每一项研究都为了祖国的需要
很难忘啊
昆明黑龙潭的破庙和那简陋的平房
在抗日战争中
一具具石英振荡器
一套套望远镜
一台台显微镜
源源不断地从那里运出
每一部仪器都凝聚着你的智慧和心血
每一项发明都为抗日立下战功
每一个制造都是你的金灿灿的奖杯

你对科学的执着源于对祖国的挚爱
当七七事变爆发
你在巴黎国际会议上谴责日寇的罪行
走上大街举行抗日宣传
在人民解放战争中
你热血澎湃
走在革命的前列
在那战火纷飞的岁月你大声疾呼
号召青年“为中国的科学努力”
你的一生都在为中国的教育奔波
从北平研究院到中国科大
你那铿锵的讲演

匆匆的身影
永远定格在人们的心中
你那“全院办校，所系结合”的理念
让科大在短短几年进入名流
你开创了中国第一个少年班
你创办了中国第一个研究生院
新时期你培养了第一批博士
你发起了中美共建联合培养研究生项目
你的心胸像大海一样浩渺
装满了中国的教育与科学
你把毕生的精力都献给了祖国的科学
你的名字在中国的科学史上将永远放射光芒

严济慈，中科院院士，著名物理学家、教育家，中国现代物理学研究创始人之一。

1900年12月4日出生于浙江东阳，1914年就读于著名的东阳中学，1918年考取南京高师（中央大学），1923年赴法国巴黎大学留学，1927年回国短暂停留后，又于1928年再次回到法国从事研究，1930年底回国。

毕生钟爱古建筑　踏遍青山觅瑰宝

——献给梁思成院士

一代宗师已逝
一生风范永存
凝视清华园那尊雕像
那双深邃的眼睛
把人们带入悠长悠长的历史画廊
你似乎在回忆自己走过的踪迹
你仿佛在留恋大山里的古刹寺院
你好像在聆听古村落里
传出的悠扬的山歌
你又像在欣赏故宫这部雄壮的交响乐
你又像在眺望古韵悠悠的西安城墙
气势恢宏的八达岭长城
是啊
那些飞檐彩绘的楼阁轩榭
那些威严神圣的庙宇神坛
那些造型各异的宝塔牌楼
都是你一生的最爱
建筑是人类生存的痕迹
是人类思想的火花
是设计者和工匠们创作的凝固的音乐
是文化乐章里跳动的强音
你一生钟情于古建筑
甚至用生命去拥抱
因为你的身上流淌着民族文化的血液

你虽出生于父亲流亡的东京
但异邦的文化并不能在你的心田植根
你在中华五千年历史长河中遨游
在灿烂的文化宝库中汲取精华
经、史、子、集你爱不释手
壁画雕塑你奉之若宝
楼台亭阁你流连忘返
你在艺术的星空中畅想飞翔
在金色少年的时光里
在诗情画意的清华园
你的兴趣犹如春天里草原上的萌芽
那样地广布
那样地充满生机
那嘹亮的歌声悦耳动听
那悠扬的琴声令人陶醉
那精美的绘画惟妙惟肖
那健美的体魄充满阳光
这一切为你的建筑艺术奠定了根基

宾夕法尼亚大学
是你青葱岁月最值得留念的地方
你的事业是从这座美丽的校园起步
林林总总的哥特式建筑
葱郁繁茂的浩大植物园
让你如在梦幻里一般
在你的眼中每一座建筑都是绝美的画图
于是你走进了西方文化的长廊
在建筑艺术的时空里去探寻奇迹
图书馆里去品鉴一幅幅建筑图案
大自然中去欣赏一座座古建筑瑰宝
用画笔去给每一座古建筑画像
用建筑美学的理论去研究它的构造与历史

从北美到西欧
在领略了西方建筑风情之后
你回到了深爱的祖国
是你在东北大学
创建了中国最早的建筑系
是你在清华园
培养出了众多古建筑学的精英
生动的语言
形象的比喻
将建筑赋予鲜活的生命
你教会学生将建筑与环境和谐地统一
在中国营造学社
你开始了古建筑研究的生涯
当初你踏上这片热土的时候
心中有激动也有苦涩
古建筑群落满目疮痍
敦煌壁画的国宝竟然让强盗任意劫掠
无数的文物被冷落
无人去保护
无人去考察研究
日本人竟然说
“中国已不存在唐以前的建筑”
你的心被深深地刺痛
这是对中华民族的歧视与侮辱啊
从此你发誓
要用双脚踏遍祖国的大山名川
去发掘湮没千年的古建筑
去修复那些残缺的艺术珍品
从莫高窟到五台山
从雪域冰城到西南山区
从山海关到峨眉山
从齐鲁大地到江南水乡

从每一座古城到每一个古村落
你的双脚几乎走遍了华夏大地山川
每当古建筑矗立在你的眼前
你都是如获至宝惊喜若狂
都像爱护婴儿一样地呵护
从每一个构件、装饰
到每一扇门窗
每一幅彩绘
从每一块碑石到每一块门楣
你都煞费苦心去琢磨去研究
将她载入建筑史册
你亲手编写的《中国古代建筑史》《中国雕塑史》《清式营造则例》
让中国古建筑瑰宝重放异彩
给世界文化之林增添了浓墨重彩的一笔

当战火在北京外围燃烧
这座古城岌岌可危之时
你的心在煎熬
担心那些精妙绝伦的古建筑将毁于一旦
当北京和平解放保护了这座城市时
你又像天真的孩子露出了灿烂的微笑
可你万万没有想到
这座城市又将在“保卫者”的手中毁掉
当你看到北京的城墙在炮声中坍塌
当你看到地安门、广安门、崇文门
一座座城门在消失
你曾经大声呐喊：救救她们
但一切都是徒然
你失声痛哭
哭得是那样地悲伤
因为你的心被撕裂
正如你所说：“拆掉一座城墙像挖去我一块肉；

剥去了外城的城砖，像剥去我一层皮。”
是啊，你爱护古建就像爱护自己的生命
就像呵护自己的孩子
这都源自于你对五千年文化的钟爱啊

你对祖国的爱始终是那样地真挚
那样地深沉
在抗日的烽火中
当你收到“东亚共荣协会”的请柬
你愤然拒绝了
当美国大佬邀请你去讲学时
你说：“国难当头，绝不离开祖国。”
你在抗日的后方
在大西南的一个小山村里
继续你的古建筑研究
在那文化凋零的岁月里
出门总要被挂上“黑牌子”
在那间低矮的小屋里
你仍然沉迷于古建筑的世界
你爱华夏大地上的古建
你也爱被移植到异邦的古建
五台山的佛光寺在日本的奈良得以复现
庭院幽静殿宇重重的唐招提寺
至今仍香火缭绕
那是因为你在战火中将它保护了下来
你为了纪念鉴真大师
这位中华文化的传播者
在扬州的蜀岗上“鉴真和尚纪念堂”
从你的手中诞生了
是因为你
在祖国辽阔的大地上
有多少古建被发掘

有多少古建被保护
是因为你
古建风格得以涅槃
汉唐雄风得以重振
华夏文化得以传承
你给后人谱写的一曲曲古典乐章
将永远在这片古老的土地上奏响

梁思成，梁启超之子，中国科学史事业的开创者，著名建筑大师，毕生致力于中国古代建筑研究和建筑教育事业，中科院院士。

1901年4月20日出生于日本东京，11岁从日本回国，先后就读于北京汇文中学、清华学校，学业优秀，兴趣广泛。1924年赴美国宾夕法尼亚大学留学，学建筑。1927年取得硕士学位后，到欧洲考察建筑，1928年春回国。

双手接出新生命　奉献终生爱母婴

——献给林巧稚院士

鼓浪屿的涛声
你感觉太喧嚣
南普陀寺的晨钟
你感觉打破了宁静
林间鸟儿的歌唱
你感觉太浮躁
贝多芬的交响曲
对你似乎也缺少震撼
高雅殿堂的音乐会
对你也没有魅力
你一生最喜欢听的
是婴儿的第一声啼哭
那是世间最美好的音乐
为了这幸福的时刻
为了迎接一个个新生命的诞生
你献出了青春、爱情，乃至生命
你用一生来拥抱这一光辉的事业
你踏着鼓浪屿的海浪
走上日光岩去迎接每一个朝阳
你沿着那一条条深幽曲折的巷道
走过了你花样的年华
苦涩的海风让你坚毅
困厄的家境使你刚强
女校以你为光荣

鼓浪屿因你而骄傲
正当女大当嫁的年龄
你选择了学业
以开放的襟怀挑战自我
从你接到“协和”录取通知那一刻起
就注定你的命运将与妇婴连在一起
八年医科求学路
对你是历练也是幸福
“文海奖”足以让你自豪
你是协和第一位留校的女生
这让你荣耀也给你戴上了枷锁
这是一次痛苦而快乐的抉择
因为聘期内凡婚孕者自动解聘
从此你把一生都交给了妇婴事业

那是一个极度贫穷的时代
那是一个医疗条件极度落后的年月
妇女难躲产前产后关
难产婴儿死亡极多
你深知责任重大
在妇产科学的天地间你上下求索
在城乡临床实践中你普查调研
从妊娠分娩到妇科肿瘤
从内分泌到畸形胎儿
每一个疑难病症都是你攻克的堡垒
为了解除妇女婴儿的病痛
为了让中国的妇产科学放射出光芒
你越洋过海
从美国的芝加哥
到英国的剑桥
无论风光多么秀丽迷人
都不是你流连的地方

那藏书丰富的图书馆
才是你求知的乐园
你在学海中游弋
胜于在剑河上撑篙游览
多少次你一块面包当做午餐
多少次你废寝忘食
贪婪地在知识的海洋里吮吸
你用纤弱的双脚
走遍了多少个医疗科研机构
你的面颊在渐渐地消瘦
但你知识女性的身姿在不断地丰润
因为科学给了你无穷的魅力
你的目光始终聚焦国际前沿
当你发现苏联“无痛分娩法”时
你年过半百还苦学俄语
一切都是为了填补祖国医学的空白
都是为了妇女儿童的健康

你的头脑贮满了知识
你的心中装满了大爱
在你花季年华时
你毅然选择了事业
甜蜜的爱情温馨的家庭你舍弃
你将自己嫁给了祖国的医疗事业
妇儿医学成了你生命的全部
你数十年如一日
一个个手术
一本本病案
一回回病人家访
一次次探讨研究
你用一生的心血
写就了妇儿医学百科全书

你虽孑然一身但你并不寂寞和孤独
夜晚床头的电话那是最好的“约会”
每一声婴儿的啼哭
那是最甜美的幸福
你曾经说过：
“我存在的场所便是在医院病房，
我存在的价值便是治病救人”
你挽救了多少病危的生命
你那双灵巧的手
托起了数万个新生儿
你的一生虽然没有子女
但你是“万婴之母”
在你的身后“幼木成林”
“念林”“爱林”“敬林”“仰林”
你是一位伟大的东方圣母
你把青春献给了事业
你把慈爱洒向了人间
你是一位资深专家
却让贫穷者挂你的“普通号”
当你看见病人困窘痛苦时
你会放下手中的事直奔而去
你用微薄的收入去接济穷苦病人
在你的出诊包里
总要放上钱以便接济穷人
在你的日历表上从来没有节假日
你工作的车轮总是高速运转
从来没有按时下班
在你生命的最后时刻
你在昏迷中还在喊叫：
“快，快，拿产钳来”
你就是握着那把产钳
告别了这个美丽的世界啊

你把一生仅有的一点积蓄
捐给了托儿所
你把你的青春，你的一生都献给了人民
最后把你的骨灰也洒向了养育你的故乡
去聆听鼓浪屿赞美的琴声
这是多么伟大的人格魅力啊
如今当我们走进鼓浪屿的“毓园”
我们不禁会对着汉白玉雕像的您
肃然起敬
那伟岸高大的南洋杉
不正是您秀逸高洁的品格写照吗

林巧稚，女，医学家、中国妇产科学的主要开拓者、奠基人之一，中科院院士。

1901年12月23日出生于福建鼓浪屿的一个教员家庭。曾就读于鼓浪屿女子高中，鼓浪屿高等女子师范学校。1921年考入协和医学堂。

电子与水声科学的领跑者

——献给朱物华院士

打开《背影》
一段尘封的记忆又闪现在脑际
一组惨淡的镜头又跳入眼帘
从字里行间去品味那段苦涩的日子
还想去古城扬州
去那座古色古香的朱自清的故居
去寻觅你的踪影
你生活的印记
东关小学的儿歌里
至今还传唱着你勤苦读书的佳话
扬州中学的校史馆
至今还珍藏着你优异的成绩单
一心向学是你奋斗的指南
追求卓越是你人生的坐标
“五四”新潮涌进了西学的劲流
科学救国坚定了你宏大的志向
可是家境的变故
给你的理想蒙上了阴影
父亲那句凄凉的话语：
“明天起你不上学了……”
像晴天霹雳划破你斑斓的梦
你的泪水簌簌地流下
“我要读书，我要读书”
是哥哥省吃俭用让你坚持下来

你珍惜来之不易的机会
无论生活多么艰辛
冬天即使是一床又短又薄的棉被
也丝毫不能降低你读书的热情
你终于以骄人的成绩
从瘦西湖来到了上海滩
在交通大学的校园
翻开你人生崭新的一页
书写你新的辉煌
你终于以荣膺第一的成绩
登上了赴美留学的邮轮
在麻省手脑并用创新世界
激励你在科学的前沿奔跑
在哈佛探索“真理”
点亮你人生旅途的航标
查尔斯河畔的绿荫下
留下你手捧书卷的身影
波士顿的图书馆里
烙下你躬耕不辍的脚印
你收获了金灿灿的果实
你赢得了光艳夺目的桂冠

回家吧
因为根在祖国
你要给“母亲”带去一份厚礼
带去知识也带去经验
你绕道欧洲大陆
从大不列颠群岛到莱茵河畔
从阿尔卑斯山脉到罗马古城
处处都留下你匆匆的背影
你去柏林听课
你到剑桥实验

你进工厂考察
你带着沉甸甸的礼物踏上归程
南海之滨有你匆忙的脚步
燕山脚下有你慷慨激昂的讲演
未名湖畔有你耕耘讲坛的身影
滇池岸边有你潜心研究的硕果
北域雪城你热情满怀
黄浦江边你激情澎湃
无论是游学海外
还是奔走在大江南北
你的执着如坚毅的磐石
你的成果如闪烁的明星
东京的万国会议有你铿锵宣读的声响
权威刊物放射出你电子科学的光华
大学讲堂上有你编写的一本本教科书
《电信网络》让你成为先驱
“电视学”与“电传真”是你的创举
中国电力你输送智慧
“水声工程”你奠定基础
“电子战”你高瞻远瞩
“集成电路”你捷足先登
科学远景你挥手规划
体制改革你大刀阔斧
天命之年你自学俄文
传播科学你日夜劳作
“牛棚”中你仍潜心研究
耄耋之年你依旧立足讲台
漫漫生涯你鞠躬尽瘁
教育园圃你桃李芬芳
你的学生献给你的颂诗
是对你最好的评价：
“春深老树雯芳菲

一代宗师世所稀
教泽流长遍中外
无言桃李自成蹊”

朱物华，电子学家，教育家，中科院院士，中国电子学科和水声学科奠基人之一，编写我国第一套电子学科教科书。

1902年1月3日出生于扬州邵伯镇，1915年考入扬州八中，1919年考入交通大学，1923年赴美留学，1927年回国。

扬州流传着朱门双杰的佳话，一文一理，各领风骚。哥哥朱自清是中国现代文学家。

“手脑并用创新世界”是麻省理工的校训，“真理”是哈佛的校训。

仰望深空观天象　化作明星照乾坤

——献给张钰哲院士

朱紫坊
一块书香浓郁名流辈出的吉地
安泰河的旖旎风光让人陶醉
芙蓉园的缤纷世界令人流连
童年你就在这里描摹那秀丽迷人的风景
采撷那文化长河中的诗贝
你就在这里仰望深空
游目那神秘的星际
记得八岁那年哈雷彗星的亮光
清晰地照亮你的心头
清华园中一个月光朗照的夜晚
一段科普卷首语：
“天文学乃中国古学，
千年前即已灿然大备
近百年日就消亡，几成绝响”
让你心潮起伏彻夜难眠
你要让沉沦的中国重新挺立
你要让天文古国的雄风再起
当你踏上美洲大陆
你毅然放弃了“机械工程”
在芝加哥大学
翻开你人生新的一页
从此你用一生的情怀拥抱浩渺的宇宙
你让青春和豪情在苍穹上放射光芒

怎能忘1928年11月22日夜
叶凯士天文台一阵阵笑声划破夜空
激动的泪花遮住了你的视线
“捉住了，捉住了”
这就是“中华星”
你是中国第一个发现小行星的人
为了它两年来在茫茫的星海中你苦苦地搜寻
为了它你废寝忘食面色苍白
双眼布满了血丝
但每当你拿起那天文望远镜
便心旷神怡兴奋不已
“中华星”像一颗北斗闪耀在星空
连同你的名字一起光芒四射

你的一生步履匆匆
做客在星星大家族中
四百多颗行星是你写进星历表
你热爱天空热爱天文
就像热爱自己的生命
当日寇的铁蹄踏进山海关
你孤身只影从紫金山来到红墙根下
为使古天文仪器不落入魔掌
你急中生智煞费心机
将它安全转移到紫金山
成为江城镇山之宝
1937年8月你预测四年后
将有四百年一遇的日全食
为了捕捉这一罕见的天文奇观
你南下西南边陲北上祁连山脉
乘坐大篷车冒着枪林弹雨
跋山涉水出生入死
1941年9月21日

期待已久的一天终于到来了
你给日食摄下了珍贵的照片
你为天文学史增添了浓墨重彩的一笔
电波将这历史的瞬间传遍全球
当你再次登上美洲大陆
当你走上美国天文学会年会的演讲台
当你来到当年发现“中华星”的叶凯士天文台
一种自豪感油然而生
你让世界了解中国
你的名字和中国紧紧地联系在一起
友人挽留你
条件是那样优厚
但你的心中只能装下自己的祖国
“楚才岂能为晋用，相期神州建灵台”
你挥挥手说一声再见
回到了朝思暮想的祖国

站在紫金山上
俯视滚滚东流的江水
你心潮澎湃
心中默默地发誓
要让中国的天文学立足于强国之林
你修复了遭战火洗劫的仪器
你建立了先进的天文仪器厂
你掌门下的紫金山天文台
繁星闪烁
金辉耀门
你观测到五千多次小行星的位置
你研究哈雷彗星
诠释“武王伐纣”的悬案
你开创了天文学的学科领域
月球火箭的运行你研究

人造卫星的轨迹你设计
你的目光始终投向那浩渺的宇宙
《宇宙》囊括了天体也包容了你的心智
你的心思时刻都在关注斑斓的天象
《天问》涵盖了你对苍穹的一切遐想
你把心血和热情挥洒在蓝天
和日月星辰同辉
你把神奇的宇宙
化作简洁的语言
引领着人们去探索发现
你探索宇宙的同时
自己也化作一颗明星
“2051”号“张钰哲”星
永远闪烁在耀眼的星空

张钰哲，著名天文学家，中科院院士，“中华星”发现者。我国现代天文学主要奠基人。

1902年2月16日出生于福州闽侯，1919年毕业于北师大附中，同年考入清华，1923年赴芝加哥大学留学，1929年获博士学位后回国。

朱紫坊位于福州市津泰路南侧的安泰河沿，沿河古榕垂髯，明、清民居鳞次栉比，名人住宅众多。张钰哲的故居就坐落在朱紫坊芙蓉弄7号。

燃烧生命去创造生命

——献给童第周院士

塘溪这块神奇的土地
像一块温润的宝石折射出光芒
她面向大海头枕天台
集天地之精气
纳日月之英华
物华天宝
名流辈出
中国的克隆之父——您就诞生在这里
上帝赋予你童年想象的翅膀
任凭你在宇宙间飞翔
你要验证“滴水穿石”的原理
你要探索鱼儿游弋的奥秘
蓝天飞鸟的高翔
自然界生物的繁衍
在你都是一个个要求解的迷
私塾里那几个“之乎者也”
远不能满足你对知识的渴望
你要从私塾那堵墙里走出
去眺望一片别样的缤纷世界
你要去声誉最好的效实中学
走进传播科学的新学堂
你要用滴水穿石的韧劲
去凿开新学的大门
昏黄的烛光伴你度过了无数个夜晚

夜空的明月照亮你手中一张张书页
你终于跨入心仪已久的校门
然而你痛苦地哭了
因为你是全班倒数第一
你面临着又一次挑战
你是大海里不畏风浪的礁石
要以坚韧的意志迎接挑战
知识像磁石般吸引着你
你恨不得要把日月拴住
夜晚星光是你夜读的伴侣
路灯点亮你心中的航标
一串串知识融进你的脑海
一道道习题在你手中迎刃而解
你终于笑了
笑得是那样开心
全班对你刮目相看
因为奇迹在你身上出现
你实现了人生的一次飞跃
桂冠的殊荣让你赢得一片赞叹
正如你所说："世上没有天才，
天才是用劳动换来的"

你从杭州湾来到了黄浦江边
在"日月光华，旦复旦兮"的吟诵中
走上了追求科学的求索路
校长的一个演讲
让你懂得了"一切都要通过实验……"
从此，你改变了人生轨迹
由"哲学科学"跨入"生物实验科学"

在美丽的布鲁塞尔
波光潋滟的湖水

碧草如茵的草地
都不是你流连的处所
实验室才是你开心的俱乐部
有人说“中国人太笨”
你怒火中烧要和“黄眼睛”一比高下
你用辉煌的业绩
为中国人赢得了尊严
卵细胞膜的剥除手术
多少人以失败告终
多少人望而却步
你却用绣花样灵巧的双手
创造了奇迹
轰动了国际生物界
你的成功赢得了一片赞誉
“童第周真行，中国人真行”
令学术泰斗李约瑟也赞叹有加
当你捧着那金光闪闪的博士学位证书时
你已经跻身于世界胚胎学家的行列
多么年轻的学者
从你的身上看到了中国科学的曙光
导师和朋友的挽留你谢绝了
布鲁塞尔的优越生活你放弃了
你说：“我是中国人”
这句话你在比利时说过
你在美洲大陆也说过
多么自豪而铿锵的话语
这是发自于你内心深处的真爱

因为你对祖国的虔诚
你才会去日本驻比利时大使馆抗议
你才会在国内“反饥饿，反迫害”的学潮中
旗帜鲜明地站在学生的队列

你才会对科学一往情深
你深深地懂得遍体鳞伤的祖国
只有靠科学才能疗救
因此你把一生都献给了科学事业
你来到了黄海之滨
开始了你的科学救国梦
在那抗日烽火弥漫的日子
你伴随着“山东大学”西迁
颠沛流离风餐露宿
你在大山里安营扎寨
一间破庙便是你的实验室
为了买一台旧的显微镜
你四处借债
夫人变卖首饰
用十年的积蓄还清了债务
这就是你对科学的挚爱
显微镜没有光源
你就搬到室外利用太阳采光
利用亮雪采光
炎夏你不顾汗水模糊了视线
隆冬你忘记了呼啸的寒风
你就是这样夜以继日孜孜以求
就是在那间简陋的土屋里
你创造了一个个奇迹
当昔日的恩师李约瑟先生
踏上中国的土地时第一个要见的就是你
简陋破旧的实验室让他目瞪口呆
因为他万万没有想到
国际水准的论文竟然是从这里产出的
是啊
在大西南的破庙里
你度过了多少个不眠之夜

在黄海之滨的小屋里
你送走了多少个星光灿烂的夜晚
你用细胞核移植的方法
开创了我国“克隆”技术的先河
你用实验科学证明了细胞质在遗传学中的非凡意义
《睡莲金鱼图》是你创造的“童鱼”的写真
“思想要奔放，工作要严密”
这就是你成功的秘诀
你的一生是“生命不息，创新不止”
工作和学习几乎是你生活的全部
你曾经说：“不能看书是最痛苦的事”
无论是在“牛棚”还是在病床上
你一时都没有停止学习和工作
为了科学你耗尽了心血和生命
你留下的是你的学术思想
你的科研作风
你的治学态度
你的功绩将永垂千古
你的精神将“克隆”出一代代人
去创造科学的明天

童第周，享誉海内外的生物学家、教育家，中国实验胚胎学的主要奠基人，被誉为“中国克隆之父”，中科院院士。

1902年5月28日出生于浙江鄞县，1922年毕业于宁波效实中学，1924年考入复旦大学，1930年到比利时留学，1934年底回国。

淡泊功名甘做铺路石

——献给赵忠尧院士

你没有佩戴“两弹一星”功勋奖章
你没有站在颁奖台上
接过那金灿灿的证书
但是你同样拥有鲜花和掌声
没有你这块核科学的铺路石
没有你披肝沥胆的付出
中国的核事业也许要晚起步多年
共和国的国际话语权也许没有那么有分量
“科学救国”是你那一代人的共同理想
你在科学的王国里提炼拯救中华的良药
滚滚长江
你感受到历史洪流的迅猛
巍巍长城
你体悟到民族脊梁的刚强
你目光炯炯紧紧盯着西方科学的前沿
你跨越太平洋
在加州理工找到你的乐土
“光学干涉仪”的课题你感觉太一般
你要登上云梯去攀摘高天的明星
“硬伽马射线”的命题
将你推向了一个巅峰
让你站在了一个伟大发现的天门
你在和时间赛跑
多少个不眠之夜的鏖战

你终于用翔实的数据
对一个权威的公式提出质疑
这一发现足以让国际学界震惊
但你的脚步没有停滞
你的追求更高更远
“正负电子湮没效应”的发表
“硬伽马射线的散射”的发现
让你成为人类历史上的第一人
你是第一个发现反物质的物理学家
你的论文成为国际经典文献
你完全有资质荣膺国际诺贝尔奖
可是一个阴差阳错
诺奖与你擦肩而过
历史给你留下一个酸涩的遗憾
但国际学界公认
你是一颗被湮没的明星

你带着辉煌和遗憾
回到了你熟悉的故园
在这片贫瘠的土地上
你洒下了核科学的种子
你开设了首个核物理课程
你创建了中国第一个核实验室
条件是那样的简陋
你享受寂寞默默耕耘
一台计算器
计算“中子”世界的参数
探索原子核的神奇
一篇篇论文
一个个成果
在天空绽放出缤纷的华彩
你把青春和热血

毫无保留地献给了神圣的核事业
人们不会忘记
卡文迪许实验室的一个个日夜
你亲手从卢瑟福手中接过五十毫克镭的身影
你冒着被杀头的危险
乔装成难民
像呵护新生婴儿一样
紧紧地
紧紧地揣在怀里
你的胸前被深深地烙上血印
几多磨难几度周折
你终于带到了西南联大
这是中国高能物理的全部家当
这是中国核科学的珍贵基因
这就是你对祖国的一片赤诚啊
小虹山下你呕心沥血
莲花池畔你不息昼夜
你刚毅与坚卓的精神
永远镌刻在历史的丰碑上

1946年当你坐在“潘敏娜”号舰船上
看到蘑菇云从太平洋的小岛上升起
当你知道美国的原子弹源于你的成果
你在沉思
你在痛苦
你知道当时中国地位的低微
你深深懂得
在这个列强争霸的世界
落后就要挨打
你清醒地认识到
发展核科学是科学家责无旁贷的使命
你多么希望祖国也能拥有一台加速器啊

当特邀观摩嘉宾在美洲大陆游山玩水
你却悄悄地回到了母校
你要解读加速器的每一个构造密码
每一张图纸每一个部件每一个参数
你都把它储存在你的大脑
等待回国以后复制
那些日子实验室就是你的家
你把整个身心都投入其中
在麻省理工
在卡内基地磁研究所
你的工作节奏像“加速器”一样
为了能多买些设备
你节衣缩食含辛茹苦
一杯白开水
一块面包
一袋咸菜
这就是你的“美式生活”
当五星红旗在天安门上升起
你欢呼雀跃归心似箭
你冲破重重阻挠
终于踏上了归程
当成套的电子器材被扣留
你痛心疾首悲愤万状
当在横滨遭到野蛮关押时
当宪兵用枪口威胁你去台湾时
你从容冷静毫不屈服
“我回大陆之意已决”
这就是你从肺腑迸发出的壮言豪语
共和国伸出救援之手
你终于又回到了期待已久的祖国

在这块新生的土地上

你为中国近代物理奠基
你为核科学的发展规划
高能实验基地的建设
第一台质子静电加速器的建成
第一台粒子加速器的成功
第一枚原子弹在戈壁滩上腾飞
第一颗氢弹的发射
第一艘核潜艇的下水
第一个高能正负电子对撞机的问世
第一个核电站的破土动工
无不凝聚着你的心血和汗水
你用你的智慧和忠诚
铸造了共和国坚不可摧的钢铁长城
任凭风云变幻
任凭被戴上莫须有的罪名
任凭被关进“牛棚”
你对新中国的坚贞始终不渝
历史永远记住你
人民永远怀念你
你的事业和精神将永远与青山同在

赵忠尧，中科院院士，核物理学家，是我国核物理研究的开拓者，中国核事业的先驱之一。

1902年6月27日出生，浙江诸暨人。1920年考入南京高师，1925年毕业于中央大学物理系，1927年赴美国加州理工学院留学，1930年获博士学位后，到英国剑桥大学访问，1931年回国。1946年6月30日，应美国政府之邀，赵忠尧以中国代表的身份，到太平洋观摩美国试爆一颗原子弹，随后在美国进行学术研究，1950年回国。

卡文迪许实验室是英国剑桥大学的物理实验室，建于1871—1874年。

一代宗师育英才　科学泰斗创基业

——献给周培源院士

走进江南水乡的一座古镇
走进你童年曾生活过的那所老宅
青灰色的砖墙与屋面
新颖别致的西式门窗
中西合璧式的建筑风格
飘散着浓浓的文化气息
中国现代科学的开山者
你就是从这里走出
这座老屋是芳桥镇的文化标签
你在这里度过了多梦的童年
走进那窄窄的老巷
仿佛还能找到你童年的脚印
听到你那稚嫩的歌声
你曾登上山岗
俯瞰太湖的波光
眺望远方的风景
你立志要走出老屋
到别样的世界去寻找人生的坐标
是啊，你带着青春的微笑走进了清华园
在西学的百科全书里畅游寻觅
你被数学万花筒所深深地吸引
发表的论文让教授赞叹不已
这就是你科学的起点吧
你从清华园走向芝加哥

“益智厚生”的校训鼓起了你理想的风帆
你人生追求的脚步始终是向前向前、攀登攀登

在加州理工你荣膺最高荣誉奖
在莱比锡
在苏黎世
在量子力学的世界里
你收获丰厚
你带着累累硕果
带着拳拳报国之心
回到了你日夜思念的祖国
在北大红楼
在岳麓山下
在彩云之南
处处有你匆匆的脚步
铿锵的讲演
你深深懂得
学术需要交流而得以提升
思想需要碰撞方能产生火花
你作为一位学术领袖
始终将学术殿堂的大门敞开
你是促进中外学术交流的推手
也是学术交流的使者
你很有幸走进了爱因斯坦的实验室
在广义相对论的世界里去探究发现
引力理论研究
你在世界上首次获得新的发现
湍流理论探索
你在国际上第一次提出
“湍流脉动方程”
你深知基础理论犹如大厦的根基
它支撑着应用科学的生长

无论是长剑穿破蓝天
还是卫星翱翔苍穹
无论是遨游沧海的潜艇
还是地上飞驰的列车
没有基础理论
它们都不会那么神奇
难怪当你休假赴美学术访问时
双脚刚踏上美洲大陆
当局便正式邀请
给予你全家“绿卡”
难怪“老美”答应你的条件
允许你在海军军工试验站工作
但你“人在曹营心在汉”
你的事业在祖国
你不为金钱与地位所诱惑
放弃了高薪和优越的条件
你把根深深地扎入祖国这片沃土

在科学的讲坛上你辛勤地耕耘播种
用你智慧的琼浆浇灌着科学的园圃
培育出众多的青年才俊
你是桃李满园的一代宗师啊
你教导学生：课题要自己做
文章要多听别人的意见
你在学术上从不掠人之美
你的人生格言
“独立思考，实事求是，
锲而不舍，以勤补拙”
像灯塔一样导引着人们前进
你对科学的追求与执着
永远是年轻人的楷模
在那段浩劫的岁月

有人高喊“打倒爱因斯坦”
有人要取消“基础研究”
而你自己被视为“美国特务”
你的心碎了
他们哪里懂得你那颗滚烫的心啊
你在美国研究鱼雷
那是为了打日本鬼子
当二战胜利
你欢呼雀跃到加州饭店去庆祝
当“四·一二”事变爆发
你旗帜鲜明地反对国民党
早在中学时代
你就是一位热血青年
“五四”游行队列里有你的身姿
喧天口号中有你的回音
如今你用回国效力的行动
带动一批爱国青年的回归
你就是这样一位赤子啊
把一生的心血献给了祖国
用生命来拥抱这片热土
你是一代宗师
学术巨匠
你是学界泰斗
世代风范

周培源，中科院院士，著名流体力学家、理论物理学家、教育家和社会活动家。中国近代力学和理论物理奠基人之一。

1902年8月28日出生于江苏宜兴一个书香之家，1919年考入清华学校，1924年被选派到美国芝加哥大学留学，1927年入加州理工学院攻读研究生，次年获博士学位，1928年入德国莱比锡大学，1929年赴瑞士苏黎世高等工业学校，同年回国。其后，又有两次赴美学术研究。

数与诗的人生交响曲

——献给苏步青院士

“我是平阳人，浙江是我的故乡”
是啊
文风鼎盛的平阳
寰中绝胜的雁荡
足以让你自豪与骄傲
大山的怀抱是你童年的摇篮
沧海的壮阔是你蓝色的梦想
故乡让你魂牵梦萦
因为山坳里还回荡着
你这位当年牧童的笛音
田野里还闪耀着
你手扶犁铧的光亮
你忘不了啊
那青灰淡雅的房舍
忘不了啊
那郁郁苍苍的古藤
忘不了啊
那水清如镜的老井
你忘不了啊
父亲挑着一担米送你上学的背影
你忘不了啊
先生让你顿悟人生的教诲
你多少次登上山岗
眺望大山外边的世界

你多么渴望自己的人生能平步青云
幼小的你像一株干枯的禾苗
多么希望得到知识雨露的滋润
你多少次躲在富家的窗下
偷听私塾先生的娓娓授课
你多少次在昏黄的油灯下
吟诵古代的诗章典籍
唐诗宋词你滔滔不绝
《史记》《汉书》你口若悬河
正如你所说
文史基础助你登上数学的宝殿
当你看到国土遭到蚕食
当你看到江山弹痕累累
你郑重地写下
“读书不忘救国，救国不忘读书”
在你金色的年华里
书写了一次次的辉煌
绚丽的桂冠让你春风得意
从平阳小学到省立十中
从吴越古镇到异域东瀛
你在数学这条崎岖的山路上
披荆斩棘乐此不疲
无论是酷暑隆冬还是霜晨雪夜
读书、思考、解题、演算
是伴随你的最美的旋律
你那本泛黄的毛笔字迹的习题簿
至今还被珍藏在东北帝国大学
你青春的烈火在燃烧
为国争光的热情在蒸腾
在“微分几何”世界
你的成果放射出耀眼的光芒
你是“东方国度上升起的数学明星”

你青春的光艳
比仙台的樱花还要烂漫
当你穿上博士服的那一刻
名校的聘书像雪片一样飞来
你不为高薪所诱惑
因为你说
“祖国正处于水深火热之中，
我不能袖手旁观”

你兑现了你的承诺
回到故乡
回到西子湖畔的浙大
去开辟一个全新的世界
去建设具有世界水准的数学学科
你把整个身心都交给了心爱的事业
在抗日烽火中
“帝大”的聘函遭你冷遇
当岳父病危
要你火速赶赴仙台
但你选择了随浙大内迁
在西迁的山路上
你在防空洞里仍翻阅文献
研究微分几何
怎能忘在贵州湄潭的那所破庙
桐油灯下你熬过了多少个夜晚
怎能忘你那打满补丁的衣裳
怎能忘你下课后开荒种菜的背影
怎能忘你地瓜干蘸盐吃的生活情景
你颠沛流离居无定所
你含辛茹苦夜不能寐
然而研究与写作你从没有懈怠
中国数学学会你发起

《数学年刊》你创办
中科院数学所你筹建
你艰难的跋涉和登攀
让你赢得了国际声誉
浙大因你而被称为“东方的剑桥”
“苏氏微分几何学派”
成为浙大的一道靓丽风景
《仿射微分几何》走进世界学术殿堂
“射影曲线论”影响国际学术舞台
“苏二次曲面”震撼学界名流大师
“苏氏定理”“苏氏曲线”“苏氏锥面”
……
像一朵朵绚烂的花朵
绽放在国际数学园圃

你依依不舍告别了浙大校园
你要把自己亲手培育的山花
移植到黄浦江边的复旦
你用心血浇灌出希望的果实
你用双手高高地擎起并蒂莲花
有人说数学抽象而单调
但你总是那么其乐无穷
运用得是那样地娴熟自如
马路上高速行驶的汽车
大海里破浪航行的舰船
蓝天上翱翔的飞机
你都能让数学大显身手
不愧为“东方第一几何学家”
你是数学大师也是教育“大家”
学生研讨班是你的创举
无论时局怎样动荡还是生活多么艰难
无论是寒风凛冽还是大雨滂沱

你总是持之以恒
你搭建了培养精英的舞台
你曾经说过：
“名师出高徒，高徒出名师”
你犹如展翅高翔的鲲鹏
引领着雄鹰和你一起翱翔
风雨如晦的岁月
你给青年点亮了明灯
日光明丽的春天
你希冀晚生勇攀高峰
你虽离开了耕耘七十年的讲坛
你虽离开了深情眷恋的校园
但你永远是一座灯塔
引导着人们破浪前行

苏步青，中科院院士，杰出的数学家，被誉为“数学之王”，建立微分几何学派，他同时又是一位诗人，出版诗集《苏步青业余诗词钞》《数与诗的交融》。

1902年9月23日，出生于浙江平阳一个小山村。1919年毕业于浙江第十中学（今温州中学）后赴日本留学，1927年毕业于日本东北帝国大学，1931年回国。

海外游子梦萦祖国　肝脑涂地一片衷肠

——献给叶渚沛院士

穿越一个多世纪
走过历史的长河
你那步履匆匆的身影
你那肝胆相照的话音
仍如在昨天
历历在目
声声入耳
你漂泊流离客居南洋
可是你的心始终牵挂着祖国
童年你每一次踏上这片神圣的土地
都油然而生敬意
你为她悠久的历史而自豪
你为她灿烂的文化而依恋
多少次你问父亲
“祖国多好，咱们为啥要到国外？”
一句悲凉的回答令你潸然泪下
“列强入侵，有家难归啊！”
是啊
我们没有兵舰没有钢厂
那是一个任人宰割的悲惨岁月啊
山河破碎国土沦陷
深深地刻在你那稚嫩的心坎上
你要寻找疗救祖国的良药
到大洋彼岸

你站在落基山脉的巅峰
去透视地下的宝藏
你伫立在密歇根湖的岸边
去思索冶金炼丹的方术
你沿着特拉华河畔
去探寻金属物理的奥秘
你的灵感
你的智慧凝成的学术论文
像一颗颗珍珠璀璨夺目
你的才华令大师们赞赏有加
优厚的条件友人的挽留
你的心不为所动
因为你心中有多难的祖国

你吹着海风带着梦想
回到你挚爱的故乡
你双脚踏遍这片广袤的大地
你用敏锐的目光洞察地下矿藏
紫金山下你开始冶金生涯
九省通衢你绽放绚烂的钢花
山城重庆你竖起巍巍的高炉
抗战前线你闪耀着智慧的光华
你倾尽所有四处募捐
将国际友人、进步青年送往延安
你不惧风险机智应变
为宣传“皖南事变”真相铺设通途
漫漫抗日路
你默默坚守后方做一个“钢铁汉子”
为了祖国的强盛
你需要再次走出国门了解世界
你要让科技赶上时代的步伐
你要让中国立足于世界舞台

在北美大陆你走遍了矿山工厂
在联合国总部
你心系祖国关注未来
你探索经济著书立说
当新中国的旗帜冉冉升起
你心潮澎湃欣喜若狂
你又一次踏着波涛
回到了这片新生的热土
当你站在阴山脚下
发现地下蕴藏着丰富的稀有瑰宝
你欣喜万分又百感交集
那时盲目崇拜苏联
让你的满腔热血遭遇寒流
在“铁矿”与“稀土”的论战中
你被戴上“反苏”的黑帽
在寒风和逆流中你没有退却
寝食难安
呕心沥血
一次次上书
一份份建议都石沉大海
你的心在流泪眼在泣血
直到阴霾散去
你的建议才被接纳
这是二十五年漫长的等待啊

你立足未来给科学定位：
“科学是一种生产力”
在那“钢铁”年代
你率先提出的“三高一吹”
为钢铁发展指明了方向
你的高炉理论首创世界记录
领跑国际新技术

你提出复杂矿藏的综合利用
让每一种矿产都能发挥到极致
循环经济是你最早竖起了标杆
环保工业是你首倡的理念
钢铁与化肥的联姻你架起鹊桥
超细微粒的凝聚分离你巧设魔法
你让计算机结缘化工冶金
“疯子举动”成为现代的工业文明
在你的血脉里始终涌动着激情与创造
在你的人生履历上
处处闪耀着赤诚的光芒
攀枝花铁矿有你设计的方案
白云鄂博记下你历史的丰功
高炉旁有你挥洒的汗水
田野里有你徒步考察的脚印
江河大坝你曾周密思考
交通动脉你曾绘制蓝图
当你的热情遭遇黑色旋风时
你挺起脊梁去和风暴抗击
当你的一片丹心被扣上“黑标本”
当你被扫进“牛棚”去“触及灵魂”
你都没有浇灭那颗火热的心
当有人要求你在“特务”结论书上签字
你伸出双手准备受铐
“既然定罪，请逮捕吧”
这是何等的淡定和愤慨
当你从“牛棚”释放出来
看到满目萧条的科研大院
你痛心疾首浑身颤抖
当你眼见自己亲手建起的化冶所面临倒闭
当你这位大科学家被“分配”去打扫厕所
你再也不能沉默了

你拿起笔杆讨伐历史的小丑
你大声呐喊
我要工作“科研工作是我的生命”
这是发自一位古稀老人的心声
这是一位身患癌症老人的呐喊
这声音惊天地泣鬼神啊
在弥留之际
你手里还攥着未竟的文稿
你还叮嘱家人
把蹲“牛棚”以来写的论文和建议献给国家，
将来会有用的
就这样一颗举世瞩目的“科学巨星”陨落了
一位伟大的“人民科学家”告别了我们
告别了你热爱的事业
你走了
但是你的精神光芒永远照耀着神州大地

叶渚沛，冶金学家，中国化工冶金学科奠基人之一，中科院院士。

1902年10月6日生于菲律宾马尼拉市一个华侨家庭，18岁前生活在菲律宾，祖籍厦门。1921—1933年在美国留学工作，1933年到德国考察，年底回到多难的祖国。1945年任职联合国，1950年第二次回国。

用生命探索生物科学

——献给贝时璋院士

面对大海吹着海风
大海给了你博大的胸怀
海风让你如磐石般坚毅
祖辈打渔的生活
让童年的你尝到了生活的苦涩
阿姆的谆谆教诲
让你懂得唯有读书识字
方能走出贫穷
你铭记阿姆的那句话
“好好读书，
做一个有出息的男人”
从“进修学堂”到“宝善学堂”
你开始了求学之路
古镇上那条青石板的小路
留下你童年的脚印
田野里那散发着芳香的油菜花
唤起了你对未来生活的憧憬
那棵百年古槐
挂满了你童年多趣的风铃
走在大上海的街道上
你感觉这个世界好大好精彩
黄浦江边的洋楼
绚丽闪烁的霓虹灯
熙熙攘攘的人流

琳琅满目的商品
让你感到一切都是那么新奇
让你产生无限的遐想
由此你从好奇走上探索之路
在汉口的德华中学
你仿佛打开了一扇窗户
看到了西方科学之林的繁茂
在自然科学的森林中
你陶醉于科学的神奇
一本《蛋白体》
像磁石一般吸引着你
每一门科学
对你都是一个迷宫

在图宾根大学
你没有漫步于浪漫的沙滩
你没有流连于风景迷人的公园
你的乐园是书本
你的家是实验室
你的伴侣是那变幻着神奇的仪器
在那里你像一个饥饿者
吮吸着科学的营养
所有自然学科门类对你都是琼浆玉液
在那里你积淀了雄厚的科学基础
在短短的几年里
你完成了从本科到博士的“三级跳”
你的博士论文透射出你非凡的才华
赢得了学界泰斗的赞誉
德国的八年
你学会了细致周密地思考
掌握了严谨的科学研究方法
你是图宾根大学的骄傲

你头上几顶博士帽的钻石
熠熠生辉光华四射
导师的挽留
朋友的相劝
舒适的环境
优厚的待遇
都不能动摇你那颗归国的心
你知道衣衫褴褛的“母亲”
贫穷落后的祖国
需要你用科学去改变她的命运

回来了
回到了久别的家园
在西湖岸边的浙大校园
在那简陋低矮的三间平房
开始了你的探索之路
在抗日硝烟弥漫的日子
在西迁的途中
你不顾旅途的疲惫
不顾条件的恶劣
孜孜以求披荆斩棘
怎能忘在那间蜗牛般的实验室
你发现了多少个科学的奥秘
怎能忘你把那块黑板
当做人生的舞台
你一手挥舞着画笔
一手潇洒地板书
怎能忘你为浙大创造了浓厚的学术氛围
你为中国生物科学奠定了基础
是你缔造了一流的学科
造就了一流的人才
有多少高徒出自你的门下

因为有你
李约瑟称浙大是“东方的剑桥”
你以卓越的科研成果
无愧于中研院的第一届院士称号

当东方的曙光洒满华夏大地
当新中国从一片废墟中站立起来
你为中国科学院的建立
为中国科学的发展
像一匹骏马奔驰在科学的高原上
从黄浦江边到古长城的脚下
处处都有你匆匆的身影
三尺讲台上
你潇洒自如撒播科学的种子
科学规划的会议上
你像久经沙场的宿将
指挥若定布局未来
实验生物学你奠基
放射生物学你开拓
细胞重建学说你始创
宇宙生物学你建立
你炯炯的目光
始终瞄准世界的学术前沿
你提倡发展交叉学科
科学的“杂交”会迸发出异样的火花
你的一生硕果累累功勋如山
但你追求科学的脚步一刻也没有停止
直到晚年你仍耕耘不辍
科研几乎是你生活的全部
你的衣着总是那么朴素
你的家中陈设总是那样简陋
你的房子一住就是一辈子

这些都不是你考虑的
你的所有心思都倾注在科学上
就在你离世的前一天
你还在召集人员研究课题
你在梦中离我们而去
在科学的梦境中含笑离开
你虽然告别了我们
但你生命化作的那颗小行星永远光照人间

贝时璋，我国实验生物学家，细胞生物学家、教育家。我国细胞学、胚胎学的创始人之一，生物物理学的奠基人，放射生物学的开拓者，中科院院士。

1903年10月10日出生于浙江宁波镇海，祖辈靠打渔为生。曾就读于德华学校（今武汉第六中学），1922年到德国留学，1929年秋回国。

心犹红杉映碧空

——献给郑万钧院士

走遍大江南北
在大山深处
在连绵的丘陵
在一望无垠的原野
在城市在乡村
一片片“东方红杉”
让人陶醉
让人流连忘返
她挺拔伟岸俊逸敦厚
她秀丽典雅端庄妩媚
妙龄年华
它亭亭玉立、温润多姿、娇美动人
壮年之秋
它顶天立地、英姿飒爽、气势喧天
水杉——“中国的国宝”
“植物界的熊猫”
它经历了第四纪冰期的厄运
在中国西部的山沟里
神奇地幸存下来
“活化石”的美誉响遍地球
当人们驻足欣赏它
当人们赞美它质朴的情怀
讴歌它坚毅的性格
我们不会忘记

为它命名的你
也许是生来与树木有缘
金色少年时便钟情于林木
那茂密的森林
那参天的大树
都引起你无限的遐想
你要在绿海中遨游
你要给每一个种属编写谱系
你要给森林植物作DNA鉴定
浩瀚的文献你一页页翻阅
无数的种群你一个个鉴别
高山平川、山谷丘陵、塞外雪域、热带雨林
只要有林木生长的地方
你的脚步就延伸到那里
西康高原的宽谷缓山
川西北的高山沼泽
都留下你跋涉的脚印
在你去图卢兹大学前
你还备足了课
用法文写成的《四川及西康东部森林》
让导师赞赏有加
你的《西部高山林区》成为高校教材
是你促进了中国林学蓬勃发展
在那一段艰难的岁月
你仍呕心沥血为裸子植物著书立说

你用热情去拥抱森林
你把心血融入自然
你攀援云杉去丈量它的高度
你触摸冷杉去感受它的体温
登庐山探访高山植被
下龙泉寻觅杉木踪迹

天目山的生物圈
你去探索世界之最
天台山的植物园
你去品鉴云锦杜鹃的俏丽
黄山的冰川地貌
你去发现珍奇物种
丘壑拦不住你的脚步
云雾挡不住你的视线
你风尘仆仆
在崇山峻岭中采集标本
你风餐露宿
在高原平川上普查林木分布
你的脑海是一个庞大的生物圈
你的胸中如一座浩瀚的植物园
大自然林林总总的树木
在你的心中栩栩如生
你定名的水杉轰动了全球
被认为是20世纪一个伟大的贡献
消失了千万年的东方红杉
竟然在中国的大山里发现了
它像隐士一样见证了沧海桑田
为了让这古老的孑遗生物
在幅员辽阔的大地上繁衍
你废寝忘食引种驯化推广
在庐山你发起了全面栽植的总动员
从江南水乡到白山黑水
从热带雨林到冰雪高原
水杉处处在展示它那绰约的风姿
它从古老的华夏之邦
走向世界各地
她成为文化传播的使者
她成为联络友谊的纽带

她那质朴的姿容
彰显出民族的气质
她那憨厚的性格
凸现出学者的情怀
你为水杉的发现和推广立下功勋
你为中国的生态发展建树了丰碑
你跋涉在湿地
奔波在大漠
劳碌在田间
哪里有绿树
哪里就有你流下的汗滴
你用心血凝成的《中国树木志》
让大地更绿天空更蓝
你的精神像红杉树一样
永远挺立在祖国的山川

郑万钧，中科院院士，著名林学家、树木分类学家，中国林业开拓者之一。1946年他和胡先骕定名的水杉新种，被认为是世界植物学界重大发现之一。水杉素有“活化石”之称。

1904年6月24日出生于江苏徐州，1924年毕业于江苏第一农校林科，留校任教后调入国立东南大学，1939年赴法国图卢兹大学留学，获博士学位后回国。

用“点金石”催生出繁荣昌盛

——献给张大煜院士

当飞机在蓝天上翱翔
当巨轮在大海上航行
当汽车在马路上奔驰
人们不会忘记一个给它们注入动力的人
这就是你
一个一生酷爱科学的你
一个一生沉浸于化学的你
曾记得在你考上北洋大学那年
母亲因没钱供你上学
叫你到一家丝厂工作
你流着泪水苦苦哀求
“我要读书，我要读书”
因为你知道只有知识才能改变命运
只有科学才能让国家走向富强
你和同学发起的“大地社”
是夜幕中一颗闪亮的明星
昭示着青年向“科学救国”进军
你书生意气挥斥方遒
“五卅”洪流有你声援的涛声
声讨“三·一八惨案”的行列有你呐喊的身影
你目睹了血腥的历史
你深感落后就要挨打
在易北河畔的德累斯顿
你这位游子仍牵挂着祖国

你不忍让日寇的铁蹄践踏家园
“我要回去，我要回去”
这是你心中迸发出的火热的激情
当强盗把战火燃烧到北平
你涉湘江越南岭
在滇池岸边延续你的梦想
你立足科学的高峰眺望未来
能源研究你捷足先登历尽艰辛
煤化石油是你在春城培育的一朵烂漫山花

在漫漫的长夜里
你满腔热情反倒遭遇寒流
科学救国的梦想也曾破灭
只有当曙光映红了东方的天空
你的梦
你的科学的青春
才得以复活
从上海滩来到辽东半岛
你感觉这里的天空像大海一样的湛蓝
金色的阳光洒满大地
一派生机勃勃的景象展现在眼前
你惊喜，你放歌
你伸开双臂来迎接共和国的春天
这里将是你事业的天堂
你生命的航船将满载希望和使命
从渤海湾扬帆起航
一个残破的“试验所”
在你的手中脱胎换骨
一个全新的能源研究基地
在星海湾蓬勃崛起
战略需求就是你的使命
经济建设就是你的课题

当天然石油还在地下冬眠时
合成燃料油的研究已经走进你的实验室
水煤气合成液体燃料
页岩油高压加氢
多相催化理论
一个个成果领先于世界
让你立足于国际学术舞台
你给共和国献出了一份厚礼
你为新中国的经济奠定了基石
你一手抓应用开发一手抓基础研究
你用“点金石”改变了民生
你又不断寻找“点金石”的“魔棒”
不到一年的时间
三种催化剂走上生产
合成氨的问世
是你的“魔棒”产生了魔力
让农田肥沃
让五谷丰登

国家需要就是你的方向
在黄河之都你主持的“142项目”
仅仅三年时间
“662”“1105”炸药就研制成功
你主持的“润滑”学科在西部高原生根开花
是你给“两弹一星”添光增彩
让国人扬眉吐气
没有你
太阳能帆板也许就不会打开
我们也许就不会听到“东方红乐曲”那优美的旋律
因为你核燃料得以浓缩
因为你核潜艇的密封舱得以净化
在汾河岸边煤转化基地你奠基

清洁能源的研发你规划
你为了给中国这艘巨轮注入动力
风尘仆仆日夜兼程
从辽东半岛到西北高原
从黄海之滨到太行山下
你把激情和热血倾洒在辽阔的大地
你是石油工业的开山者
“色谱”世界你添彩
“化学动力学”你给力
“化学激光”你增辉
你是催化科学的一代宗师
从你的门下走出数十位院士精英
这是一种奇迹也是一种必然
因为你付出的太多太多
但一旦科学的春天到来
你像越过冬天的迎春花
尽情地绽放
你以一种“春蚕到死丝方尽”的精神
迎接新的时代
创造新的未来
你的风范将永远彪炳史册

张大煜，中科院院士，我国著名的化学家，中国催化科学奠基人之一。组建我国第一个石油研究所（即大连化学物理所），并使之成为我国第一个石油、煤炭化学的研究基地。

1906年2月15日出生于江苏江阴。1929年清华毕业后留学德国德累斯顿大学。1933年获博士学位后回国。

1926年，张大煜和清华学校、中央大学、交通大学等校学生，发起“大地社”，探讨如何“工业救国”“科学救国”。

人们将催化剂比喻为化学变化的“点金石”，把催化理论比喻为寻找“点金石”的“魔棒”。

六十春秋创新路　科学青春永不老

——献给冯德培院士

你是一个纯粹的科学家
你用青春来拥抱科学
你用热血来书写人生
一个甲子的求索之路
处处留下你收获的赞歌
金色年华你为心理学而心动
你对生理学也情有独钟
在复旦，在协和
开始你毕生的学术生涯
“神经代谢”的研究硕果
是你献给芝加哥大学的一份礼物
英国希尔实验室一篇篇闪光的论文
让你在国际学术星空灿烂夺目
“冯氏效应”是你走向世界的靓丽名片
“神经肌肉学”成果
在皇家学会会刊上熠熠生辉
“乳酸代谢”研究
你探明它的重要功能
剑桥的短暂停留
你发现了神经传导的奥秘
《神经放热》一文
成为学界的权威文献
当初你带着自信接受了恩师的邀请
如今你收获了累累硕果证明你卓尔不群

为了集聚更多的知识能量
你带着理想与信念
又一次辗转于美洲大陆
在宾夕法尼亚你又打开新的一页
你用智慧的神经来绘制图纸
你用灵巧的双手来制造仪器
你高瞻远瞩
为筹建自己的实验室四处奔波
你曾经说：
“一个有抱负的科学家，
不应寄人篱下，
要自己创业，英雄用武之地在中国”
是啊
你归心似箭
你的根在中国
你铭记恩师的谆谆教诲
回国开创自己的天地
在国际舞台上奏响自己的主旋律
你那颗拳拳报国之心
如六月骄阳火红炽热
1934年你终于吹着海风
踏着太平洋的波浪
回到了祖国的怀抱

那是不堪回首的岁月
一间令人窒息的地下室
没有天窗没有阳光
在幽暗幽暗的空间里
你苦苦探索新的领域
神经肌接头信号传递的密码你探明
神经肌肉营养关系你厘清
突触可塑性记录你发现

你单枪匹马奔驰在科学的戈壁
你忍受寂寞彰显出非凡的毅力
简陋的设备你让它出神入化
贫瘠的处女地你令它花果飘香
一个个日夜兼程的鏖战
一篇篇学术论文的产出
给国际学术大师的理论锦上添花
让你的实验室透射出耀眼的光芒
当太平洋上的蘑菇云腾起
当协和庄严的大门关闭
但是你的研究并没有停滞
在山城重庆
你的学术之树仍然是那样地葱郁
为了你钟爱的事业
为了民族的康健
你风尘仆仆奔走东西
从英格兰岛到美洲大陆
一套套设备一箱箱图书
你如获至宝珍爱有加
在你手中
一个新的医学机构诞生了
一本新的刊物——《生理学报》诞生了
在你漫长的学术生涯中
你始终奋蹄奔驰
不论风雨如晦
不论山高路陡
探索科学永远是你心中一首快乐的歌
任凭你的自由被羁绊
任凭你的工作权利被剥夺
任凭你的人格遭受侮辱
任凭你的肉体惨遭蹂躏
你用铮铮铁骨去抗争

你以不屈的意志去面对
一有机会你就走进实验室
一出“牛棚”你便去看《自然》杂志
你说“科学家一辈子不能离开实验室”
是啊
你是一匹激情不减的老马
你永远保持学术青春的活力
动荡年月你奔跑在前沿
耄耋之年你仍探索不止
每一次新发现
每一个新课题
每一个新领域
都让你兴奋不已
你的周身都澎湃着青春的热血
你像一棵永不凋零的青松
永远挺拔在山川大地

冯德培，中科院院士，生理学家，神经生理学家，中国神经肌肉生理学研究的开拓者。

1907年2月20日出生于浙江临海，1922年毕业于省立六中（今台州中学），同年考入复旦文科，1923年转入生理学，后进入协和医学院。1929年留学美国，1930年获得硕士后赴英国留学，1933年又到美国宾夕法尼亚大学学习自制电子仪器，1934年回国。

生命如炬　大爱如山

——献给王淦昌院士

一个金色的少年
带着玫瑰色的梦
迎着初升的朝阳
来到了奔流不息的黄浦江边
这里将是你的乐土
你将在这里快乐地度过中学生涯
在五彩斑斓的知识园圃里
你兴奋好奇也很执着
你想了解自然界的一切奥秘
破解一切谜题
数学王国对你魅力无限
每一条曲线每一个平面
每一个符号每一道公式
处处都是美丽的风景
化学世界也让你着迷
你惊叹于魔术般的千变万化
你惊叹于微观世界所蕴藏的巨大威力
物理空间给你无限的遐想
你要到斑斓的星空去翱翔
你要去粒子世界去探索
你嗜书如命
贪婪地在知识的琼浆中汲取营养
因为你看到列强的铁蹄践踏我山河
你看到同学的鲜血溅湿你衣衫

你深深懂得唯有科学才能拯救民族
黄浦江畔的万国建筑让你心碎
圆明园的废墟让你战栗
从江南到塞北
你的心一直在煎熬
你在呐喊：“一腔热血，该洒向何处”

清华园里你终于找到了方向
到物理学的世界去积聚能量
让原子裂变去制衡列强
从此你便用青春和生命来拥抱
你满怀一腔热血
到柏林去
到世界的学术中心去
到“学术自由”的蓝天上飞翔
到世界科学前沿去奔跑
如醉如痴地去享受
“寂寞”与“自由”的快乐
施普雷河畔的美丽风光
菩提树大街的浪漫风情
你都无暇去领略分享
你要学成报国
疗救遍体鳞伤的故乡
你带着原子、粒子物理的最新成果
回到祖国这块还是空白的土地上
布局开创
青岛的海湾有你播下的金色的种子
遵义的校园闪耀你这位“牧羊教授”的智慧
共和国科学院的殿堂记载你一页页的辉煌
你的命运你的事业
和祖国的成长一路同行
云南的雪山上

你架起了宇宙线
莫斯科郊外的杜布纳
你发现了反西格马负超子
令世界惊叹的里程碑
在你手中竖起
当祖国一声召唤
你便以身许国隐姓埋名
“消失”在大漠深处
为了神圣的事业
戈壁滩上你风餐露宿
青藏高原你跋山涉水
简陋的工棚
缺氧的环境
你快乐地接受磨砺
多少次你冒着生命危险去搅拌炸药
多少次你挂着氧气袋作业在高原上
多少次你坚守在氡气浓烈的地下坑道
冰天雪地拦不住你啊
飞沙走石难不倒你
你犹如一棵苍劲的雪松
抗得住严寒
顶得住“政治高压”
因为你的心中只有祖国
你时刻牢记肩负的使命
当冲天的蘑菇云在高原上升起
当地下核试验发出惊天动地的雷鸣
万众欢呼举国同庆
你激动得流下了热泪
多么幸福的时刻啊
在物理学的王国
你用魔术师般的双手
创造出了一个个辉煌

你敏锐的目光
始终聚焦在科学的前沿
始终瞄准战略的制高点
从中微子的验证
到激光打靶核聚变
从惯性约束聚变
到高能实验物理
从核电的发展规划
到“863”计划的提出
每一次开拓与创新都倾注你的心血
每一个步伐都是铿锵的鼓点
每一次进步都加速了科学的发展
你厚积薄发
每十年就有世界级的发现
然而你总认为
自己的贡献微不足道

你博大的胸怀装的只有祖国事业和友情
抗战时你把结婚的首饰都捐出
莫斯科你把节衣缩食积攒的钱如数交给了祖国
“文革”中你冒着政治风险
资助《爱因斯坦文集》的编译者
获奖后你把所得奖金献给子弟中学
去减轻娃娃们父母的负担
你大爱如山啊
你的生命像熊熊燃烧的烈焰
照亮祖国
温暖大地

王淦昌，中国实验原子核物理、宇宙射线及基本粒子物理研究的主要奠基人和开拓者，“两弹一星功勋奖章”获得者，被誉为“中国核武器之父”“中国原子弹之父”，中科院资深院士。培养了李政道、叶笃正等一大批优秀的科学家。

1907年5月28日出生于江苏常熟，1920年随亲戚到上海浦东中学读书。1925年考入清华，1930年到德国柏林大学威廉皇家化学所留学，1934年回国，曾在山东大学、浙江大学任教。1956年到苏联杜布纳原子核研究所开展高能实验物理研究，1960年回国。

浙大西迁贵州后，四女儿刚出生，没有奶水，他买了一只羊，放学后牧羊，一手拿教鞭，一手拿牧羊鞭，为生计奔波，被称为“牧羊教授”。

铁血丹心望“星空” 以身殉国表忠诚

——献给赵九章院士

1970年4月24日
当“东方红一号”飞向苍穹
在身后划出亮丽的弧线
当优美的旋律飘荡在海角天涯
给宇宙的乐章增添了和谐的音符
江河为之欢腾
群山为之起舞
可有谁会想到“牧星人”的悲惨命运：
你在卫星上天之前已经陨落
你在阴云密布里离去
你在寒风怒号中离去
你带着莫须有的罪名离去
你带着无限的悲凉与凄惨离去

为了这颗星
你不息昼夜呕心沥血
你鞠躬尽瘁死而后已
在你的脑海中
领袖的嘱咐一直在萦绕
“我们也要搞人造卫星”
当有人对我们技术封锁
当我们面对一片空白的世界
我们只有用双脚
走出一条自力更生的路

在这条路上你不断地探索开拓
从“581”小组的诞生之日起
你一刻也没有停息
从科学预研到国家立项
从方案论证到卫星命名
从探空火箭到卫星观测与防御
每一个设想
每一次成功
都凝聚着你无数的心血
那是一个不堪回首的年代
大自然像魔鬼一样把灾难降临人间
时而洪水肆虐冲毁家园
时而大地炙烤田禾若焚
那是一个狂躁而饥荒的岁月
红旗遍地口号震天
浮夸风暴席卷神州
百姓流离失所饿殍遍野
领袖节衣缩食患难与共
你和你的战友依然勒紧腰带挺进太空
你的热情直冲霄汉
你的精神气贯长虹
一个个方案你亲临设计
一种种仪器你亲手研制
一道道难关你日夜攻克

在那个疯狂荒谬愚昧的年月
你忍受了非人的折磨
“5·16”一把野蛮的大火
让科学大院遭受一场洗劫
巍巍的院所大门被封
叠叠的程序纸被写大字报
所有的专家学者

一夜之间都成了反动学术权威
你因为特殊的身份
特殊的留学经历
厄运自然降临你的头顶
“人造卫星”是你的宠儿
但那时你爱的权利也被剥夺
面对你的是关押“牛棚”
上街游行集会批斗
人们不会忘记那凄惨的一幕幕
脖子上几十斤的批斗牌
纤细的铁丝
血淋淋的伤痕
全身上下被火红的烟头烧灼的伤口
批斗场上被强迫坐“飞机”的架势
面对如此惨无人道的迫害
你没有低头没有弯腰
你铁骨铮铮一身正气
因为你无愧于这个国家和人民
因为你深信科学报国没有罪
你对卫星的执着是那样地痴迷：
每一次“汇报”每一次审讯
每一份“检查”每一次批斗
你总是言必谈“卫星”
你不忍心让“疯狂的战车”驶向悬崖
你不忍心让科学被践踏
你要用生命来实现壮丽的飞天梦想
多少次你托人捎信
想了解卫星的研制情况
多少次你寻找友人的电话号码
想从魔掌中逃出
但一切都是枉然
寒夜里你长久伫立仰望星空

你沉默不语长泪横流
你迷茫困惑恐惧
恍惚感觉到悲壮的钟声划破夜空
在绝望中你还留下了最后一份“检查”
当噩耗传出
山河为之动容
周总理悲伤得老泪纵横
这是一颗巨星的陨落啊
这是一个时代的悲哀啊

穿过那段迷蒙的岁月
“东方红乐曲”终于在太空唱响
遗憾的是你没有等到这一天
你的战友还蒙冤在“牛棚”里聆听
为了这一天
你倾洒热血肝脑涂地
为了这一天
你蒙受了千古奇冤
你完全可以在仕途上飞黄腾达
你完全可以留在西洋享尽荣华富贵
可是你没有选择
而是选择了贫穷落后的祖国
毅然走上了科学救国之路
你把你的一生交给了祖国
壮丽的航天事业
你用你的智慧和血汗
为祖国的飞天铺平了道路
动力气象学你创立
空间物理学你奠基
应用卫星体系你建立
卫星防御你规划
载人飞船你首倡

航空宇宙医学你提议
你就像一匹
奔驰在高原上的骏马
那哒哒的马蹄声
是一串串前进的鼓点
你虽然陨落了
但是你精神的光辉将永远普照人间

赵九章，中科院院士，我国著名的气象学家、地球物理学家和空间物理学家，中国动力气象学创始人，地球物理学、空间物理学的奠基人，为中国“人造卫星”事业作出杰出贡献。“两弹一星功勋奖章”获得者。

1907年10月15日出生于河南开封，中医世家，受五四运动影响，立志“科学救国”。

1933年毕业于清华物理系，1935年赴德国柏林大学留学，师从气象学家菲克尔，1938年获得博士学位后回国。“文革”中遭遇非人的折磨，蒙冤自杀。

丹心一片写春秋　鞠躬尽瘁铸英魂

——献给郭永怀院士

松林山上翠柏肃然
“永怀亭”前静穆无语
汉白玉雕像鲜花簇拥
一位满头银发德高望重的老人——李佩先生
抚摸着亡夫的遗像
低头垂泪默哀
身边的人们无不肃穆起敬鞠躬致哀
这是郭永怀牺牲四十周年纪念日
留下的一组难忘的照片

你走得太早了，太突然了
祖国需要你啊，戈壁滩的基地在等着你
可是，黎明前的一声爆炸
你走了
永远地走了
你为祖国的国防事业鞠躬尽瘁
直至生命的最后一刻
当人们用力地分开你与警卫员的肢体时
惊讶地发现，在你们烧焦的躯体胸前
还紧紧抱着文件包——这是绝密的核试验数据
多么伟大的一颗心啊
你用热血与生命铸造了人生的光辉

你身体瘦弱但有钢铁般的筋骨

你是吹着海风长大
有船工一样的刚毅
有大海一样的情怀
聪颖好学伴随你金色的少年
“飞行者一号”让你畅想蓝天
莱特兄弟是你心中的偶像
“科学救国”确立了你人生的航向
热血在血脉里澎湃
激情在青春里燃烧
“允公允能”让你胸怀天下
“博学审问”让你勤耕不辍
“自强不息”让你挑战人生
“刚毅坚卓”让你追求卓越
南开“读书会”你精心组织
知识百花园你趣味无穷
未名湖畔你沉迷物理世界
西南联大你探索航空奥秘
当你第一次登上远涉重洋的邮轮
忽然发现是日本政府的签证
为了民族的尊严，你愤然下船
此时此刻我们仿佛听到你那铮铮铁骨声
在翌年金菊飘香的时节
你终于登上“皇后号”跨越大洋
在异域他乡开始你的留学生涯
在多伦多你仅用半年就攻下硕士学位
你的才气让数学大师赞叹有加
在加州理工跨声速理论你苦苦探索
“上临界马赫数”震惊世界
在康奈尔“破音障”壁垒你攻克
“奇异摄动理论”让你名声斐然
在科学的崎岖山路上
你披荆斩棘勇往直前

在你的面前
一道道难关从容飞度
一个个障碍双脚踏破
你在焦灼中期待着：
何时能把知识贡献给祖国
朋友劝你留下享受美式生活
可是你说：
我是中国人，我有责任回去建设自己的家园

当你接到钱学森写给你的亲笔信
当你感受到祖国期盼你回归的急切之情
你激动的心儿快要跳出
多想插上翅膀顿时飞越大洋
难忘啊
你亲手点燃的那把火
把你珍贵的论文手稿付之一炬
当夫人惋惜不解时
你说：我全都记在脑子里
你带着激情
带着对祖国的感恩
回家了
终于结束了你十六年的漂泊生活
从此你开始了新的征程
从此你就像高原上的骏马
风驰电掣豪情奔放
你思想的火花绽放出绚丽的光彩
你智慧的双手创造出惊世的功业
当有人背信弃义撕毁合同
当有人企图遏制我核科学
你不辱使命勇于担当
规划着国防科学的未来
“高超声速流动”研究你领军

力学与核科学的结缘你引导
航天科技的宏伟蓝图你描绘
记得西北高原那段艰苦的岁月
飞沙走石挡不住你前进的脚步
寒流来袭吹不冷你心中的热情
高原反应你一次次晕倒了又站起来
你工作的节奏就像“超音速”
多少个通宵达旦的不眠之夜
多少次席地而坐边研究边吃饭
环境气候的恶劣
生活条件的艰苦
在你看来都是一道绝美的风景
因为你心中有一座希望的灯塔：
“祖国早一天强大，永远不再受人欺侮”
你流下的一行行汗水终于收获累累的硕果
导弹从万里长空穿越
蘑菇云在高原上升起
卫星在太空中翱翔
航天器在“风洞”里模拟
反潜杀手锏在“水洞”中试验
每一样都凝聚你的汗水与心血
你是共和国力学的奠基人
你是撼动天地的大力士
你是核兵器研究的柱石
你甘做一块铺路的石子引领着青年前进
在你博大的胸怀中只有国家与事业
你的生活始终是那样地简朴
一支钢笔伴随你度过一生
写下你人生最后的一页
多么光彩的人生
多么伟大的人格魅力啊
人们永远怀念你，怀念你

郭永怀，著名力学家、应用数学家、空气动力学家，我国近代力学事业的奠基人之一，中科院院士，“两弹一星功勋奖章”获得者。

1909年4月4日出生于山东荣成，1968年12月5日，因所乘飞机在北京机场附近失事而牺牲。同年12月25日，国家内务部追认他为革命烈士。

中学曾就读于青岛大学附中，大学先后就读于南开大学、北京大学、西南联大。1940年先后在多伦多大学，加州理工学院，康奈尔大学留学和工作。1956年回国。

心向宝塔军工梦　窑洞烛台立奇功

——献给钱志道院士

绍兴在千年的历史长河中
积淀了深厚的文化底蕴
淼淼镜湖千古咏叹
名山会稽群贤毕至
你的童年在湖光山色中
尽享大自然的恩赐
你以赤子情怀
深深地爱着这片神圣的土地
悠悠古郡构筑你美妙的梦想
赣江之滨展示你光艳的韶华
豫章中学的林荫道上
有你手捧书卷的背影
西湖之畔的浙大校园
有你追求真理的脚步
当“九一八”的枪声打响
当日寇的血口蚕食我中华
你爱国的激情在燃烧
你献身国防的意志弥坚
曾记得“求是”桥旁
燃烧弹冲天的火光
照亮你军工救国的梦想
你的热血在沸腾
你要让理想插上翅膀
飞向蓝天飞向抗日的战场

你投笔从戎
从钟山脚下到汾河岸边
你以创造性的思维
开始了防毒面具的探索
当你阅读了斯诺的《西行漫记》
当你了解工农红军的英勇卓绝
你的心早已高高地飞翔
越过黄河越过高山
飞向延安的宝塔

你拿出勇气给毛主席写信
你带着主席的回信
带着对新生活的憧憬投奔延安
延河的水为你唱起欢歌
清凉山的松柏为你伸开双臂
你感觉这里的水最甜
这里的山最美
这里的人最亲
陕北的茶坊
风吹黄土漫天
山梁纵横贫瘠
恶劣的环境
炼狱般的条件
兵工厂落户在这片不毛之地
有人见此拂袖而去
可是你坚定地留下了
因为你心中装着神圣的事业
从零开始创造世界
骑着毛驴带着那套罗盘、皮尺……
踏遍了丘陵沟壑
寻觅军火必需的钢铁
你们白手起家自力更生

窑洞作车间
香炉烛台也发挥余热
一部部车床，一台台电动机
神奇地旋转起来
一颗颗子弹，一枚枚手榴弹，一支支钢枪
源源不断地送往前方
在紫坊沟的火药厂
你和你的战友冒着生命的危险
用你设计的工艺装置
制造出抗日前线的弹药
你一边深入车间研制
一边教授工人文化技术
主席称赞你“热心创造”
你用智慧和心血赢得
“特等劳动英雄”称号
“模范工程师”的荣耀
你的名字响遍边区
传遍大江南北

黄土高原你创造了奇迹
大兴安岭你吹响了新的进军号
在广袤的北大荒
你研制的火箭推进剂
为中国的航天奠定了一块坚实的基石
在抗美援朝的前线
你制造的信号弹
划破了沉寂的夜空
你生产的兵器
发出巨大的轰响
你为共和国的国防工业
默默奉献了五十二个春秋
在中国的军工史上

书写了一页页辉煌
飞机在蓝天上飞翔
军舰在大海上航行
火箭直插苍穹
导弹穿破云霄
处处都闪耀你智慧的光芒
一场浩劫，你被迫离开了
你一生为之奋斗的事业
这是你终生的遗憾
你的精神
你的肉体
遭受了野蛮的摧残
但是你没有流泪
你坚信历史是公正的
相信吧
人民会记住你
大地会记住你
蓝天会记住你
沧海会记住你
你是一位应用科学家
在你主政科大教学时
应用与实验技术
仍然是你改革的重心
当人才断层
你首创“召回制”
对毕业生实行“回炉”强化提高
为科大的发展创造了新路
你一生简朴
一块从旧货摊上买回的手表
一戴就是四十年
你生命的时钟就像那块老表
永远经得住磨损

钱志道，中科院院士，化工专家，我国现代国防工业的开拓者之一，为中国的导弹和航天事业作出重要贡献，曾任中科大副校长。

1910年11月3日生于浙江绍兴。1922年，举家迁往江西南昌，就读于江西豫章中学。1931年考入浙江大学化学系。

《西行漫记》又名《红星照耀中国》，是美国著名记者埃德加·斯诺的不朽名著，一部文笔优美的纪实性很强的报道性作品，向全世界真实报道了中国和中国工农红军以及许多红军领袖、红军将领的情况。

让拐杖变为车轮　在数学的轨道上奔驰

——献给华罗庚院士

你的名字是中国数学界的光环
因为你
中国的理论科学才能不被国际学术舞台所遗忘
因为你
中国的数论才形成一个学派
中国的数学才走在世界的前沿
国际数学界用华氏命名的成果
已成为一道靓丽的风景线
你的名字在国际著名博物馆里大放异彩
你的一生在中国的科学史上熠熠生辉
然而这一切辉煌的背后
隐藏着许多不寻常的故事
你这位“中国数学之神”
却只有初中文凭
小时候你是一个多梦的孩子
你梦想自己是一匹骏马
驰骋在辽阔的大草原上
你用那双充满好奇的眼睛
去观察世间万象
数学魅力的光芒
尤其让你深深地迷恋
你要去改进传统的珠算方法
你要推导出每一道算题的简式
当生活的凄风苦雨阻断了你的求学之路

你凭着顽强的毅力
延续着你的梦想
小小的杂货铺成了你的课堂
窄窄的账台成了你的书桌
你沉迷于数学王国
忘记了购物的顾客
竟然让顾客按“算题结果”付款
当父亲要烧掉你心爱的“天书”时
你死死地抱着紧贴自己的心窝
炎夏你大汗淋漓不顾蚊蝇叮咬
寒冬你浑身颤抖顶住北风呼啸
那盏微弱的灯光
不知伴你度过了多少不眠的夜晚
你仅用五年的时间
自学完了高中和大学的数学课程
为了生存，你奋斗、拼搏、挣扎
以让人难以想象的毅力
收获了那篇影响你一生的著名论文
然而一场瘟疫
夺走了你母亲的生命
又摧残了你的双腿
与命运抗争是上帝给你的选择
“我要用健全的头脑代替不健全的双腿”
这是发自你内心的铮铮声响
从此你让拐杖变作飞速行驶的车轮
奔驰在数学的轨道上
从金坛小镇走向京城清华园
走向国际学术大舞台

曾记得
清华园中你在自学成才的山路上奋力攀登
仅用两年时间

走完了常人需八年才能走完的路程
剑桥大学又是仅仅两年时间
你攻克了许多国际性的难题
赢得了世界赞誉
当七七事变爆发
爱国的火焰在你心头燃烧
你毅然回到了祖国
在西南联大的短短两年
你撰写的二十多篇论文
像云贵高原上绽放的朵朵山花
在昆明那个简陋的吊脚楼上
你超越了前人
完成了20世纪的经典论著——《堆垒数论》
“斯大林奖”与你擦肩而过
你开创的“中国解析数论学派”
影响了世界数学的发展
你的“华氏定理”
让国际数学界交口称赞
曾记得1946年9月
你带着梦想
带着一项神圣的使命
来到了环境幽雅的普林斯顿
研习原子弹的初衷虽然破灭
但让你结识了
“原子弹之父”——奥本海默
物理学界的巨星——爱因斯坦
“计算机之父”——冯·诺依曼
你在数学王国里赢得了殊荣

当新中国的五星红旗在天安门上升起
你抑制不住内心的喜悦
告别了恩师

辞谢了优厚的待遇
回到了心爱的祖国
你把所有的智慧和心血
都献给了自己热爱的事业
你以国际视野首倡发展计算机技术
创建了中国顶级的计算所
你在大学的讲坛上辛勤地耕耘
撒播金色的种子
你跨出国门到世界各地讲学
“弄斧必到班门”
去和高手对弈以求提高
你累累的硕果在数学的园圃中
散发出浓郁的芳香
你将“双法”与生产实践紧密结合
创造出更大的社会效益
从大兴安岭到西南边陲
从黄海之滨到青藏高原
在祖国广袤的土地上
处处都留下你推广“双法”的足迹
盛夏你头顶烈日脚踏炙热的大地
严冬你冒着风雪奔走在冰封的北国
可是有人污蔑你是在游山玩水
给你扣上莫须有的罪名
一次次检讨一场场批斗
家被抄，手稿不翼而飞
你忍受着巨大的精神和肉体的折磨
然而这一切都不能让你屈服
你任凭雷鸣电闪狂风大作
在数学这片汪洋大海上破浪前行
你积劳成疾多少次病倒了又站起来
直到最后生命终结在异国的讲台上
你把一生都交给了祖国

你用生命创造了中国数学的一个又一个辉煌
你站在了20世纪数论的巅峰上
让世界了解中国
也了解你这位“中国的爱因斯坦”

华罗庚，世界著名数学家，中科院院士，被誉为“中国现代数学之父”，被列为芝加哥科学技术博物馆中当今世界88位数学伟人之一，被称为“中国的爱因斯坦”。

1910年11月12日出生于江苏金坛，只有初中文凭，靠自学成才。1930年被破格录取进入清华，边工作边学习。1936年赴英国剑桥大学研究学习，1938年回国。1946年赴美国普林斯顿大学讲学，1948年被伊利诺伊大学聘为终身教授，1950年2月回国。

数理双星光环烁烁　语言大师当之无愧

——献给王竹溪院士

荆楚大地钟灵毓秀
悠悠古韵雄风迭起
“如囊萤，如映雪，家虽贫，学不辍”
是你生命长河永不枯竭的源泉
四书五经你乐此不疲
唐诗宋词你如食甘饴
挥毫泼墨你驰骋奔放
中华文化在你的血脉中流淌
科学救国在你稚嫩的心中萌生
枯燥的数学你津津乐道
奇妙的物理你钟爱有加
你从黄鹤故乡来到黄浦江边
麦伦中学给你成长的沃土
“红色辐射”照耀你一片丹心
双脚踏进清华园
让青春绽放异彩
你博览群书擅于思索
和大师一起讨论
和名流共同对话
在荆棘处你辟开新路
在湍流中你把握航向
你驰骋想象到高原上奔跑
你放飞理想到蓝天上翱翔
你要让青春和缤纷的鲜花一起绽放

你要到叠翠的丛林中探索科学的秘密
你要和苍翠撩云的大树一起茁壮成长
你到剑河去溯流而上
你站在康桥上寻觅大师的踪迹
你勤苦的付出终收获回报
“超点阵理论”放射出你才华的光芒

你回来了
回到了祖国的怀抱
满载的硕果在滇池岸边散发出浓浓的芳香
在春城昆明
你人生的花朵开放得更加绚丽夺目
其时这里名流荟萃，大师云集
你和同仁共同创造着神话
敌机在头上轰鸣
硝烟在天空弥漫
可丝毫不能中断你潜心研究
你在“热力学”中释放能量
你在“统计物理”里施展功力
你在“量子力学”中把握精髓
你在“生物物理学”中开创局面
你的青春之树
硕果累累，光艳照人
国际舞台有你的声响
《皇家学会会刊》有你闪烁的星光
你的得意弟子日后荣膺诺奖
你把学生领到了前沿指明了航向
你甘做人梯让晚生去摘取珠峰的桂冠
在清华园内
在未名湖畔
数十年的风雨耕耘
几代物理学家聆听你的讲课

尽管冬天里寒风凛冽
尽管条件那么简陋
讲台上你趣味横生深入浅出
讲台下是座无虚席凝神聚精
你瞄准前沿引领方向
构建物理学体系框架
你把心智凝聚成经典教材
严谨的逻辑
流畅的文字
让你赢得世界的声誉
你掌门《物理学报》
思维和作者一起推理
你审定物理学名词
语言功力是那样地深厚
原子能研究你当好参谋
新中国科学蓝图你参与绘制
《中国大百科全书》你精心编写
你献身科学的烈焰
始终在心头燃烧
在那浩劫的年代
即使成了鄱阳湖畔的“放牛翁”
你也一手执鞭一手研读

当阴霾散去
当科学的春天到来
你焕发出青春的活力
让生命的时钟高速运转
用你的双手创造出累累硕果
数理双星的光环照耀中华
语言文化大师的头衔也当之无愧
你以超凡的勇气与毅力
在浩瀚的汉字海洋中

研究每一个字体
琢磨每一个笔画
探索新部首检字方法
数十个寒暑易节
你躬耕不辍
用你的才思和心血
凝聚成几百万言的巨著——《新部首大字典》
你开创了汉字检索机器化的先河
你深厚的文化底蕴
你精湛的学术造诣
犹如巍巍山峰屹立在辽阔的大地
你的一生就像一本大百科全书
人们从你的身上汲取丰富的科学营养
你的人生就好像是一本活字典
从你那里可以检索无限的人生哲理
你是一盏永恒的明灯
照亮人们前行的方向

王竹溪，中科院院士，物理学家、教育家，我国热力学统计物理研究的开拓者，撰写《热力学》《统计物理学导论》第一批教材。他是我国近代汉字检索机器化的开创者，独立编写《新部首大字典》。

1911年6月7日出生于湖北公安一书香世家，曾就读于上海麦伦中学，1929年毕业后考入清华，1935年到英国剑桥大学留学，1938年回国。

智慧之光照亮中国航天路

——献给钱学森院士

夜晚我们仰望天空
在璀璨的星际
去寻找一颗明星——国际编号“3763”
这是一颗智慧的巨星
她光芒四射照彻寰宇
她从紫金山上飞过
她从太平洋上飞过
她从戈壁滩上飞过
她从蒙古大草原上飞过
她把科学思想的光辉
撒在蓝天撒在大漠
撒在她深爱的祖国

不会忘记
京城蒙养院有你的童谣
北京师大附中有你的演讲
在那里你接受了人生的启蒙
懂得了做人的准则
从那时你便在艺术中获取灵感
你便一生钟爱于科学
工科报国交大圆梦
唯物论思想开始植入
科学与艺术联姻始见萌芽
埋头书案孜孜以求

学科全优师生盛赞
辛勤的汗滴凝固成闪光的奖杯
智慧之花绽放出青春的风采
你有梦想到大洋彼岸去
到科学前沿去积聚能量
你要用科学来疗救贫弱的祖国
你要为中华之复兴而寻找丹药
当黄浦江上汽笛一声长鸣
你激动的心潮如滚滚的波涛
站在船舷遥望前方浊浪排空
回望身后雾霭沉沉
你心中默念
“我是中国人，
我的归宿在中国”
名流学府留下你靓丽的青春
科学园圃印下你深深的足迹
学术舞台亮相你精彩的人生
红色思想给你注入动力
气动力学为你奠定基石
“卡门—钱近似方程”你创立
火箭助推起飞装置你提出
火箭旅客飞机概念你设想
跨星际飞行理论你探索
“工程控制论”你创建
你像一匹驰骋天空的神马
你让一代宗师冯·卡门青睐有加
而立之年你就是一颗耀眼的明星
你不是将军但你胜过“五个师的兵力”

当金色的阳光洒满故园
当祖国在深情地召唤
你激动不已热血沸腾

报效母亲的时候到了
游子心切归心似箭
特米那孤岛禁得住你的双脚
但禁不住你那颗回家的心
牢狱摧残得了你的血肉之躯
但摧毁不了你磐石般的意志
顾不及被抢掠的行囊
扔下那沉甸甸的书籍文献
冲破特务的重重封锁
把心愿写于一方信笺
飞越大洋飞向中南海
来了，终于回家了
“菊香书屋”笑声朗朗双手紧握
欢迎筵席觥筹交错共商国是
共和国的航天宏图
从这里铺展开来
“两弹一星”的重任从此你担纲
你是这幅蓝图的总设计师
你是航天工程的掌门人
困难时期你含辛茹苦躬耕不辍
梦魇岁月你默默求索不负使命
实验室里你夜以继日
大漠戈壁你风餐露宿
图纸上你排兵布阵
发射场你指挥若定
“曼哈顿工程”在大漠腾空
“两弹结合”威震山河
系列导弹扬我国威
火箭之乡再展雄风
“东方红乐曲”响彻宇宙
你为中国筑起了钢铁长城
你让民族挺起脊梁扬眉吐气

你为神舟飞船架设天路
你为嫦娥奔月牵线搭桥
你为“天宫”遨游安装翅膀
你是中国航天的一代宗师
你是共和国的一颗科学巨星

你思维的火花始终是那么绚丽
创新是你永恒的主旋律
你以宽广的视角
将系统工程理论应用于经济建设
将庞大的社会系统纳入“控制工程”
你在晚年还放心不下中国的教育
你焦虑中国学校为什么精英“难产”
把一个大大的问号留给后人思考
你似乎始终立足于珠峰之颠
你的视野始终是那么高远
你倡导草原文化
视牧场为绿色银行
你关注生态系统
期待天蓝地绿水粼粼
你是一座知识的大山
你的知识溪流永远那么清冽明丽
那层层叠叠的书山就是你知识的源头
读书是你生命不老的秘诀
你把智慧锻造成天梯让后来者攀登
你用汗水和忠诚铸成一块不朽的丰碑
你的科学之光亮丽辉煌
你的精神魅力感召后人
你是历史长河的一位科学巨子
然而你只说自己是沧海一粟
你虚怀若谷淡泊名利
你是中国科学的一面旗帜

你的人生将永远感动中国
祖国因你而自豪
世界因你而美丽

钱学森，中国科学院院士，中国工程院院士，享誉海内外的杰出科学家，中国航天事业的奠基人，“两弹一星功勋奖章”获得者。被誉为“中国航天之父”“中国导弹之父”“中国自动化控制之父”和“火箭之王”。

1911年12月11日生于上海，祖籍浙江临安。3岁时随父到北京，先后就读于师大附小、附中，1929年考入交大，1935年8月留学美国，先后就读于麻省理工和加州理工。1955年冲破重重障碍返回祖国。

“金花”灿烂的科技人生

——献给侯祥麟院士

怎能忘那个“洋油”时代
怎能忘汽车上背着的煤气包
怎能忘战机不能冲向蓝天
石油这条命脉
拖慢了新中国发展的步伐
是你用心血和智慧消除了“油荒”
是你给新中国这艘刚起航的巨轮注入了动力
你生来和石油有缘
一节化学课使你走向科学救国的道路
一本红皮书让你坚定人生的信仰
你带着青春的梦想
从襟山带水的潮汕
来到长城脚下的燕京
当你目睹山河破碎的惨象
当你的理想被残酷的现实所击碎
你心中的激情像岩浆般迸发
你的思想随之得到质的升华
在黄浦江畔你无心去霓虹灯下散步
实验室才是你心灵的憩园
在岳麓山下你日夜鏖战
叫植物、煤炭变油
在山城重庆的工厂
有你满身灰尘的背影
在西南边陲的昆明

有你日夜兼程的脚步
你用青春的火光
驱逐敌虏护我山河
为了迎接曙光的到来
你远涉重洋游学美洲
你一边刻苦攻读
一边深入美国社会
你发起的“留美协会”
鼓动多少热血青年报效祖国
当共和国的旗帜从天安门上升起
你踏着汹涌的波涛
回到了你挚爱的祖国

你给祖国带来了厚厚的礼物
用你节衣缩食的积蓄
购买了十三箱科技书刊
为共和国的炼油提供了理论支撑
当你踏上这片滚烫的土地
你心急如焚啊
几个微小的炼油厂已被战火摧毁
原油产量为零
泱泱大国仰人鼻息
机车瘫痪沉睡
国防遭受威胁
你勒紧腰带忍受饥寒
实验室彻夜通明的灯光
照亮你消瘦的面庞
除夕之夜的爆竹
惊扰不了你沉迷的探索
航空煤油终于在你手中诞生
你让领袖们松了一口气
你的脚步从来就没有停止

你给共和国呈上了一份份喜报
当人们在为航空煤油庆功时
你研制的特种润滑油又相继问世
你让原子弹、导弹、氢弹
在高空绽放出黑色的牡丹
你让卫星在太空唱响嘹亮的“东方红乐曲”
你发明炼油的“五朵金花”
开遍长城内外大河上下
是你结束了“洋油”的历史
是你为共和国的石油化工奠基
是你让抛锚的巨轮安全起航

你的信仰坚如磐石任凭风吹浪打
岁月的磨难摧残了你的身体
科学报国的赤诚却丝毫未减
你高屋建瓴、规划未来
你的声音响彻第十五届世界石油大会
你让中国的石油工业融入国际舞台
老骥伏枥、志在千里
耄耋之年你还承担资源战略研究
你倡导开源节流
“战略资源有时是买不到的”
你一生筚路蓝缕、启山奠基
你是历史的弄潮儿
你是“黑色血液”的造血人
你一生功勋卓著
但你虚怀若谷
你指导学生的论文无数
但你从来不署名
你身为石科院院长
但你没有去拿课题
你只是甘做人梯

你提携后进奖掖青年
拿出自己所有的奖金
捐出自己的百年老宅
设立基金奖励青年才俊
这就是“大家”风范
你的一生光明磊落
你的心中只有石油
你把自己的血液
也融进浓浓的石油
你奉献祖国无怨无悔
你对家庭留下好多好多遗憾
女儿没有从你那里得到世俗的“父爱”
夫人没有从你那里得到更多的关怀
在她弥留之际你还在中南海参加会议
你的生命像石油之花那样灿烂
你的智慧
你的著作
你的精神和品质
像灯塔在人们心中永远不灭

侯祥麟，中科院、工程院资深院士，我国著名的化学工程学家，中国石油化工开拓者和奠基人之一。中国红色科学家，产业科学家，战略科学家。

1912年4月4日生于广东汕头，1926年在上海沪江大学附中读书，1928年到圣约翰大学附中读高中，1935年毕业于燕京大学后考取中央研究院化学研究所研究生，接触马克思列宁主义理论后，他的思想发生了“化学革命”，坚定了马克思主义的信仰。

隐姓埋名三十载　壮丽人生映乾坤

——献给王承书院士

你的名字隐藏在深山
你的身影消失在戈壁
知道你的名字太晚太晚
了解你的人太少太少
你从浓浓书香深院走出
你在边陲大漠绽放人生
你虽然早早离开了古运河畔的何园
但是墨香气韵浸染你的周身
反抗封建的意识在你的心田萌芽
探索科学的思想在你的脑海植根
自强不息是你生命的旋律
挑战人生是你心中的欢歌
居里夫人是你崇拜的偶像
建功立业是你不懈的追求
明丽的未名湖曾留下你的倩影
巍巍的博雅塔曾飘荡着你的笑声
在你的心中也矗立一座宝塔
物理学的光芒照亮你人生旅途
燕园因你而越发妩媚
金钥匙奖折射你青春的彩虹
当卢沟桥的烽火逼近京城
你跋山涉水逐梦到西南边陲
你是云贵高原上绽放的木棉花
那样地火红而热烈

你才华横溢
有不让须眉的豪气
密歇根大学
为你送上巴尔博奖和鲜花
在“气体分子运动论”的赛场
你飞驰在国际前沿的跑道上
你挑战力学经典
为铀浓缩积蓄能量

当新中国的旗帜在天安门上升起
你的心在激动飞扬
回祖国去“我的事业在中国”
当你目睹春回大地莺歌燕舞的景象
你激情澎湃热血沸腾
要让全部的智慧燃烧
化作建设祖国的能量
你撒播科学的火种
你为未来培养栋梁
莫斯科郊外有你匆忙的步履
西伯利亚的列车上有你《雪伍德计划》的译稿
你要让核聚变的能量造福人类
你要到国际赛场上摘取桂冠
然而风云突变寒流袭来
合同撕毁
专家撤走
“气体扩散工厂”冷冰冰地静躺
有人说：“只能是一堆废铁烂铜”
浓缩铀的研究陷入困境
核科学家们心急如焚
钱三强的脑海里如翻江倒海
你的身影终于跳入他的眼帘
“你愿意隐姓埋名吗？”

你不假思索地说：“我愿意”
这需要多大的勇气啊
你在稀薄气体领域的研究已令世界瞩目
现在你却要走上一个陌生的方向
就如同你将要推倒自己亲手建起的大厦
要在一片处女地上重新构筑你的梦想
从此你的后半生完全“嫁”给了铀浓缩
你便从学术舞台上消失了
在冰冷的实验室
和单调的数据公式为伍
久别的丈夫从杜布纳归来
你来不及和他见面
便匆匆踏上开往大西北的列车
你丢下了温馨的家
忘记了寄宿在学校的儿子
你的爱
你的热情全部献给了你的事业
两年多的日日夜夜
你在和时间赛跑
西北的胡杨树作证
滔滔的黄河浪作证
你在幽幽大山里思索
你在广袤大漠上奔波
你的形容憔悴了
你的青丝花白了
你日夜期盼的一天
随着机器一声轰鸣终于到来了
浓缩铀“235”终于在你的手中诞生了
当罗布泊的一声巨响
天空画出一个巨大的惊叹号
此时此刻你激动的心脏快要跳出
欢喜的热泪啊

像黄河壶口的飞瀑
涛声为你喝彩
天山向你鞠躬
你用智慧构筑了民族新的长城
你摧毁了核垄断
让国人挺起了脊梁
为了保障原子弹有充足的食粮
大型扩散机的研究你勇挑重任
为了中国的核事业
你的目光紧紧瞄准世界的前沿
在铀浓缩的探索道路上
不断创新超越
扩散法你倾注心血
离心法你挥洒汗珠
激光法你探索不止

你的一生只有奉献没有索取
你把青春、家庭，甚至生命
都无私地献给了壮丽的事业
不会忘记在那饥荒年代
你把微薄的稿费、奖金、出差补助
都捐出购买书籍纸张
不会忘记你在生命的最后时刻
把一生的积蓄全部捐献给“希望工程”
你像太阳一样燃烧了自己
把光和热洒向了大地
你的快乐是工作
你的幸福是奉献
你不愿意在你的履历上留下一点痕迹
但是你的名字已悄悄刻入历史的丰碑
人们永远缅怀你这位巾帼英雄

王承书，女，理论物理学家，中科院院士，为我国铀同位素分离的理论研究奠定了基础。

1912年6月26日出生于上海一个诗书之家，她一直以居里夫人为榜样，顽强拼搏，1930年考入燕京大学物理系，是十三个入学新生中唯一的女生，1934年毕业4名，她名列榜首，并获得金钥匙奖。1936年获硕士学位，1941年留学美国，在美期间，取得了令世人瞩目的成就。1956年回国。1959年到苏联学习热核聚变，1961年接受铀浓缩新的研究任务，从此便隐姓埋名30年。

何园位于扬州古运河畔，主人是何芷舠，何园英贤辈出，王承书是何芷舠的曾孙女。

甘为孺子牛的科学人生

——献给葛庭燧院士

你从紫气蒸腾的蓬莱走来
你留恋那蔚蓝的大海
你依恋那秀丽的山野
你满怀青春的梦想
走上寻求科学救国的道路
倾洒热血
谱写传奇人生
燃烧激情
铸就辉煌事业
你执着、刚毅、坚定，从不彷徨
你一生探索金属的内耗
直至最后耗尽了自己的生命
这是赤子的情怀，“大家”的风范

难忘那段历史啊
八国联军的抢掠
义和团的抗争
“五四”高扬的民主科学的旗帜
热血青年高昂的呐喊
那浩气长存的时代壮歌
在你幼小的心灵
播下了红红的爱国火种
“一二·九”听到你高亢的呼声
“先锋队”看到你奔跑的身影

地雷战有你幕后英雄的贡献
落后就要挨打
唯有科学方能救我中华
到大洋彼岸去
到科学前沿去
要取回科学的法典来疗救创伤的中国
爱国给了你动力
热情点燃了你的青春
在加利福尼亚
在麻省理工
在芝加哥
你匆忙的脚步时刻在和时间赛跑
仅仅几年“紫外光源”研究你有所发现
“光谱分析”你一举突破
“葛氏扭摆”在你手中诞生
“葛氏峰”高高矗立在世人面前
你的青春是那样的光艳
你的名字载入世界名人录
你完全可以留下享受优厚的生活
但是你的周身涌动着爱国的热血
你的心始终牵挂着祖国
海外漂流让你感到凄然与自惭
你要学成回国
用科学改变满目疮痍的祖国
让中华民族屹立于世界的东方
你像一块磁性的金属
在你的身边聚集了多少青年才俊
你用赤子情怀去感召他们
你以人格魅力去影响他们
留美“科协”你发起成立
钱学森珍藏的那封信是你送给
多少科学精英是你促成归国

“归来吧”这是母亲对游子的期盼
当共和国的五星红旗
第一次从天安门前升起
漂泊异乡的你
还有你身边的海外学人
心潮澎湃，热血沸腾
通过电波祝贺新中国的诞生
“科学无国界，但科学家有祖国”
祖国是你的起点，也是你的归宿

回来了，终于回来了
带着科学
带着梦想
带着报效祖国的赤子情怀
你要在这片古老而新生的大地上
用你的双手去开拓新的事业
用你的智慧去创造科学的奇迹
春风荡漾的神州令你心旷神怡
领袖的接见与勉励点燃你青春的激情
你誓把一生交给祖国
把一切献给壮丽的科学事业
祖国的需要就是你的使命
你毅然选择了东北这块黑土地
在浑河岸边书写你人生壮丽的一页
你曾立下壮言
要在本土培养世界一流的人才
创造世界一流的成果
是啊，崇高的理想一定会成就伟大的事业
你亲手培育的实验室早已蜚声中外
“内耗”国际大奖你早已获此殊荣
在科学探索的漫漫征程上
你像一匹奋力奔驰的骏马

极“左”思潮下你淡定自若
寒流袭来时你铁骨铮铮
你也曾茫然也曾孤独
但你咬定青山不放松
走过曲折深邃的人生
终见硕果累累的辉煌
金光闪闪的奖杯
绚丽多彩的桂冠
足以让你自豪与骄傲

你的一生只是奉献没有索求
日常生活你是那样地俭朴
国外访问你挤公交上下班
为国家节省每一块外汇
公务出差你从不坐豪华机舱
一双旧鞋你从国外带回修了再穿
你的人格魅力光彩照人
你的心中只有事业
你为祖国的科学鞠躬尽瘁
如同燃烧的蜡烛直至生命的终点
记得在病榻上你仍工作不辍
数十万言的著作你撰写
在你看来生存就要奋斗
人生的价值就在于奉献
你的满腔热血是如此澎湃
你还把它源源不断地输送给后生
你谆谆告诫青年要百尺竿头更进一步
要让祖国的科学之花更加绚烂
因为你深知青年是祖国的希望
青年智则国智
青年强则国强
这就是你的心愿

你永远是青年人心中的一座灯塔

葛庭燧，我国著名的金属物理学家，是一位极具盛名的材料学家，金属内耗研究领域的大师，中国科学院院士。

1913年5月3日生于山东蓬莱一个农民家庭。1927年北平求学，中学就读于北师大预科，1930年考入清华，1940年燕京大学硕士毕业，1941年赴美留学，1949年11月偕夫人何怡贞及子女回到北京。1952年10月调往沈阳，参加筹建中国科学院金属研究所。

葛庭燧在美留学期间，1949年5月的一天，他亲手转交党组织给钱学森的一封信，他自己也亲自写信给钱学森，动员钱学森回国。那封信钱老一直珍藏着。

成才未可忘忧国　默默耕耘淡功名

——献给吴征铠院士

你无缘“两弹一星”元勋的奖章
可是你的智慧点燃了那冲天的“神光”
你虽没有拿到剑桥那闪光的博士学位
然而你沉甸甸的收获远胜于那薄薄的纸片
你虽没有荣膺诺贝尔奖的殊荣
可是你的成果在诺奖得主的论著中闪光
你虽没有当选首届学部委员
然而你开辟了光谱研究的先河
历史也许给你留下许多许多遗憾
但你生命之光始终是那样灿烂
你的天赋
你的学养
足以彪炳于世

古运河畔你畅想未来
吴道台宅你传承文化
藏书楼下你嗜书如命
扬州中学你绽放韶华异彩
金陵大学你书写青春华章
你带着“科学救国”的梦想
到古老的剑桥去探索科学之谜
拉曼光谱你在国际前沿奔跑
红外光谱让你开拓了科学视野
你用三年的时间

获取了两个学位证书
你用迷幻的光谱透析分子世界
你以神奇的魔棒解开了铀的密码
在“二战”黑色的夜幕即将降临的前夜
你在科学的王国去探求光明的火种
你肩负着使命
带着青春的畅想
回到了你日夜思念的祖国
岳麓山下你激情飞扬
黔北高原你筚路蓝缕
西湖岸边你热血澎湃
上海滩上你绘制蓝图
实验楼在你手中巍巍竖起
光谱仪你四处奔波购置
学科大纲你呕心沥血拟就
科研基石你挥洒热血奠定
课堂上你“天马行空”潇洒倜傥
实验室你脚踏实地一丝不苟
你以超凡的智慧和天赋
赢得了“江南第一才子”的美誉

历史赋予你重任
让你走进了“铀”的世界
黄浦江边你开始了铀的分离探索
当西伯利亚的寒流迅猛来袭
你以满腔热血去融化冰雪世界
原子能所你披星戴月日夜兼程
气体扩散法分离技术你一马当先
第一代分离膜你妙手生“花”
六氟化铀工艺流程你亲手绘制
锔242在你手中横空出世
615甲实验室你不断创造奇迹

气体扩散厂机器的轰鸣为你奏响赞歌
北国的阵阵松涛为你击掌喝彩
是你给气体扩散机装上心脏
是你给核武器注入了动力
是你让中华民族挺起了脊梁
当蘑菇云在戈壁滩上升起
当核潜艇在湛蓝的深海里航行
人们不会忘记你那风尘仆仆的背影
不会忘记你那凝重而庄严的神情
为了中国龙的腾飞
你的脚步一刻也没有停止
你的思想始终在蓝天上飞翔
你绽放出人生的异彩
你铸造了辉煌的业绩
青葱岁月你光华四射
耄耋之年你壮心不已
在你的人生字典里没有“虚度”
在你漫长的征程中只有跋涉前行
你为“两弹一艇”作出历史性贡献
你谱写了核科学壮丽的凯歌
你绘就了人生灿烂的光谱
分子光谱你用激光点亮
反应动力学的铁门你用激光打开
你思想的火花始终在科学的前沿迸发
你智慧的琼浆像一潭永不枯竭的泉水
你敏捷的思维始终在科学王国畅想
思索让你的学术之树长青不老硕果累累
笃学让你知识甘泉永远清冽醇美
你笃信科学源于实践
创新是学术的生命
你的一生就像一支红蜡烛
只要有一滴蜡也要燃烧自己

生命的尾声你仍要去赛场上一搏
躺在病榻上你还完成了数万字的回忆录
你把生命的余热
全部献给了科学事业
你把一生的积蓄
全部捐给了科学基金奖掖后进
你说科学的明天是年轻人的
是啊
你的科学琼浆将哺育青年成长
你的精神之光将照耀他们前进的方向
你的高风亮节将泽被后人
你的人格魅力将垂范百世
放心吧
科学的未来在年轻人的脚下将越走越宽广

吴征铠，著名物理化学家，放射化学家，化学教育家，我国铀浓缩事业的奠基人之一，中科院资深院士。

1913年8月8日出生于上海，曾就读于扬州中学，1934年毕业于金陵大学，1936年留学英国，成为剑桥大学物理化学研究所第一个中国研究生。1939年回国。

自强不息行云路　“裂变”人生创伟业

——献给钱三强院士

新中国的丰碑上
将永远刻上你的名字
你用炽烈的热情点燃了直冲云霄的蘑菇云
你用心血和汗水铸成了抵御外侮的钢铁长城
从“秉穹”到“三强”是在苍穹的一次裂变
会稽山上的灵秀
古郡文化的熏陶
书香世家的渐染
童年的“秉穹”就编织了诸多的梦想
你像一匹赛马奔驰在运动场上
你是一位画师描绘锦绣的田园
你像山中的百灵歌唱美丽的家乡
天资聪明让你独占鳌头
勤勉自励让你出类拔萃
你以不懈的追求兑现了“三强”

曾记得
清华园你笃学奋进
以大师为楷模汲取治学精神
北平研究院你夜以继日
分子光谱研究你大放异彩
当卢沟桥的枪声响起
当令尊重病卧床
你强忍着痛楚

任凭一声汽笛长鸣撕裂你的心肠
远离了上海滩
远涉重洋漂泊异乡
因为你要学成回国
用科学拯救贫弱的祖国
你有幸走进了居里实验室
约里奥·居里夫人给你掌舵领航
这是一个充满迷幻的科学殿堂
这里是求学的乐园
这里是科学家成长的沃土
11年的青春在这里燃烧
未来的事业在这里奠基
朝朝暮暮你与星星作伴
匆匆脚步你和时间赛跑
你徜徉于物理与化学世界
你释放出耀眼的青春之光
巴黎圣母院的钟声对你没有惊扰
埃菲尔铁塔对你缺少魅力
卢浮宫你感觉离你太遥远
巴黎歌剧院你认为太喧嚣
香榭丽舍大街你觉得太狂躁
你喜欢那象征胜利的“凯旋门”
为了“凯旋”你不惜昼夜探索
因为你铭记“‘书呆子’是钱家的荣誉”的家训
洒下辛勤的汗滴收获金灿的果实
当反法西斯联盟胜利的号角吹响
当古老的东方出现黎明
你一个惊世的发现诞生了
铀核的三分裂、四分裂
这是人类多么重要的发现啊
它让国际学界惊叹
它让你走上了世界的学术宝殿

法兰西给你戴上了
亨利・德巴微物理学奖的桂冠
雷鸣的掌声为你喝彩
缤纷的鲜花向你祝贺
最好的庆典
还是你们“居里夫妇”的婚礼
最好的礼物
还是约里奥・居里夫人的祝词
在这喜庆的日子里
塞纳河畔有你们的欢歌
卢浮宫前有你们的留影

十一年时钟的滴答
分分秒秒你都在牵挂心爱的祖国
当祖国一声召唤
你捧着恩师沉甸甸的《鉴定》
你带着那语重心长的话语
“科学要为人民服务”
带着世界科学前沿的数据
满载着对“母亲”的一片赤诚
回来了，回来了
领袖的高瞻远瞩与英明决策
中南海的蓝图勾画
让你兴奋不已
皇城根下你安营扎寨
为了核研究你求救于一些“名流”
他们冷面以对
外国专家撤走资料封锁
让你辗转反侧夜不能寐
但你以强者的姿态
接受挑战
突破重重难关

亲手制作仪器
简陋的机床创造出惊人的奇迹
曾几何时铀235的分离获得成功
第一颗原子弹腾空而起
万众欢腾举国同庆
令世界震惊让国人自豪
一声巨响壮我国威
打破了世界的平衡
增加了我国对外交往的砝码
艰难困苦的岁月
正是你享受成功的黄金时代
可是在蘑菇云升空之后
你被送往偏僻的农村接受“改造”
莫须有的罪名向你扣来
庆功大会上没有你的身影
但你那颗报国之心始终未泯
在科学救国的路上你昂首阔步
你的精神气贯长虹
你的情怀感动天地
你为共和国的国防事业鞠躬尽瘁
你为中华民族的崛起披肝沥胆
你领军下的满门忠烈
支撑了“两弹一星”的伟业
“三强”不是属于你自己
是属于伟大的中国

钱三强，原名钱秉穹，“三强”，父亲钱玄同解释为“德、智、体全面发展”。我国著名的核物理学家，中科院院士，“两弹一星功勋奖章”获得者。被誉为“中国原子能科学之父”。

1913年10月16日生于浙江湖州，中学曾就读于蔡元培任校长的北京孔德中学，1936年毕业于清华大学，1937年赴法国留学，1940年获博士学位，1948年回国，曾任原子能研究所所长。

他与妻子何泽慧一同被西方称为“中国的居里夫妇”。

生命像炉中火一样地燃烧

——献给钢铁巨子李薰院士

滔滔的湘江水
流淌着你横溢的才华
秀丽的岳麓山
绽放着你金色的青春
绚烂梦想给了你人生的动力
勤勉自励换来了闪光的金杯
饮一口湘江水啊
带着岳麓书院的芳香
到英格兰去
到谢菲尔德去寻找新的乐园
你将在这所世界著名的学府
书写更灿烂的诗章
十四年的求索
你享有了冶金学博士学位的殊荣
你收获了令世界瞩目的成就
十四年的漂泊
你的心一直牵挂着新生的祖国
异域师友的深情挽留你婉谢了
国民政府的恳切延聘你拒绝了
当新中国一声召唤
你义无反顾踏上了归程
因为新中国百废待兴
因为你有满腔的报国情怀

肩负着周总理的重托
承载着人民的期待
你在东北的重镇——沈阳的五里河畔
挥动着如椽大笔
勾画了金属所的蓝图
从此一个泱泱大所诞生了
在此后的岁月中
你给祖国的钢铁与制造业
注入了勃勃的生机
高炉的改进
真空的冶炼
新材料的研发
飞机断裂的医治
等离子的喷涂
电子束的焊接
稀土的开发
第一颗原子弹的升空
第一枚人造卫星的翱翔
第一架超音速飞机的航行
第一艘核潜艇的遨游
第一块涡轮叶片的飞转

每一项关键材料
每一次科技攻关
都凝聚着你的心血
你以开阔的视野
敏锐的目光
始终站在科学的前沿
引领着祖国钢铁事业前行
国际学术舞台上
你赢得了权威的赞誉
你亲手创办的《金属学报》

享有国际声誉
你深知人才乃事业之本
拥有一流的人才方能出一流的成果
你以高尚的风范和人格魅力
凝聚英才拓荒耕耘
以坚韧的意志
打造出国际知名的研究所
你以新中国的使命感
站在大局的高度
忍痛割爱移植出众多的科研院所
巴蜀有你的脚步
京城有你的身影
岳麓山下有你的回声
科学岛上有你的挥笔
黄浦江边有你的汗水
你风尘仆仆走遍大江南北
你呕心沥血培育科学蓓蕾

你是“钢铁工业”的掌门人
你是共和国的钢铁巨子
你有钢铁般的筋骨
任凭熊熊烈火的冶炼
热火朝天的岁月
你冲锋陷阵激情飞扬
雾霾笼罩的年代
你力挽狂澜，刚直不阿
你柔肠情怀，上善若水，谦和博爱
柳荫道旁有你与工人对弈的身影
专家公寓有你和同事促膝谈心的场景
你兼收并蓄，海纳百川
你倡导要“五洋捉鳖”敢作“老祖宗”
管理中你高瞻远瞩、勇立潮头、锐意改革、创新体制

你是一匹志在千里的老马啊
总是仰天长啸奔驰不息
你的梦想
你的蓝图
像一朵朵山花绽放在祖国大地
烂漫夺目、光彩四射
你把一生的心血
化作红红的钢水浇铸出不朽的丰碑

李薰，我国著名的物理冶金学家，科学研究管理专家，中科院院士。

1913年11月20日生于湖南邵阳，1926—1931年，先后就读于长沙育才中学、明德中学、长郡中学和岳云中学。1932年高中毕业，因成绩优异，被保送湖南大学工学院矿冶工程系，连年获得奖学金。1937年公费留学考试名列榜首，同年8月入英国谢菲尔德大学冶金学院，1940年获哲学博士，1950年获冶金学博士。在英国，谢菲尔德大学是唯一一所以冶金学博士命名其高级博士学位的学府，李薰是中国唯一获此殊荣的学者。1951年回国，创建中科院金属研究所。

永不消逝的电波

——献给罗沛霖院士

走进你的家
一件件奇妙的电子产品
放射出智慧的光芒
爱动手、乐发明
这是你鲜明的个性标签
也许是上帝的安排
让你出生在一个电信世家
中国第一个电报学堂
是你童年的欢乐谷
在你灵巧的小手里
不断地创造出“小东西”
浓浓的书香气息熏陶着你
诗琴书画给了你创造的灵感
翠竹幽兰赋予你清雅高洁的品行
书籍是你精神的面包
思考迸发出你思维的火花
“苟日新，日日新，又日新”
是你创造“新我”的标尺
循规蹈矩对你是一种禁锢
特立独行是你生性爱好
中学时代你不唯分至上
在知识的百花园中
你像一只勤劳的蜜蜂
每一本书对你都是最好的蜜源

每一种知识对你都是必需的营养
《剑桥物理》你如获至宝
《高等数学》你乐此不疲
英文版的无线电书刊你爱不释手
电磁学你亲手实验
电机设计你认真揣摩
内燃机原理你潜心研究
大学生涯你博览群书孜孜以求
在交大
图书馆是你精神的天堂
在加州
白天你和太阳赛跑
夜晚你和星光对话
每周七十小时的读书研究
疾病缠身也毫不懈怠
你仅用二十三个月便走完了几年的路程
“科尔学者”的称号是对你最好的褒奖

当鸭绿江上的硝烟腾起
你的心再也不能平静
和太平洋的波涛一起翻腾
回家的时候到了
因为你是带着“母亲”的嘱托跨越大洋
在漂洋过海的邮轮上你完成了博士论文
这是你交给导师
也是交给祖国的最好的礼物
对祖国爱的激流始终在你血脉中澎湃
对“母亲”的虔诚深深地植根于你童年的心灵
你曾为满目疮痍的中国流泪
你曾对黑暗腐朽的社会愤慨
用“革命”来改变中国的命运
影响了你的人生轨迹

为了祖国的新生
你毅然走向了延安宝塔
吃着小米饭
喝着延河水
创建了中国第一个通信器材厂
生产的数十部电台支援了抗日前线
在山城重庆
你创造的逆电流稳压电路国内罕见
你设计的车床堪和美国媲美
巍巍群山为你舞起缤纷的彩练
奔腾的嘉陵江为你唱响一曲曲赞歌
为了让祖国腾飞
你带着“母亲”的重托
飞跃大洋到美洲大陆去采撷科学的英华

你终于回来了
带着一片赤子情怀
你要做一项中国电信的奠基工程
你亲手创建了中国第一个大型电子元件厂
你亲手制造的数以千计的电台
在抗美援朝的战场上释放出威力
你创立中国第一个电子信息工程专业
你主持第一部超远程雷达的研制
你高瞻远瞩规划着科学的明天
你以敏锐的观察力
谋划电子信息的蓝图
你指导的通用计算机
给导弹和卫星安上了翅膀
你用电波给嫦娥送去微笑
你在天河上为牛郎织女架起信息长桥
你手秉电波在太空牧放“天宫”
你的“加法逻辑速度理论”让计算机运行更快

你的“高速乘法器”让电视图像超高清晰
你的“门波积累”让雷达的眼睛望尽天宇
你用“火眼金睛”守护着神圣的疆域
你首创国内“人工神经网络”学科
你让电子信息促进社会经济的科学运行
耄耋之年
你还预测文化信息时代的到来
你从事的软件研究还屡有新意
生命不息、学习不止、创新不已
你的思想始终奔驰在信息高速公路上
你科学的青春永远是那样地热烈奔放
因为你心中有着祖国
你把大海一样的深情
倾注在你钟爱的事业上
宇宙因你而缩短了时空
人们因你天涯若比邻
生活因你而有更多的精彩
时代的车轮因你而飞速奔驰
你的名字和电波一样永不消逝
你的功绩将像明星那样永远灿烂夺目

罗沛霖，中科院院士，工程院院士，电子学家，为新中国的电子工业作出了奠基性和开拓性的贡献。

1913年12月30日出生于天津，父亲罗朝汉是我国早期电信界知名的耆老，在天津设立天津电报学堂。1925年考取南开中学，1931年同时考取清华和国立交通大学（今上海交通大学和西安交通大学的前身），他选择了交大；1937年奔赴延安，1948年地下党组织资助他赴美留学，1950年回国。

敢于挑战的才女：中国的居里夫人

——献给何泽慧院士

1994年10月22日
一位耄耋老人
在一个金秋的黄昏里
徜徉于古典而雅致的网师园
驻足于名扬中外的振华女中
仿佛又回到了那青葱的岁月
穿越八十年的岁月时空
一个甲子阔别故园的乡情
像一杯陈年的老酒
浓浓的醇香悠长悠长
林荫下曾有你的朗朗书声
紫藤架下曾有你的欢歌笑语
瑞云峰上曾留下你的青春靓照
你的美文至今仍流传校园
你的篆刻依旧历历在目
你像一只美丽的金孔雀
在园林里飞翔
你从南国飞到北方
栖于清华园的芳巢
你以率直与刚强
冲破了女性歧视的樊笼
认准了物理学的航向
凭着你如泽的智慧和辛勤苦读
在英才林立中你独占鳌头

当“七七事变”爆发
当祖国的山河破碎
你迈出了国门
留学西洋
为的是要学好本领打日本鬼子
你的刚毅与执着
铮铮有声的话语打动了导师
对你不再机密封锁
你有幸成为弹道学的女性第一人
十年面壁的寂寞
物理王国的求索
你和弹道速度赛跑
你和正负电子碰撞
你和原子核裂变对决
让生命的火花绽放
而爱情的花儿始终含苞未开
昔日清华园里的帅男靓女
如今是身居德意志与法兰西天各一方
十年漫长的等待
日日夜夜的煎熬
终于25个字的情书
叩响了爱情的闸门
你们共同的愿望：
等待“一同回国”

这一天终于到来了
你们迎着东方的曙光
带着丰硕的成果与殊荣
回到了魂牵梦萦的祖国
皇城根下的四合院
开始你新的征程
中关村青色的老屋

至今还尘封着那陈年的记忆
没有仪器你们跑遍旧货摊寻觅
没有图纸你亲手绘制
你白手起家创造出一个又一个奇迹
你虽然没有佩戴“两弹一星”的勋章
但军功章上仍有你的一半
多少次你精确推算
确保了工程少走了许多弯路
你在青藏高原上
划出了精彩的“宇宙线”
你开拓了中国中子物理的新方向
你翻开了高能物理的新篇章
反应堆里有你辛勤的汗水
原子核乳胶有你倾注的心血
加速器上有你飞快的助跑
你的身体虽然纤弱
但你的干劲堪比原子裂变的能量
你永不知疲倦地在书海中汲取力量
在科学赛场上奔跑
耄耋之年你还有做宇航员的愿望
你还要到研究所去操劳
科研是你精神的乐园
是你心灵的归宿

你居陋室，心淡泊
你平易近人，虚怀若谷
你培育后生，甘做人梯
生活简朴是你的美德
简单快乐是你的天性
你童心未泯啊
永远绽开着灿烂的微笑
难忘啊

周总理多次看望与问候
在那简朴而弥漫着书香的小屋
在那窄小而整洁的客厅
你们谈笑风生
你总是那样纯朴率真
你总是那样乐观爽朗
这就是一个世纪老人的魅力
这就是一个科学家的风范

何泽慧，女，我国著名物理学家，中科院院士，系著名原子核物理学家钱三强的夫人。

1914年3月5日生于江苏苏州，小学、中学就读于著名的苏州振华女中，1932年以优异成绩考取清华，和钱三强同班，1936年毕业，是清华物理系10位毕业生之一，她是第一名。毕业后赴德国留学，1948年回国。

开创中国光学的第一人

——献给王大珩院士

当“嫦娥”奔向桂花飘香的月宫
人们会惊叹她那双深邃的明眸
把月球的地貌清晰地传输给我们
当“神八”与“天宫”在太空亲吻
人们会惊讶是什么镜头
摄下了这张历史的靓照
当我们在电视机前
看到气象云图
人们一定叹服风云卫星的魔力
当“蛟龙”号潜入深海
将美丽的海底世界展现给我们
人们一定惊叹它的成像系统
当我们去探测深空
当科学家去研究宇宙暗物质
我们一定想到天文望远镜的神功
当蘑菇云从高原上腾空而起
有谁会想到
中子衍射谱仪是幕后的英雄
新中国这一切的精彩
一切的奇迹
都离不开光学的魅力雄风
都不会忘记你这位
中国光学事业的开拓者

科学对于你的童年有着无穷的魅力
你是在一个崇尚科学的环境中成长
家庭氛围的熏陶
让你好奇于大千世界
让你迷恋于科学的奥秘
初中时你超前修完了中学数学和微积分
你深知科学是民族强盛之本
你出生在一个列强肆虐的年代
你饱尝了民族耻亡国恨
你的乳名“膺东”
足以看出你对日寇的义愤填膺
当卢沟桥的枪声响起
你高唱着《义勇军进行曲》
倾诉你抗日的满腔怒火
你要用科学来抵御外侮
你带着科学救国的一颗火热的心
来到了伦敦帝国学院
在那座古典而雄伟的女王塔下
谱写你青春的壮丽乐章
让你的人生在光学世界折射出光芒

怎能忘
建国伊始光学天地还是一片黑障
是你带回十年留学的学术成果
开创了新中国的光学事业
浪漫的大连岛
有你精心的点画
东方的“好莱坞”
有你创建的中国光学摇篮
童话般的雪域冰城
有你艰苦创业的足迹
古韵悠悠的三秦大地

有你开拓创新的业绩
巴蜀迷蒙的雾都
有你送去的光芒
蜀山湖畔的科学岛上
有你播撒的火种
绚丽缤纷的黄浦江边
有你点亮的神光
秀丽的西湖之滨
有你辛勤的汗滴
祖国的大江南北
处处留下你的足迹
处处可见你风尘仆仆的身影

创新是你的天职
是你永葆事业年轻的秘诀
共和国第一炉光学玻璃
第一台激光器
第一台电影经纬仪
第一台红外夜视光学设备
从中子衍射晶体谱仪到大口径观察望远镜
从空间侦察摄影到太阳辐射模拟
从电子显微镜到大型摄谱仪
从远洋测量到激光核聚变
从遥感技术到发射远程火箭
一个个发明
一次次创新
都凝聚着你无穷的智慧
你追求一流
鞠躬尽瘁
在披荆斩棘中前进
在寻优勇进中创业
翻开新中国一页页科学史

你不仅是一位卓越的科学家
你也是一位战略思想家
“863”计划是你上书
工程院成立是你提议
“大飞机”项目是你力推
“教师节”设立是你联名倡导
你的提议还有好多好多
你的思想就像是一束束强光
普照祖国的蓝天大地
因为你深深地热爱这片土地
你心胸博大
装的是黄河长江
你思想深邃
想的是国家兴衰
你习惯把事业放在第一
从不计较个人功与名
你从不接受“光学之父”的光环
多少次你把荣誉让给别人
多少次你拒绝顾问的高薪聘请
多少次你谢绝感恩的点点薄礼
你的风范与美德
将永远泽被后人
你的思想光辉将化作明星
永远光照寰宇
放心吧
后来者一定沿着你的足迹前进
一定牢记你的遗愿：
“须当爱国者，志把中华兴”

王大珩，中国科学院院士，中国工程院院士，中国近代光学工程的重要学术奠基人、开拓者和组织领导者，被称为“中国光学之父”，“两弹一星功勋奖章”获得者，杰出的战略科学家、教育家。

1915年2月26日生于日本东京，乳名“膺东”，意思是满腔义愤打击东洋鬼子，原籍江苏吴县。1929年，在青岛礼贤中学（现青岛九中）就读，1936年毕业于清华大学物理系。

1938年，赴英国伦敦帝国学院留学，攻读应用光学，1948年回国。1958年，作为主要创始人，创办长春光学精密机械学院（今长春理工大学），并在长春光学精密机械研究所担任三十多年所长。长春光机所堪称中国光学事业的摇篮，先后分出部分人员，组建西安、上海、成都、合肥光机所。

“女王塔”，是英国伦敦帝国理工学院南肯星顿校区中央的标志性建筑，塔高287英尺（1英尺=0.3048米）。

骏马谋大略　长啸声自远

——献给马大猷院士

2012年7月17日
你——现代声学的奠基人
静静地走了
走得是那样的安详
也许人们再也听不到
你对学生的谆谆教诲
你对科学的深情寄语
但是你把自己创造的最美的音响留给了人间

也许你生来就与自然界的声响有缘
童年你常常端坐在石榴树下
聆听秋蝉的歌唱
从此便对秋虫的鸣叫产生了兴趣
一直到大洋彼岸的求学生涯
一直到耄耋之年
你感觉每一种动听的声音都是美妙的音乐
你在空间有限的浴室里歌唱
让歌声在室内回旋
你在未名湖畔吹奏竹笛
让笛音在湖面飞扬
也许你为了不辜负“大猷”这个名字
自幼则有雄才大略
当“九一八”的炮声响起
你心中燃烧起“科学救国”的火焰

草坪上你放飞梦想
绿荫下你默默沉思
图书馆你手不释卷
实验室你忙碌不停
走出去
到波士顿剑桥城去
去那里采撷科学的英华
你无暇去繁华的街市
你无意去迪士尼乐园
你的快乐在书中
你的爱好是实验研究
你敢于挑战另辟蹊径
推导出更简捷的简正波公式
仅用两年时间就完成了博士论文
在国际声学界崭露头角
朋友挽留你
你完全可以在美国一展宏图
可是当你想到遭到日本铁蹄蹂躏的河山
兴亡之感在你胸中油然而生
你再也按捺不住内心的激动
你要启程返航
你带着一颗赤诚的心
带着沉甸甸的知识宝匣
你要让贝尔实验室的奇迹在中国出现
你要让盐湖城摩门教堂的建筑在祖国复制
声学事业已经成为你一生为之奋斗的目标
你从昆明湖畔起步
开始了你科学救国之梦
那一年你只有25岁
是西南联大最年轻的教授
苍山的云变幻莫测
但是你对祖国的爱坚如磐石

你的心像洱海那样透明和宁静
你多想为抗日多做些贡献啊
可是你的成果无人问津
你只有在声学的时空里弹奏那和谐的乐章
你只能在三尺讲台上挥汗如雨默默耕耘

青春在燃烧，热血在澎湃
你的抱负
你的梦想
只有在新纪元的曙光里
才能放射出绚丽的光芒
当东方的红日喷薄而出
当五星红旗在天安门前冉冉升起
你绽开了笑颜
迎接新的朝阳
共和国的科技远景你规划
发展声学的建议你提出
新技术发展的蓝图你勾勒
电子所的大楼前有你当年的留影
第一座声学实验室留下你设计的画笔
在中国科大诞生的几年
你一手教书一手实验
你在撒播科学的种子
你在创造未来的科学
当巍峨的人民大会堂高高地耸立
当水天一色
满天星斗的穹顶出现在我们的眼前
当我们无论站在哪一个角落
都能听到主席台上那清晰悦耳的话音
音质效果超过了华沙人民宫
人们一定想起你分散声源的设计方案
你的“微穿孔板理论”让你走向世界

当德国的议会大厦落成
又是你的“微孔”理论
分散了强声场的声聚焦
让这座富丽堂皇的建筑体面地登场
你的微穿孔理论
让大厦里的声响清晰润耳
让地下导弹发射井噪声消失
你的语言声学
让声音更美、更亮、传播更远
你热爱声学甚于珍爱自己的生命
在那暮霭沉沉的岁月
你被“革命”了
但噩梦初醒
你的微孔理论在《中国科学》上闪闪发光
当自然科学的“第三次革命”到来时
你敢立潮头勇做弄潮儿
非线性驻波研究让国际声学大师叫绝
1996年6月
你在第十四届国际声学大会上
庄严地宣布简正波理论的新进展
那雷鸣般的掌声是对你最好的嘉奖
现在你走了
但每当我们听到那优美的旋律会想起你
每当我们看到马路上噪音显示牌会想起你
你的音容笑貌永远定格在我们的脑海中
你留下的精神财富
永远让人们高山仰止

马大猷，物理学家、声学家、教育家，中国现代声学开创者和奠基人，主持完成了人民大会堂的声学设计。

1915年3月1日出生于北京，祖籍广东潮阳，父亲马有略，清末举人，给自己儿子取小名“雄才”，上学后叫“大猷”，意思是“雄才大略”。1938年留学美国，1940年回国。

诗书满腹咏春秋　科研路上乐不休

——献给彭桓武院士

大别山的玉泉琼浆
孕育出物华天宝
千年古郡的昌盛人文
熏陶出芸芸才俊
这就是鄂东北的麻城
这里是一块人杰地灵的家园
这里也是英雄辈出的红色土地
紫气的张力在天空拓展
文脉的根系在地下延伸
一棵苍劲的大树
不论她的枝叶伸展到何方
根总是源源不断地给她输送营养
你是“中国氢弹之父”
就是这样一棵深受根的恩泽的大树
你从故园深深地汲取文化的精髓
你在书海里尽情地吮吸知识的营养
父亲的书柜激发你蒙学的兴趣
养成你自学的习惯
你酷爱数学其乐无穷
牙牙学语时就会四则运算
你靠自学走进了清华园
图书馆是你探索求知的乐土
你博览群书中西并蓄
成就你“清华四杰”

你带着对知识的渴望
来到了古老的爱丁堡
成为这座著名学府的中国第一人
你驰骋思想的野马
用勤奋编织了一顶顶桂冠
用智慧铸造了一个个光环
HHP理论让你的青春大放异彩
布列兹班奖
是给你而立之年的盛大贺礼
皇家科学院院士的殊荣
诠释了你这位青年才俊的风采
难怪导师玻恩向爱因斯坦说：
“在我的门下学生中，
他是最有前途的一位”
这是一位世界科学大师的赞美啊
你在爱丁堡积聚能量等待回报祖国
当东亚的上空战火纷飞
当广岛上一声巨响
你就立下豪言壮语：
“回祖国大干一场”
你热切地期盼着
焦急地等待着
直通亚洲的航线被封锁
面对侮辱性的签证你毅然拒绝
你是一个铮铮铁骨的男儿啊
不愧是红色土地走出的骄子

终于回来了
迎着东方的曙光
踏着大海的波涛
正如你说：
“回国是不需要理由的”

你还没来得及整理
被海风吹乱的头发
还没有调整好一路劳顿的疲惫
便又踏上了新的征程
西南边陲有你停留的脚步
清华讲坛有你演说的话音
你在物理学的王国里
去探索，去发现
你的名字和祖国的核科学紧密相连
实验室里
你夜以继日地鏖战
荒滩戈壁
你披星戴月地奔波
青海湖畔
你辗转反侧地思索
你托起了壮观的蘑菇云
你点燃了氢弹的爆响
你用巨手给核潜艇注入动力
你用智慧和汗水凝固了核反应堆
在广袤的无人区
你深入地下核试验基地
你用热血和生命书写着历史
可是你总是隐藏在人群的后面
你在圈内是声名赫赫
可是在圈外你总是默默无闻
你总认为自己的力量很渺小
你有大山一样的臂膀
你也有大山一样的胸怀
在科学的山路上
你总是风尘仆仆不知疲倦
你的学术生命就像“长春藤”一样
永远长青

生机勃勃
学术几乎是你生活的全部
甚至成为生命的伴侣
孤独时你作诗来解闷
和亡妻心灵对话
你用行动践行自己的格言：
“为国家做事留给自己的是乐趣，
科学家最高的追求无非就是工作”

你总是在迷茫时去发现光明
在荆棘中去开创道路
你不断辟新
又不断退出
甘做石子为年轻人铺路
走廊上，办公室
时常听到你对年轻人的谆谆教诲
病榻上
在生命的尾声
你还念念不忘关心学术关爱后生
你告诫青年
“做学术不能浅尝辄止”
你的心中装着的永远是事业，是他人
你生活简朴
把巨额奖金赠送给为祖国的核事业作出贡献的人们
这就是你一颗平常而伟大的心啊
这就是你这位真正“大家”的风范
你是天上一颗耀眼的明星
人们永远记住“48798”那颗小行星
你永远照亮寰宇
照亮人们的心田

彭桓武，理论物理学家，中科院院士，“两弹一星功勋奖章”获得者，“中国氢弹之父”。

1915年10月6日出生于吉林长春，原籍湖北麻城。幼年养成自学的习惯，爱好数学，喜欢作诗。靠自学中学课程，于1931年考取清华。1938年留学英国爱丁堡大学，师从著名物理学家马克斯·玻恩，1947年回国。

彭桓武和王竹溪、林家翘、杨振宁被称为“清华四杰”。

立足学术巅峰　放眼科学未来

——献给卢嘉锡院士

你曾说过台湾是你的故乡
厦门也是你的故乡
是啊
不管你在哪里
你的根总是紧紧地拥抱着华夏大地
你的心总是牵挂着祖国的命运

也许是为了祖国的强盛
不被列强所凌辱
在你刚刚学步时
就终日泡在父亲的书房
享受那浓浓书香的熏陶
你开口的第一句话；
“爹，我也要读书”
这一句话足使家人惊喜而又惊奇
在令尊的严教下
你自幼就养成勤奋细心的习惯
在你的眼中
书本就像宝石一样放射出光芒
你深深懂得唯有知识才能改变命运
渊源家学
诗词文赋你功底颇深
因为好奇
自然科学你情有独钟

你嗜书如命
手不释卷
时间对你是那样的珍贵
哪怕是一边吃饭也要一边看书
在学校里
你穿梭于几个教室
每一门功课对你都是那样富有引力
你的勤勉换来了丰硕的果实
仅用两年半的时间
你就完成了小学到高中的三级跳
厦门大同中学那棵古老的凤凰树
至今还留下那段美好的记忆
你的动力源于对科学的执着
对祖国的挚爱
金色少年的你
经常登上鼓浪屿的日光岩
遥望东方
你要让东方的巨龙腾飞

为了实现你的梦想
你深深地沉醉于科学世界
主修专业——化学
你成绩优异独占鳌头
数学主干课程
你出类拔萃令人惊羡
大学时代
你就做了化学与数学学会的会长
当你毕业时
你手里捧着沉甸甸的两本学位证书
化学和数学
你一直是陈嘉庚奖学金的获得者
你是厦门大学的骄傲

当你横渡重洋来到伦敦大学
当萨格登教授问你选择研究方向时
你毫不犹豫地回答："放射化学"
令这位国际著名的化学家意外而惊奇
因为在当时这是最难的方向
可见你的胆略和勇气
你的回答其实也源于你对科学前沿的洞悉
你知道唯有抓住前沿
才能登攀科学的高峰
两年后你又一次实现了跨越
你的博士论文
发表在英国《化学会志》上
在科学的大洋上航行
你从来没有终点
你跨越大西洋
又登上了美国的加州理工
在诺奖获得者鲍林教授的门下
开始了你对结构化学的探索
你敏锐地把握了物理化学的发展方向
在短短的五年里
你的好多论文已经成为经典文献
在不到而立之年
就引起国际学界的关注
高薪聘用
你婉言谢绝
因为你的根在中国
你要兑现当初的承诺：
"学成回国，报效祖国"

抗日的烽火刚刚退去
你满怀"科学救国"的热情
匆匆登上了回国的邮轮

当汽笛一声长鸣
你的心激动不已
早已飞向祖国
当你踏上厦门港
回家的感觉油然而生
火红的凤凰树为你绽开笑脸
美丽的芙蓉湖为你荡起清波
这里将是你施展才华的沃土
妙趣横生的授课
见解独到的思维
启发诱导的模式
俊逸潇洒的板书
无不展示出你这位讲坛新秀的风采
你劝导学生
学术研究要看远一些走前一些
搞深一些想宽一些
是啊
你始终站在学术的制高点上
不断创新
不断超越
即使在那阴霾的日子
你科研的脚步也没有停止
学术成果依然捷报频传
“结构化学”你创造了一个个辉煌
“原子簇”模型你领先于世界
“卢氏图”在国际晶体学手册中熠熠生辉
你以杰出的成就
赢得了许多殊荣
你是当年最年轻的院士
你是国际学术星空一颗璀璨的明星
你是科坛叱咤风云的一位将才
凤凰花怒放的厦大

因为你创立的化学系的崛起而闻名
你白手起家
福州大学在一片平地上拔起
闽江岸边
你勾画了“物构所”的精美蓝图
你风尘仆仆
日理万机
星星和月光照亮你那匆匆的身影
从学科布局到课程设置
从实验室到图书馆
处处都留下你深深的脚印
当阴霾散去科学的春天到来时
在那执掌中科院的日子里
你好像是沙场上的一位宿将
高瞻远瞩规划科学宏图
开放办所你倡导
青年科学基金你设立
内外横向联系你制定
联合攻关你谋划
基础研究你不放松
中外合作你抢抓机遇
科学的学术评估你建立
科技兴国的思想你提出
兴国先育才的战略你号召
你为中国科学的发展披肝沥胆呕心沥血
你驾驭着科学的巨轮
在湛蓝的大海上
劈风斩浪奋勇向前
巨轮激起的每一朵浪花
都让科学的春天更加绚丽
科学的力量
推动着时代的列车滚滚向前

而你则是时代车轮的推手

卢嘉锡，中科院院士，物理化学家，化学教育家，科技组织领导者。

1915年10月26日生于厦门，祖籍台湾台南市。1926年读过一年小学，1927年相继在厦门育才学社和大同中学初中就读一年半，1928年考入厦门大学化学系。1937年留学英国伦敦大学，1939年留学美国加州理工学院，1945年回国。

壮心系科学　孜孜为国昌

——献给唐敖庆院士

太湖美
美就美在太湖水
粼粼波光
点点白帆
水天一色令人魂牵梦萦
这里就是你的故乡
这里曾酝酿你斑斓的梦
这里有你洒下的灿烂春晖
你像湖边的一块宝石
让众师把玩不已
“士不可不弘毅”深深植入你的思想
博学自强是你默默坚守的追求
你要摆脱家境的贫寒
你要去创造属于自己的天空
你徜徉在古典文学的长廊
去欣赏那隽永的典籍
你在红色的书刊里
汲取思想的精髓
你高举旗帜
在抗日的队列中呐喊
先生娓娓动听的化学课
还有那科学救国的讲演
点燃了你报国的满腔热血
你在百年扬中匆匆走过

掠起“瘦西湖”的波光
在燕园的未名湖畔
酝酿你的化学人生
当“七七事变”的炮声响起
你辗转湘江
南下滇池
饱蘸激情书写青春的华章
曾记得那间低矮窄小的居室
刻下你那段苦涩的生活
那条迂回曲折的羊肠小道
留下你为了生计而奔波的背影
正当风华正茂之时
你登上了曼哈顿岛
去那里汲取科学的玉液琼浆
你无暇去中央公园漫步
也无意到都会博物馆浏览
你沉迷在哥伦比亚大学这座盛产“诺奖”的殿堂
你遨游在浩渺的科学大洋
在化学与数学两个洋流里搏击奋进
忠心报国是你的航向
顽强坚毅是你的船桨
短短两年你便摘取了博士的桂冠
你执着于学术研究
你高举鲜红的旗帜
你的“唐氏茶馆”
成了指点江山的会馆
作为“同学会”的主席
你为共和国到处奔走呼告
你为新中国的诞生举行庆典
你呼吁联大要接纳新中国的代表
你倡导热血青年回家报效祖国

你带着赤诚与科学
终于回到你眷恋的祖国
你犹如一位将军
率领南北才俊
在长白山下开始创业之旅
数十年的风雨耕耘
吉大的化学之花缤纷烂漫
享有盛誉
这里是你的大讲堂
你的声音传遍四面八方
这里是你的大舞台
你的舞姿是那样的瑞彩蹁跹
一次次研究班
一场场报告会
造就出一批批领军人物
这是一块肥沃的黑土地
孕育出累累硕果
为了科学的传播
你心系白山黑水
双脚踏遍大江南北
在广袤的松辽平原
你的学术之花明艳亮丽
“势能函数公式”让国际权威赞誉
“配位场理论”引领了工业催化
“分子轨迹图形理论”放射异彩
“高分子固化理论”给航天器插上了翅膀
“高分子反应统计理论”让分子世界变化莫测
量子化学
你在国际前沿奔跑
创新理论
你在科学的天空飞翔

你翱翔的双翼
一只是教学一只是研究
实验室你的成果异彩纷呈
课堂上你的授课就像艺术
你开拓创新不落窠臼
你的课常听常新
始终保持国际水准
厚厚的镜片虽然挡住了你的视线
但思维的记忆让你心明眼亮
即使你身居要职
仍奔忙在教学一线
因为你认为“培养青年人才关系国家未来”
你主编的《高等学校化学学报》
在国际舞台大放异彩
你掌门国家自然科学基金委
创新机制释放能量
“活到老，学到老，工作到老，改造到老”
是你念念不忘的座右铭
“壮心系科学，孜孜为国昌”
是你一生的追求和愿望
你说：“为了祖国昌盛，我愿耗尽余生”
是啊
作为“中国量子化学之父”
你为中国的科学
为培养祖国未来的栋梁
耗尽了一生的心血
黑土地为你竖起丰碑
松花江为你扬起赞歌

唐敖庆，理论化学家，教育家，“中国量子化学之父”，中科院院士，科技组织领导者。

1915年11月18日出生于江苏宜兴，初中时深得老师赏识，因家境困难，无力读高中，进无锡师范学校学习，后进入扬州高中补习，1936年考入北大化学系，1946年留学美国，1950年初回国。创建吉林大学化学系，曾任吉大校长。

用激情和热血去点亮“明星”

——献给任新民院士

当我们观看高清电视节目
当我们收看气象卫星云图
当我们接听海外越洋电话
当我们对地球资源进行勘探
当远洋舰船航行在浩渺的海洋
当军人对地面进行情报侦察
我们当赞叹卫星的魔力
我们当赞叹点亮“星光”的你

忆往昔峥嵘岁月稠
在那金色的少年时代
进步的书籍让你看到了前进的旗帜
多难的民族让你自觉走上科学救国之路
在你童年的耳畔
一直回响着祖父的遗愿
父亲的叮嘱——
“用知识改变命运”
从风光迤逦的黄山脚下
到波光粼粼的玄武湖畔
从轻雾缭绕的山城重庆
到大师辈出的密歇根大学
你在崎岖的科学山路上攀登
你在茫茫的知识海洋中遨游
一切为了实现少年的宏愿

一切为了拯救民族的命运
当一位伟人庄严宣告共和国的诞生
当五星红旗第一次在天安门广场上升起
你迎着初升的红日
怀着一颗游子的滚烫的心
飞越大洋回来了

那是一个让人沸腾的时代啊
从此你的脚步将和共和国同行
哈军工的讲台上留下你的英姿
国防五院的研究室有你设计的图纸
航天大院有你匆忙的脚步
西北戈壁有你穿梭的背影
你用智慧和勇气
突破了别人的封锁
你规划了一页页蓝图
你设计了一张张图纸
你是五大系统的“总总师”
当你放飞“东风”一号导弹
巨大的惊叹号矗立高原大地
它翻开了历史新的一页
威猛的“东风”系列
壮我军魂
扬我国威
为了给导弹安上更先进的“心脏”
你承受了多少压力
经历了多少曲折磨难
攻克了多少明碉暗堡
多少个日夜鏖战
多少个寒暑易节
终于
人们久盼的宠儿

长征系列火箭诞生了
从“东方红乐曲”唱响太空
到地球同步卫星的发射
从风云卫星的气象云图
到一箭三星的空间探测
从亚洲一号卫星的升空
到风暴一号的震撼
第一枚运载火箭
第一枚导弹
第一颗通信卫星
第一颗返回式卫星
每一次攀登
每一次跨越
都付出你的热血和智慧
都流淌着你辛勤的汗水
不会忘记
塞北寒冬腊月里你顶风冒雪
黄沙漫天的戈壁中你艰难跋涉
风餐露宿中你谈笑风生
寒风刺骨时你春风满面
疾病缠身时你仍冲锋陷阵
扣“帽”抄家时你仍意志弥坚
实验室是你的家
发射场是你的乐园
你心静如水
唯一不安的是怕工程延期

人们都喜欢称你“总总师”
可是多少次
你竟然被人拦在会议室的门外
因为你太朴素了
就像一位老农民老工人

你始终穿着那件洗旧的军装
那件带补丁的蓝色工作服
那双圆口青色布鞋
你居住的房子一直是那样的陈旧
室内的陈设一直是那样的简陋
上班挤公交有时你疲劳得睡着了
嘉奖会上你总是坐在最后一排
你在“耄耋”之年
也没有停下前进的脚步
你还奔波在工厂、发射场
你“人老心不老”，学到老做到老
可是你说：“我没做什么”
“我一辈子就干了这么一件事”
多么谦逊多么可敬的老人啊
你像春蚕一样奉献自己
你像蜡烛一样燃烧自己

任新民，中国科学院院士，导弹总体和液体发动机技术专家，中国导弹与航天技术的重要开拓者之一，中国航天事业五十年最高荣誉奖获得者，“两弹一星功勋奖章”获得者，“中国航天四老”之一。

1915年12月5日出生于安徽省宁国县，1928年考入省立宣城第四中学（今安徽宣城中学），1934年考入中央大学，1937年转入重庆兵工学校大学部，1940年毕业。1945年赴美国密歇根大学留学，获机械工程硕士和工程力学博士学位，1949年8月回国。

“天问”路上求索　生命融入大气

——献给叶笃正院士

也许是历史的巧合
你和“中国第一份气候记录”同年诞生
命运注定你要和“大气”结缘
无论是赣南的大江大湖
还是华北的沧海高山
都让你感受到自然力的神功
宇宙给予人类的恩赐

道台士族的思想禁锢
让你感觉到高墙院内空气的沉闷
十四年的私塾让你郁闷
虽然你的体内注入了华夏文化基因
然而你深感身躯营养的不足
你向往大自然如诗如画的风景
你要飞出去，飞越高山，鸟瞰江河
你终于发现了一片沃土
“巍巍南开精神”让你找到了人生坐标
新式的学堂让你开拓了视野
你感叹大自然如此充满神奇
你惊讶科学的丛林如此富有魅力
但你也看到了官僚的污泥浊水
看到了民生凋敝的社会
看到了祖国母亲的衣衫褴褛
你的心顿时像大海的波涛汹涌起伏

你深深地懂得
国家之富强，须以科学为基石
于是你立下壮语
走科学路
用科学来改造世界

你带着南开的荣耀
走进了清华园的大门
无论你走在哪里
你的心总是深爱着祖国
“九一八”你走上街头抗议
“一二·九”你站在游行队列前呐喊
清华园中你书写华章
西子湖畔你摘取桂冠
你跨越大洋去美洲寻找科学的“灵芝”
你在科学的大山里跋涉
没有流连于密歇根湖旖旎的风光
没有去美丽的芝加哥河上泛舟
也无暇到千禧公园音乐厅欣赏音乐
你的激情
你的青春
都是在图书馆和实验室里飞扬
在罗斯贝大师的引领下
你求实求正把科学的视野投向天宇
你的博士论文成为动力气象学的经典
你也成为“芝加哥学派”的佼佼者
你的学术引起国际学界的高度关注
导师恳切挽留
你婉言谢绝
高薪聘请
你不为金钱所动
“我觉得新中国是有希望的，

我想为自己的国家做点事”
这就是你给恩师的答复
在新中国的第一个国庆日
经过漫长等待的你终于回来了
当双脚踏上国土你热泪盈眶
“到家了”的温馨油然而生
从此你把毕生精力都献给了气象科学

从西直门的那间破屋
你开始了漫长的求索历程
没有高空图你自己制作
你在一张白纸上
建立起中国自己的气象科学体系
预测中国未来生存环境的变化趋势
你远眺珠峰
研究青藏高原对东亚气候的影响
你放眼东亚
探索大气环流的变化规律
你的心始终和“大气长波”一起波动
你的思维一直伴随着“大气运动”跳跃
“气候与植被”你研究
“大气化学”你测定
沙尘暴成因你探索
中国气象预报的基础你奠定
你高瞻远瞩
开拓全球变化科研新领域
创立“有序人类活动”的研究框架
当人们在为经济发展高歌时
你却在为地球的未来而忧虑
你担心人类的无序活动
威胁地球也威胁人类自身
你深知保护地球就是保护我们人类自己

地球的冷暖变迁始终是你的牵挂
你的目光聚焦于地球
你不放过地球点点滴滴的细微变化
观察、思考、记录、研究
是你为自己设定的生活程序
为了抓住你思想闪现的灵感火花
随身携带的笔记本磨坏了你的口袋
你把青春、生命都融进了大气空间

你总感到时间不够用
即使是那浩劫年代
忍受迫害你也探索不止
耄耋之年你仍耕耘不辍
你曾忍受委屈，也曾历经艰苦
但你从不后悔自己的选择
你说
“人需要生活好，
但人活着不仅仅为了生活好”
你始终把自己看成一名演员
是中国的大舞台给了你表演的空间
是啊，在这个大舞台上
你的表演是那样精彩
记不清你获得多少科技大奖
数不清你的头上有多少桂冠和光环
你用一位学术巨匠的椽笔
书写了气象科学的史诗
你以一代宗师的风范
引领着气象学术的方向
你以无尽的热情和善良
提携后生，桃李芬芳
你以崇高的人格魅力
赢得人们的景仰与感激

人们永远记住你
大地永远记住你
天空永远记住你

叶笃正，中科院院士，气象学家，中国大气物理研究奠基人，中国近代动力气象学创始人之一。2005年获国家最高科学技术奖，2007年被授予“感动中国2006年度人物”荣誉称号。

1916年2月21日出生于天津前清道台之家，祖籍安徽安庆。童年接受14年的私塾教育，1930年考入天津南开中学，1935年考入清华，1943年浙大理学硕士毕业，1945年留学美国，1950年10月回国。

跟踪卫星一线牵引　北斗导航布设天网

——献给陈芳允院士

登上天台山
仰望星空
去感受天街的繁华
去寻觅我们点亮的那盏明灯
俯瞰泽国
去领略翡翠般的碧潭绿波
去欣赏倒映湖中的满天星斗
这里山奇木秀，水天一色
这里古韵悠悠，文昌人杰
黄岩溶洞的满壁“飞天”
将大自然的造化
与“嫦娥奔月”的梦想
鬼斧神工般地交织在一起
也许是这块神奇的土地
造就出一位掌控“飞天”的智者
四书五经
给你的童年注入了儒家文化的基因
家父的谆谆教诲
让你懂得了知识改变命运的真谛
你牢记叮嘱：
“要好好读书，将来要做大事”
从台州黄岩到上海浦东
在那双星座的百年名校
你学业的根系深深地拥抱那片沃土

你学识的枝干茁壮地伸展向高空
当“九一八”的枪声响起
黄浦江再不是那么平静
你愤然走向抵制日寇的请愿大军
当轰轰烈烈的“一二·九”运动爆发
清华园中的你
沸腾着奔涌的热血
澎湃着强烈的激情
爱国情结是你心中燃烧的
永不熄灭的圣火
“科学救国”是你人生光明的追求
西南联大简陋的图书馆里
那如豆的灯光照亮你苦读的身影
巴山蜀水中
当第一架导航仪从你的手中诞生
有人让你把导航指向共产党
你怒火中烧
毅然离开那令你生厌的“雾都”
在大不列颠岛
当第一个海洋雷达研制成功
有人挽留你这位唯一的华人参加者
你婉言谢绝
义无反顾
毅然选择了回国
当南京政府要求你为内战效力时
你忍痛拔去趾甲躲进病房
当“蒋家王朝”摇摇欲坠时
你力劝科学精英报效新生的中国
正是这颗赤诚的心啊
给了你前进的不竭动力

在你的手中创造出了众多第一

第一台神经电脉冲
第一台毫微秒脉冲取样示波器
第一个机载抗干扰雷达
……
当人类的第一颗卫星上天
敏感神经告诉你
世界将进入太空竞争时代
你便让无线电波变幻出神奇的魔力
多普勒频率助你画出运行的轨迹
科学的数据让你推算出结构的布设
从此，卫星跟踪测控的脚步开始迈出
天网布点的勘察随之启程
你走遍了天山南北的峡谷险峰
你跑遍了白山黑水的千村万落
胶州湾的海风吹黑了你的面颊
南国的骄阳灼伤了你的脊背
大漠荒原留下你深深的足迹
边疆海岛留下你跋山涉水的背影
辽阔大地的测控站点
淼淼海洋的望远号测量船
雷达多普勒大显身手
跟踪控制近在咫尺
当“东方红一号”在太空唱响旋律
你研制的设备
在第一时间发现了目标
向全世界发布了信息
“微波统一测控系统”
让飞翔的卫星在斑斓的星空里
变换着妩媚的身姿
让“神八”“天宫”在浩渺的太空上
卿卿我我
分分合合

让返回式卫星找到了回家的路
是你排除了远望号测量船的电磁干扰
让数十套设备共存兼容
是你研制的“双星定位系统”
实现了快速定位和通信
是你开启了北斗导航天网的布设
是你那双神奇的手
把无限的宇宙掌控
你亲手设计的卫星通信系统
让世界变得不再那么遥远
你亲自筹划的对地卫星观测设备
成了环境保护的空中绿色卫士
你的目光不仅仅锁定卫星
原子弹的爆炸
歼击机的迅猛
火箭的升空
空间站的建立
未来的登月工程
“863”计划的提议
处处都闪烁着你智慧的光芒
面对鲜花和掌声
你总是微笑着说
是集体智慧的集成

为了共和国的荣耀
你让青春的年华绚烂绽放
你让生命的焰火烛照天宇
昏黄的灯光下你孜孜以求
冰冷的实验室你大汗淋漓
简陋的教室你创造了奇迹
拥挤的列车上你站着热烈讨论
荒原上有你开垦的菜园

戈壁滩有你打猪草的身影
经济舱
标准间
是你出行的选择
睡通铺
大锅饭
你其乐融融
你啊
衣着是那样地简朴无华
家具是那样地陈旧简陋
你是一只勤劳的春蚕
把一生都奉献给了壮丽的事业
你的精神将永远长青
你的功勋将流芳百世

陈芳允，电子学家，空间系统工程专家，中国卫星测量、控制技术的奠基人之一，“两弹一星功勋奖章”获得者，中科院院士。

1916年4月3日出生于浙江黄岩，1931年毕业于黄岩中学，后考入著名的上海浦东中学，1934年考入清华。1945年到英国无线电厂研究室从事电视和船用雷达研究，1948年回国。

原本山川　极命草木

——献给吴征镒院士

你曾经驻足扬州古运河畔
欣赏那婆娑的柳姿
品读那绿色的乐章
你曾在吴道台宅地
去后花园观赏缤纷的鲜花
和小草嬉戏和绿树对话
你在“测海楼”下的“读书堂”
吟诵国学经典
鉴赏“植物图考”
花草是你童年的至爱
自然是你快乐的天堂
你走进自然
自然也走进你心中
每一片绿叶
都是你胸中舞动的旋律
每一朵花蕾
都是你心中圣洁的少女
扬州中学的浓荫下
留下你阅读叶片的靓影
清华园中的“水木清华”
留下你尽享馥郁荷花的笑颜
决意和草木为伍
立志描绘生物图谱
用双脚踏遍山川

用双手填补空白
你的心像火红的山茶花
你的思想像霜秋的枫叶
当“九一八”的枪声打响
当“一·二八”的硝烟迭起
你奔走呼告驱逐敌虏
你冒着枪林弹雨
踏上崎岖的山路
在春城昆明延续你青春的梦想
你在云贵高原奇峰兀立的石林中穿梭
你在横断山脉密林深处探索
香格里拉茫茫的林海有你深深的脚印
西双版纳“植物王国”飘荡你欢快的笑声
你描绘“红豆杉”雍容华贵的姿容
你探求“龙血树”长寿的奥秘
你和“跳舞草”一起轻歌曼舞
你用“铁力木”的意志
跋涉在原始森林的深处
你深深地为天然的“植物王国”所震撼
你深深地爱着那片广袤的红土地
立足昆明
放眼世界
是你的终生宏愿
在那间茅草屋的标本室
竟然制作了两万多号标本
在郊外那所破庙里
竟然刻印出《滇南本草图谱》

办公室里那小山般的笔记本
倾注了你半个多世纪的心血
不论是在崎岖的山路上
还是在颠簸的汽车里

你的笔都在不停地记录
你的相机都在不停地拍照
珠穆朗玛的雪峰
西北茫茫的大漠
热带雨林的红土地
世界的每一个角落
都留下你寻觅的踪迹
世界上每一种植物你都能说出它的名字
你像了解自己的孩子似地熟悉它的习性
听懂它的语言
理解它的感情
你是中国植物的“活词典”
你的脑海像高原一样辽阔
生长着森林、灌木和花草
你十年如一日
用双手制作出三万张植物卡片
你惜时如金
会间休息
你还要去标本室看你的“宠儿”
夜深人静
你仍伏案工作
孜孜不倦
在那梦魇的岁月
黑龙潭田间劳作
你不放过每一种植物
九万字的《杂草名录》在油灯下写出
《新华本草纲要》在“牛棚”中诞生
你命名的植物有成千上万种
你编写的数十部专著
给每一个植物种群留下了家族档案
你领衔主编的鸿篇巨制《中国植物志》
竖起了生物科学史上的一座丰碑

你提出“东亚植物区”
让世界了解中国
让中国走向世界
你高瞻远瞩
提出生物多样性的保护
一个个自然保护区在你的倡导下应运而生
人与自然和谐相处的理念植根于华夏大地
你建立的“野生种质资源库”
让中国跻身于世界前三甲
为民族的繁衍留下了价值连城的财富
你的一生“原本山川，极命草木”
“考斯莫斯国际奖”是你当之无愧的殊荣
你的科学精神将像长青树一样永远长青

吴征镒，世界著名植物学家，中科院院士，获2007年国家最高科学技术奖。

1916年6月13日出生于江西九江，祖籍安徽歙县，从小在扬州长大。童年入私塾，1929年就读于江都县中，1931年考入扬州中学，1933年考入清华生物系，1942年西南联大研究生毕业。

“吴道台宅地”是扬州独具一格的住宅建筑群，因为吴家走出“四杰三院士”而闻名。老大吴征铸，著名戏曲学家；老二吴征鉴，著名医学家，中科院院士；老五吴征铠，著名物理学家，中科院院士；老六吴征镒，著名植物学家，中科院院士。

“测海楼”是主人藏书的地方。登楼读书，如同测海，有学无止境的意思。

“读书堂”即“有福读书堂”，位于测海楼底层，取“有福方读书”之意。吴氏后代多受书益。

“考斯莫斯国际奖”号称世界园艺诺贝尔奖。吴征镒是世界第七位，亚洲第二位获得者。

甘当小学生的科学家

——献给黄纬禄院士

2011年11月23日
北国初冬的寒风
从树枝上滑出嘶鸣
纷纷扬扬的雪花
给山川披上一层白纱
这一片素裹银装
也许是在给一位老人送行
黄先生走了
悄悄地走了
你带着微笑
带着欣慰
因为你终于看到了“太空之吻”
见证了航天事业的跨越

你一生的追求
是把梦想书写在蓝天上
你一生的渴望
是把“飞天”的神话变为现实
让我们回望你的童年
皖江的水养育了你
门第的书香熏染了你
束发之年则志存高远
你戴着“状元”的桂冠
走进了百年名校——扬州中学

那些岁月
星光是你的伴侣
明月给你点亮夜读的灯盏
你用汗水凝固的金砖
叩开了金陵学府厚重的大门
你第一次发现知识的海底世界
是如此的斑斓多姿
你欢快地在湛蓝的大海里游弋
你幻想有一天发明一种
像巨鲸一样的利器穿越海空
在那多难的岁月
你饱尝了人间的辛酸苦涩
当父亲病危的消息传来
你悲哀地发现连买一张车票的钱都没有
你留下终身的遗憾
没能和父亲见上最后一面
经历了无数风霜之后
你开始深深地思索
只有国之强大才有家之幸福
是啊，科学救国是那一代人的自觉
你要走出国门寻找科学的利器
在伦敦帝国学院开始你追梦的旅程
在英国你亲眼目睹了导弹的威力
一股强烈的愿望在心中萌发
学好本领让祖国的步伐跟上世界的节奏
让“火箭”故乡再展雄风

游子归心似箭啊
你接过滚烫的金灿灿的证书
迎着东方的曙光
从伦敦回到朝思暮想的家园
在这里开始谱写你青春的华章

第一部保密电话在你手中诞生
多话路干扰你“妙手回春”
导弹自动控制技术你开创
第一代潜地导弹你研制
陆基战略导弹你领军
从无线通信到控制系统
从液体导弹到固体导弹
每一次新的任务
都是一次新的挑战
你都实现了新的跨越
你有一种“甘做小学生”的精神
任何困难都挡不住你前进的步伐
难忘啊
办公室里灯光彻夜通明
宁静的夜晚
月亮伴随着你的身影
试验场地
刺骨的寒风你顶得住
50℃的高温你毫不畏惧
从黄土高原到长江大桥
从滔滔江水到巨浪海洋
有挫折失败
有障碍暗流
你总能镇定自若成竹在胸
靠智慧和忠诚去攻克
让“零缺陷”确保成功
即使在被“靠边站”的岁月
你还悄悄地研究计算
你跋涉前行的脚步一刻也没有停止
你以坚韧的毅力
顽强地攀登在科学的山峰上
无数个日月更迭斗转星移

你工作的节奏比时钟更快
无数个峭壁沟壑险滩沼泽
你都从容跨越
你的成果足以让国人惊喜和自豪
当“长征一号”火箭
将“东方红一号”卫星送上天空
举国欢腾
山川含笑
当“巨浪一号”导弹
从深蓝的海底腾空而起
浪花喝彩，白云漫舞
中程，远程
一种种型号，一枚枚导弹
在天空划出一道道靓丽的弧线
你笑了，笑得是那样灿烂
你说，这是集体的智慧和光荣
你就是这样
成功面前将鲜花送给别人
失败面前自己勇于担当

你朴实得就像秋日阳光下的红高粱
一件洗旧的衬衫
一件褪了色的外衣
一双磨透的青布鞋
一张半个世纪的办公桌
一辆“专用”汽车
也只能在公务“专线”上奔驰
通向私宅的路
你明令：此路不通
你就是这样匆忙地走完了一生
在你的身后
留下了一串串深深的脚印

也留下了一曲曲世代相传的赞歌
安息吧
人们永远记住您
永远记住您

黄纬禄，我国著名的火箭与导弹控制技术专家，航天事业的奠基人之一，中国科学院院士，被誉为“巨浪之父”“东风-21之父”，是“两弹一星功勋奖章”获得者。

1916年12月18日出生于安徽芜湖，2011年11月23日在北京逝世。早年就读于芜关中学，1933年8月，考入著名的扬州中学高中部。1936年8月，考取中央大学电机系。1943年5月赴英，在英国标准电话及电缆公司和马可尼无线电公司实习，1945年考入英国伦敦帝国学院，1947年10月回国。

一代宗师济苍生　红墙内外显身手

——献给吴阶平院士

齐梁故里秀山秀水
名流辈出人文荟萃
你从这片江南水乡走来
身后飘散着浓浓书香
上海滩上印下你嬉戏的脚印
津门巷陌留下你朗朗的书声
经史子集你爱不释手
英文算术你兴趣尤浓
你善动脑筋好奇多思
你勇于开拓探索创新
至勤、至诚、尚实、尚新
铸造你完美的人格魅力
设定坐标
定向起飞
成就你人生的辉煌
汇文中学你放飞梦想
泱泱燕园你释放青春的华光
也许是令尊的寄托
也许是命运的安排
那迷宫般的协和是你人生的归宿
还记得那次摔伤后在协和治疗
从那时起
你就深深地爱上了这块神圣的园地
“不到长城非好汉”

已经成为你心中钢铁般的志向
漫漫八年协和路
你用灵智的头脑在书山学海中求索
你以顽强的意志和病魔抗争
不懈的追求
为你打下了雄厚的医学根基
毕业典礼上的司仪
你的潇洒
你的殊荣让人惊羡不已
在那铁蹄践踏国土沦丧的岁月
你在思考中国何时能够强盛
你在寻找引领你前进的明灯
延安的灯塔照亮你的心空
希望之火在你的胸中燃起
“救死扶伤”就是你强国梦的使命

你从中央医院走向美洲大陆
在芝加哥河的岸边
在大师辈出的校园
你响亮的名字在天空回荡
赫金斯导师诚恳的挽留
恢宏豪华的学术殿堂
优厚诱人的物质待遇
这一切都不能改变你那颗思乡的心
拳拳之心
耿耿情怀
敦促你匆匆踏上回家的路
你在鲜红的旗帜下书写辉煌的篇章
机遇青睐有准备的人
是啊
你为了能抓住机遇
你的脑海始终装满了问号

发问思考
你法宝在手
创新求异
你事半功倍
时间的弹簧
在你的手中始终是被拉长
“五年胜十年”是你“三只手”雅号的实证
作为中国泌尿科学的奠基人
你殚精竭虑谱写华章
“肾上腺髓质增生”新概念你提出
“小儿巨大肾积水容积标准”你制定
“经皮肾穿刺造影”技术你国际领先
“吴氏导管”减少了多少患者的痛苦
“肾结核对侧肾积水”的治疗你妙手回春
计划生育的绝育技术你创造
你刷新了一页页记录
你填补了一项项空白
你用智慧和汗水
培育出累累硕果

最难忘啊
你跟随周总理二十年的日日夜夜
你从他的言传身教中汲取了精神力量
你精心呵护着总理这座不知停息的时钟
当总理从你的手中离开
你的眼里溢满了泪水
曾记得当年你受总理的重托
远涉大洋为印尼总统治病
享有贵国的国家二级勋章
你多少次走出国门
以精湛的医术
给国际友人送去健康

你以你的医术和人格魅力
架起了中外友谊的桥梁
最难忘啊
你在地下室默默工作了一年
用你的智慧将毛主席的仪容永留人间
你的一生创造了众多奇迹
你的一生推崇一个字——“忙”
“忙”是你养生的秘诀
“忙”让你的胸前挂满了奖章
“忙”是你留给人们的珍贵财富
“忙”将引领着一代代人开拓前进

吴阶平，著名医学科学家，医学教育家，泌尿外科专家和社会活动家，中科院、工程院资深院士。

1917年1月22日出生于江苏常州，4岁时告别老宅，随父母到上海，5岁时迁居天津，中学就读于汇文中学。

“至勤、至诚、尚实、尚新”是汇文中学的校风。

情系黄土著华章 穿越时空释“天书”

——献给刘东生院士

广袤的黑土地是你童年的摇篮
白山黑水是你魂牵梦萦的故乡
那里曾有你梦魇般的记忆
那里曾遭受日寇铁蹄的践踏
无数同胞在血雨腥风里煎熬
冰冷的枪声击碎了你花样的年华
纷飞的战火阻断了你回家的路
你在凄风苦雨中颠沛流离
你在动乱惶恐中寻求科学救国之路
当你看到同学在日机的轰炸中倒下
当你看到壮丽的山河一天天被蚕食
你的心再也不能平静
你要为拯救中华而奋斗
西南联大简陋的校舍
你写下精彩的一页
“坚毅刚卓”的校训
铸造你追求卓越的个性
你说过：“国家的需求就是我最大的动力”
是啊，当你听说
地质科学可以发现宝藏
你顿感它的神奇
当你听说
只有了解、热爱家乡才能有抗日的热情
你敏锐地意识到

学地质是认识家乡和祖国的最好捷径
于是你毅然选择了终身为之奋斗的地质科学
从此你便和高山峻岭结下了割不断的情缘

在山城重庆的地质调查所
你沉迷在图书馆的文献中
用你敏锐的目光去瞭望世界科学的动态
你在科学的园圃里采撷花蕊
为揭开地球的奥秘而积蓄能量
你用双脚走遍了祖国的山川
你用目光透视着古老的地球
你用双手掘开了地下的矿藏
你用智慧破解了地球的密码
沉眠地下的鱼化石
你求证它生命的迹象
让它“复活”在人们的视野
泥盆纪的生物世界
你绘声绘色，让它们栩栩如生
冰雪覆盖下的极地高山
你饮霜茹雪，求索地球演变的奥秘
塔里木的雅丹地貌
你浓墨重彩把封存的画卷展开
悄然隐去的罗布泊
你追踪它的身影
你在沉积的红柳叶片上
读懂了自然的魔力
你在水洞沟的遗址上
寻找到人类生存的遗迹
你在古楼兰的遗址中
发现了历史的沧桑巨变
你步履在陡峭的山沟里
你跋涉在广袤的土地上

去探寻水土与疾病的联系
去寻觅打开健康之门的钥匙
你用满腔热情
拥抱这块神奇的大地
你把一生的心血
倾洒在繁衍华夏的黄土地上

不会忘记会兴镇那个夏日的傍晚
当你看到远处那一排排闪亮的灯光
你百思不解彻夜难眠
当你知道那原是黄土高原上的窑洞
当你看到那料姜石做成的“天花板”
还有那黄色的墙体红色的“地板”
你莫名惊诧，横生兴趣
从此黄土地好像是一本天书
你要从那字缝里去寻找人类的文明
从此黄土地成了你弹奏的一架钢琴
你开始了“黄土之恋”宏大乐章的演奏
为了防治黄河中游的水土流失
你设计了网格状调查路线图
你把那深深的脚印烙在黄土高原
在那块厚厚的黄土地上
你写下了不朽的业绩
你用双手为黄土把脉
点数它二百五十万年历史的演变
你为人类奉献了一部研究地球的史书
你的“多旋回学说”揭开了冷暖交替的谜底
你站在洛川黄土高坡上
洞察那沉睡千万年的黄土剖面
你仿佛看到了那呼啸的北风卷起漫天的飞沙
你仿佛看到了那疾风骤雨

将黄土高原冲刷出累累伤痕
你从那“世纪年轮”里
仿佛读出了海量的信息
你在这个天然试验场
孜孜以求乐此不疲
你的“新风成说”
平息了黄土成因的百年之争
你把黄土高原这部奇书奉献给世界
你为人类探索环境变迁找到了钥匙
在环境与地质之间
你架起了一道彩色的拱桥
在黄土高坡上
你插上了猎猎飘扬的大旗
你让中国的黄土走向世界
也让世界在中国看到了科学的前沿
“泰勒环境成就奖”让世界认识了你
黄土高原你步履匆匆
青藏高原你勇攀珠峰
希夏邦马峰上你思考地壳运动的神功
嵯峨的山岩中你寻觅沧海桑田的痕迹
南极乔治王岛你风餐露宿
北极斯瓦巴德岛你不息昼夜
你是一位超级老人
你的足迹遍及山川大地
你的一生都献给了黄土地
献给了地质科学
你的心血化作一颗灿烂的明星
永远照亮人类繁衍的地球

刘东生，我国著名地质学家，国际接触第四纪地质环境学家，中科院院士，2003年获国家最高科学技术奖；2002年获国际“泰勒环境成就奖”，该奖是世界环境科学的最高奖，有“环境科学诺贝尔奖”之称。

1917年11月12日出生于沈阳，中学就读于南开中学，1942年从西南联大毕业，起先是读机械学，后来转为地质学。

铸造长剑扬国威 穿破蓝天锷未残

——献给屠守锷院士

千年的文化古镇——南浔
弥散着浓郁的书香和灵气
洋溢着诗画般的水乡神韵
这里是你童年快乐的摇篮
田间曾飘荡着你甜美的儿歌
湖边曾留下你戏水的串串脚印
这里也曾给你烙下了痛苦的记忆
当东北失陷
当日寇的铁蹄踏遍长城内外
这里也难逃一劫
雁群般的轰炸机
雨点般的炸弹
房屋瞬间成为废墟
家园顷刻变为战场
多少人血肉横飞
多少人离乡背井
血腥的场面
惨烈的现实
让你立下了终生的志向
自己亲手造出飞机
为死难的同胞报仇

为了实现“航空报国”的理想
你发愤苦读视书如蜜

多少个寒暑易节挑灯夜战
终于换来了金灿灿的录取通知书
你告别了江南水乡
走进了京城的清华园
开始了航空救国的旅程
在那战火纷飞的岁月
你随校辗转漂移
从长城根下到岳麓山上
从湘江岸边到昆明湖畔
用双脚去丈量“长征”的旅程
让风霜来打磨坚强的意志
难忘啊
西南联大那浓厚的学风
难忘啊
那一个个追逐月亮的“鏖战”
在人生的又一个十字路口
你又获得了漂洋过海的通行证
到美洲大陆去
到波士顿去翻开你人生新的一页
你没有沉迷于都市古老的建筑风情
你没有流连于查尔斯河的美景
在麻省理工这所世界顶级的科学殿堂
在这个盛产诺奖得主的摇篮里
你在科学的山路上攀援探索
你在迷幻的星空中展翅翱翔
你在知识的琼浆里尽情地吮吸
你在工程实践中储蓄能量
你的心始终牵挂着祖国
你绝不想在那里安居乐业
当抗日胜利的消息传到大洋彼岸
你归心似箭横穿北美大陆
从旧金山起航

回到了朝思暮想的祖国

西南联大的办公桌上有你手写的书稿
清华园的讲台上有你滔滔不绝的演讲
为航空培育人才是你心中的愿望
然而更光荣的使命需要你去完成
元帅的邀请让你走上了国防科技的前沿
在系列导弹的研制中
你不断地探索创新
当外国专家撤走
你坚定信念
“人家能做到，不信我们做不到”
“八年四弹”的规划你制定
重大技术方案你主持
你身上的担子有多重
你心里的压力有多大
只有你自己知道
当第一枚自制导弹首飞坠毁
当大家的痛哭声在大漠上空回荡
聂帅的电话铃声响了：
“跌倒算什么？我们骨头硬，
爬起来再前进！”
你斩钉截铁地说：“哪里跌倒，
就在哪里爬起来！”
是啊，你从总体方案入手
像剥竹笋一样地层层计算研究
你以敏锐的科学思维和坚实的技术基础
在无数次的实践中探寻
终于摸清了症结
找到了问题的答案
1964年6月29日
这是一个令人难忘的日子

修复后的“东风二号”导弹腾空而起
直插云霄
命中目标
这是中国科学家自己铸造的倚天利剑
这是中国航天史上光辉的一页
这是中国科学史上的一块里程碑
为中国未来的航天事业
奠定了基石探出了天路

“东风”系列导弹相继飞天
让航天人找到了自信
“两弹结合”的圆满成功
让世界大为震惊
“洲际导弹”飞越大洋
让国人充满自豪
“长征”系列火箭穿破长空
让民族有了尊严
国际市场的开拓
让西方人刮目相看
怎能忘酒泉发射基地上
多少个夜晚你彻夜难眠
测试场地你奔波不息
发射塔上你反复查看
遥控站里你目不转睛
……
全身沾满了尘沙
面庞瘦如刀削
“文革”十年的阴霾散去
你终于等来了
1980年5月18日的一天
这是一个激动人心的日子
广袤无垠的戈壁滩上

山崩海啸般的一声巨响
凝聚着航天人巨大心血的洲际导弹
划破万里长空，飞向天际
你激动的心情如翻江倒海
双眼的热泪如泉水般涌出
山在欢呼
海在歌唱
这是科学春天里的最美的赞歌
又是一个难以忘怀的日子
1990年7月16日
“长征二号E”捆绑式火箭一举成功
这是一次伟大的壮举啊
因为她的诞生
才有今日载人航天的辉煌
中国航天的每一次进步
每一次腾飞
每一次跨越
都离不开你的卓越的贡献
你的青春
你的生命永远闪耀在中国的航天史册上
你的人格魅力和中国的航天精神
将永远激励着人们前进

屠守锷，中科院资深院士，著名的导弹和火箭专家，我国航天事业的开拓者和奠基人之一，“两弹一星功勋奖章”获得者。

1917年12月5日出生于浙江南浔，中学就读于浙江省立第二中学和湖州埭溪中学，少年立志要航空报国，1936年考入清华航空系，毕业后于1941年考取美国麻省理工学院。1945年抗战胜利后回国。

敢立潮头闯新路　“蘑菇云”上见光芒

——献给吴自良院士

龙门山脉好像东方的巨龙
突起于浦江盆地
钱塘江潮犹如龙的长啸震天撼地
高山铸就了你坚韧的性格
江涛给了你奋勇向前的力量
明澈的西子湖啊
映照你英俊的面庞
文化积淀深厚的杭州高中
留下你韶华流年的精彩写真
当“七七事变”爆发
祖国的山河沦陷
你随校西上从渤海湾到大西北
从古都西安到陕南山区
一路跋山涉水风餐露宿
气势磅礴的秦岭龙脉
曲折湍急的汉江之水
让你感受了华夏文明的厚重
在国立西北工学院
你背靠着大山仰望星空
构思着未来的航空梦
无论条件多么简陋
无论生活多么清苦
因为心中有梦
一切艰难困苦都被冲淡

圆梦于“彩云之南”
然而，战火却毁灭了你的“梦工厂”
国民政府的政治要挟
毁灭了你航空报国的理想
然而你以铮铮铁骨敲碎了
“永不录用”的一纸令状
到宾夕法尼亚去
到匹兹堡卡内基梅隆去
开辟新的天空
你在冶金物理世界
不断地探索发现
积聚科学能量
准备着回祖国去释放
当新中国像初升的朝阳从东方升起
你带着新的梦想回到了日夜思念的祖国
实现着你科学报国的夙愿

是你推动了中国合金钢系统的建立
是你肩负起特种电阻丝的研究重任
是你指导了大规模集成电路用硅材料的研究
当你听到世界上第一颗原子弹的爆响
当你看到超级大国挥舞着核武棒在讹诈
当共和国代号“02”的核武计划拟定
你责无旁贷听从祖国的召唤
肩负起新的神圣使命
鏖战于铀浓缩的战役中
在这片贫铀的国土上
地质勘查者
翻山越岭披荆斩棘
终于在粤北的山野上发现了“希望之石”
花岗岩体覆盖下的“禁区”
神奇地闪耀着无数的光点

伽玛仪传出的“咯咯”声响
让探矿者兴奋不已
大型花岗岩型富铀矿
将改写贫铀的历史
树皮、茅草和竹竿搭起的厂房
铁锅里土法提炼
布袋豆腐包过滤铀235
多么原始的提取方法啊
核心元件在哪里
谁能改变这种状况
正是你和你的团队
以顽强拼搏的精神
敢立潮头的创造智慧
终于研制出了“甲种分离膜”
靠它像筛子般地把铀235分离出来
使中国成为第四个掌握铀浓缩的国家
人们不会忘记
多少个日日夜夜的奋战
多少个节假日的忘我劳作
星星给你点亮灯盏
月光为你照亮夜间的小路
为了打破核垄断核讹诈
为了给第一颗原子弹供应食粮
你勒紧腰带忘记了自己饥肠辘辘
当罗布泊第一朵“蘑菇云”升天
你感觉那是心中绽放的最美丽的云朵
那是祖国山河上永恒的光芒
是你助推了核潜艇遨游沧海
是你开启了核电的闸门
你成了核工业的造血者
你让古老的东方巨龙生生不息
你书写了中国核工业的辉煌

你用双手不断开拓创新
你在科学的前沿上领跑
你在科学的山路上不断攀登
你生命的历程
闪耀着奉献的光芒
你的名字和你的事业
将永远在中国科学史上闪耀

吴自良，材料科学家，享誉海内外的物理冶金学家，中科院院士。领导研制成功分离铀同位素用的甲种分离膜，为原子能工业作出重要贡献，“两弹一星功勋奖章”获得者。

1917年12月25日出生于浙江浦江，1929年就读于浙江省立第一中学，1932年考入著名的杭州高级中学，1935年考入北洋工学院，1937年内迁至陕西，成立国立西北工学院，1939年毕业于国立西北工学院航空机械系，后分配到云南中央飞机制造厂。1943年留学美国卡内基梅隆大学，攻读冶金学研究生，1950年回国。

骐骥一跃行千里　遨游太空建殊勋

——赞钱骥的航天人生

湛蓝湛蓝的洮湖
像神女投下的一面明镜
映出了月宫的嫦娥
映出了天河里的牛郎织女
映出了娇美如玉的七仙女
苍山在这里沐浴
杨柳在这里梳理
飘荡的渔歌与芦苇的哨音应和
淡淡的花香和如水的月光交融
这钟灵毓秀的江南水乡
这如诗如画的田园风光
历史上也曾伤痕累累
当“九一八”的炮声响起
当日军的铁蹄踏遍大江南北
这里的蓝天同样被撕裂
这里的云层瞬间一片浓黑
风云的突变
给你童年的玫瑰色的梦
蒙上了一层重重的阴影
你深深懂得
落后就要挨打
科学才是强国之本
为了科学救国
你在枪林弹雨中颠沛流离

鱼米之乡的金坛，太湖之滨的无锡
长江岸边的武汉，嘉陵江畔的北碚
处处都有你求学的身影
都有你寻找光明的脚印
虎踞龙盘的紫金山上
科学的华光终于腾起
光复中华的旅程从这里起步

立足地球放眼太空
大地观测站点的布局
地震烈度的评估
风云气象的探测
一块块仪表
一台台设备
处处都离不开你的辛劳
你用神奇的探针
去透视地球内部的圈层
你用灵妙的双手
去把脉空间环境的脉动
你用精准的观测
去垒砌航天工程的塔基
你发现了宇宙空间无穷的迷幻
你明白了走向太空是必然的选择
第一个空间物理研究所你组建
星际航行的蓝图你规划
人造卫星的基础研究你奠基
“东方红一号”的方案你拟定
你架起了电视传输的通信网络
你放飞了“一箭三星”去太空探测
你提出空间模拟设备要先行
你让火箭探空的高度不断上升
你把返回式卫星的预研提前布局

你是科学棋子布局的高手
你是运筹帷幄的战略专家

当我们收看精彩的电视节目
当我们欣赏美妙的乐曲
当我们看到卫星气象云图
当我们的舰船在大海上航行
当我们的汽车在沙海中迷失了方向
当我们去勘察地球资源
当我们去测绘辽阔的大地
当我们在太空侦察搜集情报
当我们在为载人航天工程喝彩
当我们要在太空站建立“会飞的农场”
我们一定不会忘记
你这位牧星人
是你和你的战友
让银河的星光更灿烂
让天街的景象更繁华
让大地的果实更丰硕
让祖国的疆域更安全
让生活的阳光更明丽
你是苍穹中的一颗耀眼的明星
将永远在人们的心空闪耀

钱骥，我国空间技术和空间物理专家，中国空间技术开拓者之一，“两弹一星功勋奖章”获得者，我国第一颗人造卫星方案总体负责人。为返回式卫星的研制做了大量技术和组织领导工作。

1917年12月27日出生于江苏金坛，自幼勤勉朴实，初中就读于金坛县立中学（今华罗庚中学），1938年在重庆北碚四川中学师范部毕业，同年考取中央大学。

简朴一生忠诚献　“信息高速”显神威

——献给林兰英院士

2003年3月4日
你像一颗流星陨落了
江河为你悲泣
苍山因你动容
噩耗传来
张劲夫老人独自沉默良久吐出一句话：
“可惜，可惜”
是啊
你是中国半导体科学顶天立地的柱石
你是为中国航天默默奉献的巾帼英雄
你以火热的赤子情怀报效中华
你以磐石般的坚韧意志创造奇迹
你的人生富有传奇
你的旅途历经风雨

你呱呱一声落地并未带来欢喜
反给林家大院蒙上一层阴影
因为你是女孩
祖母说你是“没用的东西”
你在冷落与凄凉中度过童年
“女子无才便是德”的枷锁套住了你的手脚
你只能在闺房中刺绣剪纸
你只能在厨房里烧菜做饭
你曾站上青色高墙眺望远方

你曾刺绣“公鸡报晓”期盼曙光
你曾剪纸“嫦娥奔月”梦游蓝天
你从“书不释手”的石碑上读出了真谛
你要冲出樊笼
你要读书去改写人生
你“大闹天宫”你绝食抗争
你承诺包揽一切家务
你发誓成绩永保第一
你用稚嫩的双肩扛起了家务和学习的重担
从“砺青”开始磨砺你的意志
每天六小时睡眠成了你一生的习惯
“始终第一”让你的青春光艳夺目
你让男生汗颜敬而远之
你让家人宠爱为你自豪
你让洋教授赞誉：“不可多得的东方才女”
你独特的思维让人惊叹不已
你的勤勉换来了象征智慧的“金钥匙”
你用它可以打开任何一座科学殿堂
你可以去摘取科学的皇后——数学桂冠
但你要在物理世界去寻求强国之路
宾夕法尼亚你书写传奇人生
你成为建校以来第一位中国博士
三门外语你娴熟精通
学术研究你创新求异
索菲尼亚你崭露头角
硅单晶你拉出，锗单晶你制造
你惊人的记忆，敏捷的思维
你出色的业绩，探索的精神
让人叹服景仰，赞誉有加
高薪聘请，优厚待遇
你不为所动婉言拒绝
“梁园虽好，非久居之乡”

你想念故乡那高大的荔枝树
你想念那养育你的祖国
你的耳畔时刻在回响
“祖国是我的，我是祖国的”
是啊，你不会忘记日寇践踏我山河的惨象
你不会忘记志士仁人出生入死的悲壮
当你听到
“中国人从此站起来了”的庄严宣告
你的热血在沸腾
你要用行动证明中国人的智慧和力量
1956年的岁末
当千家万户点亮圣诞树的时候
你归心似箭整理行装
你用智慧和勇气躲过了封锁和搜查
带着一颗赤诚的心
带着研制的单晶材料
你终于站在了旧金山的海岸
登上了“威尔逊”邮轮的舷梯
离开了那片令你憎恶的土地
眺望大洋彼岸那片红旗招展的家园
你激动的心啊快要跳出
海鸥在蔚蓝的大海上为你送行
海浪扑打着船舷为你击掌
历经风浪你终于走上了罗湖桥
走进了母亲的怀抱

周总理在欢迎你
人民在欢迎你
鲜花为你献上笑靥
江河为你荡起欢歌
你享受那浓浓的亲情
你陶醉那秀丽的风光

你要把一生的赤诚和智慧奉献给“母亲”
刚刚才工作一周你病倒了
总理的关怀与问候让你感激涕零
你决心以总理为楷模报效祖国和人民
你要让中国的半导体立于世界前沿
你要让微电子和光电子走上超高速轨道
第一根锗单晶
第一根硅单晶
第一根砷化镓单晶
第一台硅单晶炉
第一台半导体收音机
第一只砷化镓激光器
每一样的诞生都凝聚着你的心血
每一件产品都深深烙上你的手印
你追求卓越永争第一
你放飞梦想蟾宫折桂
返回式卫星搭载你的实验
集成电路汇集你的才华
“两弹一星”闪烁你的思想
神舟飞船满载你的智慧
通信卫星你架起它无边的网络
光电器件你点亮它斑斓的火花
“天宫一号”你激活它每一根神经
“嫦娥”奔月你裁剪她美丽的婚纱
“银河二号”你助力它运算的神速
为了共和国立于世界强林
你的青春
你的热血
你的激情
汇集成熊熊的火焰
疾风骤雨吹不灭
雷霆万钧压不倒

你的脊梁比钢铁还硬
你的赤诚比岩浆还炽烈
金钱在你看来并非那么耀眼
事业的光辉才是你心中的灯塔
打开你的人生履历
我们看到了你辉煌的业绩
走进你陈旧的寓所
我们只看到
一张床、一把椅、一张桌、一个衣柜
这是怎样的人格魅力啊
你的功勋和精神的光辉
将永远光照世界

林兰英，女，著名的材料学家，我国半导体材料事业的开拓者之一，被誉为“中国半导体材料之母”，为我国微电子和光电子学奠定了基础。中科院半导体研究所研究员。

1918年2月7日出生，福建莆田人。曾就读于砺青中学、莆田中学，1940年毕业于协和大学，1948年留学美国，1955年获宾夕法尼亚大学固体物理博士学位，1957年回国。

莫道雄关险要　勇于登攀路开

——献给程开甲院士

2006年春天的一天
盛泽古镇
一个江南的泽国水乡
有一位老人
走在悠长的深巷里
踏着青石板的路
顺着时空的隧道
似乎聆听到店铺的叫卖声
河边的捣衣歌
这里曾留下你童年许多苦涩的记忆
这一天你来了
为的是看看这片生你养你的土地
听听那耳熟能详的乡音
你走进童年就读的学堂
为你新落成的塑像揭幕
一尊塑像一座丰碑
一种精神一面旗帜
今天无数的光环
是你一生的汗水和智慧的结晶
童年的你曾流浪街头
一本《代数》让你在路灯下彻夜不眠
你用勤苦的双脚迈进了百年名校——秀州中学
开始了你人生求学的旅途
厚重的文化底蕴

让你的精神得以升华
世界科学大师的精彩故事
让你深深地感动
心中升起了明灯
前进确立了方向
你要当大科学家
你要到蓝天上书写人生
你要到大海上施展才华
你要为自己浇铸一座闪光的金字塔
挑灯夜读不辞昼夜
终圆“开甲”之梦
“流亡”的大学生涯
磨砺了你的意志
学界的名流
让你沉醉于科学王国
弱冠之年令名师惊叹
学术之花已在国际园圃绽放
历史留下了遗憾
诺奖的桂冠与你失之交臂
你满怀对知识的渴望
在大不列颠岛开始你的学术之旅
你的超导理论独树一帜
敢于和国际大师争辩
从爱丁堡到牛津
一直到你的晚年
而立之年你已经蜚声国际学术舞台
国际友人挽留你
你毅然谢绝了
因为你不愿意祖国再受蹂躏
你不愿意看到华人遭受鄙视
你要回到祖国
建设自己的家园

你要让祖国强盛、民族复兴
你满怀着热情与对未来的憧憬
你满载着那建设祖国所需的书籍
你坚信祖国将会使世界恢复平衡

回来了
西子湖畔你感受到母校的温馨
紫金山麓你沉迷于物理星空的奥秘
汗水凝固的学术专著
奠定了固体物理发展的根基
你的学术方向
始终由祖国的需要来定位
从钟灵毓秀的江南
到风沙漫天的北国
从绵延起伏的燕山脚下
到死亡之海的罗布泊
处处有你步履匆匆的身影
处处有你铿锵有力的话音
不会忘记
戈壁滩上你栉风沐雨
不会忘记
孔雀河畔你餐饮苦水
不会忘记
陡峭山崖你靠人梯登攀
灯光下你通宵不眠
帐篷里你运筹帷幄
高温的炙烤无所畏惧
寒流的袭击笑颜相迎
你以勇气与科学为盾
挡住了辐射与毒气
你以你的钢铁脊梁
顶住了塌方的危险

小小算尺随你走遍天下
小黑板上你演绎攻关方略
你和你的战友
是傲立茫茫大漠的胡杨树
是屹立昆仑山上的苍劲雪松
你的智慧在沙漠上闪光
你的理想在高原上升起
多学科布阵你指挥若定
上千台仪器你妙手生辉
你亲手设计的“前沿图”
为核科学的发展确立了方向
第一个核试验研究所你开创
第一个核试验方案你设计
从氢弹空投到地下核爆
从近区针孔成像测量到抗核加固
每一个方案都闪耀你的智慧
每一次成功都凝聚你的心血
你是叱咤风云的“核司令”
你用你的生命
兑现了你的承诺
赢得了祖国的尊严
你为庄严的使命和神圣的事业
一片丹心倾洒热血
这就是你最大的幸福
你的幸福就是把一切和祖国连在一起
你要让幸福在你的女儿身上得到延续
父女携手在科学的山路上攀登
去续写未竟的事业
去享受别样的欢乐
你的生命就是这样
在超导体的轨道上永远地奔跑

程开甲，中国核武器技术专家，中国指挥核试验次数最多的科学家，人们称他为“核司令”。“两弹一星功勋奖章”获得者，中科院院士。

1918年8月3日出生于江苏吴江，“开甲”是祖父给他取的名字，希望他将来能考上状元。小学就读于舜湖学校，1931年考入著名的嘉兴秀州中学，就学期间阅读了大量著名科学家传记，对他的成长起到很大的作用。1941年毕业于浙江大学，1946年赴英国爱丁堡大学留学，1950年回国。

钟情数学终不悔　摘取明珠世界殊

——献给吴文俊院士

你虽不是“两弹一星”的功臣
但你的能量足以引发学界一场“地震”
你的生活虽然平淡
但你是一位影响世界的叱咤风云人物
“大隐隐于市”是你一生最好的写照
追踪你的漫漫人生
还是让我们先走进你的书房
中关村那栋青色的小楼
在绿树的掩映下显得格外淡雅
灰旧的居所
简朴的陈设
这就是“大家风范”吧
让人眼前一亮的是你的藏书
一方居室简直就是一座“藏书阁”
拥拥挤挤的书柜
排列整齐的书籍
主宰着这个小小的世界
走进你的办公室
同样也见不到世俗的阔气与豪华
书仍然是这里的“主人”
是啊，书是你的至爱
“书中自有黄金屋”
书中淘金你让人生辉煌
你让世人景仰

从你牙牙学语那天起
书便是你一生的“伴侣”
你踏着“五四”新时代的鼓点而来
你沐浴着西学东渐的清风而来
你流连于家中的书架前
在文学与科学的天地间沉迷
你着迷于斑斓迷幻的星空
要去探索宇宙的奥秘
你沉醉于数学王国的玄妙
要摘取科学皇冠的明珠
正始中学的“数理王子”
让你的金色少年大放光彩
南洋公学的独领风骚
让你的美妙青春光艳照人
你沉浸在浩瀚的图书馆
在知识的海洋里遨游
郊外如画的风景你毫无兴趣
唯有书籍才是你最好的伙伴

你要让中国数学在国际舞台上闪亮登场
是啊，在美丽的法兰西
为了多视角地阅读文献
你在四种外文书卷里鏖战
语言给你打开了多扇窗户
让你洞察了世界的前沿
你锲而不舍、博学多思、收获丰厚
你创立的“吴公式”引发了“拓扑地震”
而立之年你就创造了国际一流
是你的“魔棒”撬动了停滞的拓扑学
你令学术大师惊叹不已
你给世界带来了一股生机
正当你的事业蒸蒸日上

你毅然选择了回国
正如你所说“回国是不需要理由的”
在科学的崎岖山路上你不断攀登
“示性类”“示嵌类”一次次突破
“吴方法”给高科技插上腾飞的翅膀
智能机器人需要你的智慧
符号计算软件需要你的算法
图像压缩需要你的锦囊妙计
在数学王国里
你的学术青春永远那样充满活力
无论怎样阻挠和禁锢
都不能束缚你的大脑和双手
在那科学被亵渎的年代
在那书籍被封存的荒诞岁月
你仍然手不释卷
中国古代数学史中你发掘了“金矿”
你由此产生了“数学机械化”的设想
工厂里的计算机唤起你的灵感
你将古老的数学和当代的计算机“嫁接”
把几何定理证明让机器来完成
年逾花甲的你还要硬啃语言编程
清晨你第一个等候在机房门前
夜晚你最后一个披着星光回家
当科学的春天到来时
你开拓的新的数学之路展现在世人面前
你让数学研究告别了纸笔时代
你让世界自动推理改变了面貌
你让迷茫中的“几何定理自动推理”见到了光明
你让中国的自动推理遥遥领先于世界
你让国际纯粹拓扑学家为之兴奋
你在数学史上又一次登上了珠峰
开创了一个新的纪元

你赢得美国权威联名赞誉——“世界第一流”
数学让你的人生演绎得如此精彩

走进你的书房
那一本本尘封的荣誉证书熠熠生辉
那是你一生累累果实的见证
那是你心血和智慧的结晶
青春年少
你创造出国际一流
未届不惑
你已是新中国最年轻的院士
你一次次登上风光旖旎的山峰
你一次次实现学术进程的飞跃
你虽然与“菲尔兹”奖擦肩而过
但是你的辉煌足以照亮世界
世界的数学史将永远刻上你的名字
你的学术之花将永不凋谢
越发芬芳
“吴方法”凝固的——7683号小行星
将让星空更加璀璨

吴文俊，我国著名数学家，中科院院士，为拓扑学做了奠基性工作，中国数学机械化研究的创始人之一，荣获首届（2000年度）国家最高科学技术奖。

1919年5月12日出生于上海，早年就读于上海著名的正始中学，后考入南洋公学。1947年去法国留学，获博士学位后，于1951年回国。

“数学机械化”就是把几何定理证明工作变成代数问题交给计算机来完成。

把孝心献给“母亲”　用智慧创造世界

——献给高小霞院士

有一对“神雕侠侣”的身影
永远定格在未名湖畔——这就是你们
你们曾在这儿留下一串串闪光的脚印
曾在这儿让青春和生命放射出光芒
不会忘记你们灿烂的笑容
风铃般的笑声
你们曾在这里写下院士伉俪的传奇
你们曾相约在这里举行金刚石婚的庆典
然而你过早地走了
佩戴着蓝宝石的胸花匆匆地离开了人们
望着你那远去的背影
人们似乎依然能感受到你那颗炽热的心
追寻你的人生旅程
你的赤子情怀
你的报国之心
像熊熊的火炬照亮人们的心田
你沐浴着吴越文化的光泽
你享用着清纯的湘湖圣水
你聆听着波澜壮阔的钱塘潮的涛声
你的血脉里流淌着中华情结
你的情怀里收藏着华夏大地
你用澎湃的激情谱写了壮丽的人生乐章

你的童年并没有浪花般浪漫

有的只是海水般的苦涩
童年应该有的欢乐随着浪花渐去渐远
然而生活的磨难赋予你一笔财富
你学会了坚韧
学会了刚强
你的勤奋为同龄人点亮了一盏明灯
你用八年修完了十二年的学业
用汗水浓缩了时间
父亲病逝，家境变故，祸不单行
你以柔弱的身躯承担起家庭的重担
西南联大的录取通知你只能收藏于记忆
当你再次接到交大的录取喜讯
你悲喜交加彻夜难眠
母亲为你万般无奈噙着泪水：
“小霞，你上学的学费……”
“我白天听课，晚上当家庭教师”
这是你给母亲辛酸的回答
你常常是一块烤白薯当作午餐
你常常饥肠辘辘奔波在家教的路上
也许你是吹着海风长大
以铁一般的意志肩负起生活的重荷
你说：“生活艰苦点倒也算不了什么”
是啊，让你最苦闷的莫过于当亡国奴
当你看到祖国的山河遭受践踏
一种屈辱与义愤油然而生
你要用知识来改变命运
你要用“科学”来拯救国家
你的心中也曾荡漾着阳光和春风
那就是你收获的甜蜜爱情
在你无助时是恋人伸出温暖的手臂
在你绝望时是恋人给你点亮灯塔
难忘啊

多少个夜晚他站在路口
等待你披着星光归来
难忘啊
你们畅谈莎士比亚、狄更斯
你们仰慕科学女神——居里夫人
你们把居里夫人炽热的爱国情怀
深深地移植在自己心中

你们满怀学成报国的热情
远涉重洋逐梦美洲
你以超常的毅力接受生活的挑战
假日和娱乐对你都是奢侈
半工半读你享受生活的快乐
巍巍书山你探寻宝藏
炽热情怀是你攀登的动力
曾记得：你悄悄地手捧《华侨日报》
轻轻地抚摩“母亲”的脉搏
当你从门缝里接到胜利的“喜讯”
当你看到东方的一束曙光
你载歌载舞奔走相告
你们在手制的红旗下隆重庆祝
你们在“胜利酒家”的野餐会上畅饮
为胜利干杯
为祖国干杯
你们带着歌声与微笑
带着祝福与希望
披着东方的彩霞
踏着斑斓的波光驶向珠江
投向“母亲”的怀抱
你在心中轻轻地呼唤
祖国“母亲”你的儿女回来了
你要把孝心献给母亲

你要用智慧来创造世界
你要让化学“千里眼”看得更远
你要用它去发掘地下的宝藏
你要让材料的纯度达到一种极致
你要让稀土像金子般放射光芒
你在极谱催化波里探索
有多少荆棘坎坷
有多少风雨霜雪
漫漫十年你终于收获了硕果
你让大地的矿藏绽开笑脸
你让四溅的钢花更加绚丽
你让田野的植物生机盎然
你让大气的污染得以遏制
有人说：稀土研究像不可知的海洋
而你在这片汪洋中游弋自如
一个个未知你解开，一个个秘密你发现
你的梦想永远是那样地斑斓
你的追求始终是那样地执着
无论是阳光明媚还是雾霭弥漫
在那科学遭遇亵渎的岁月
你的脚步也从未停止
你的胸怀像大海一样坦荡
你的心中像秋日的晴空那样明澈
不会忘记：你一边接受“改造”
一边还要进实验室
你一边写“检讨”
一边还要到图书馆查阅文献
你曾做大街上的清道夫
你曾做工地上的搬运工
你一腔热血遭遇冰雪
一颗红心被诬蔑为“白专”
然而你没有落下眼泪

你坚信阴霾终会过去
你用智慧、生命和激情
完成了你“极谱催化波”的人生
1974年7月1日
你手捧《铂族元素极谱催化波》
给党的生日献上了一份厚礼
这是你生命的光华
这是你爱的奉献
你用“爱”和“韧”铺成的人生路
将永远引领着人们前进

高小霞，女，中科院院士，我国杰出的化学教育家、分析化学和电分析化学家。

1919年7月10日出生于浙江萧山，曾就读于上海工部局女子中学（今上海第一中学），毕业后考取西南联大，但因父亲失业，她只能放弃，当一名中学教师赚钱养家，两年后经过努力又考取交通大学，但祸不单行，不久父亲病逝，生活更加窘困，只有靠节俭和家教所得完成大学学业。1944年毕业于交通大学。她和徐光宪是伉俪院士。

《华侨日报》是留美中国留学生办的一份爱国报纸，爱国学生从这里了解祖国的形势。当时他们经常把好消息写在纸条上塞进朋友的门缝里，传递喜讯。

分析化学，人们把它比作能看到宏观、微观世界的“千里眼”，听到有声、无声宇宙的“顺风耳”。

在璀璨的星空里导航

——献给杨嘉墀院士

你从江南走来
身后是水墨画般的风景
青色的屋宇、淡雅的墙壁
碧绿的湖水、如黛的群山
沉淀着千年文化基因的震泽古镇
是你成长的童话般的摇篮
这里人杰地灵，贤达辈出
新式学堂给你铺垫了一方沃土
崇尚科学的新风
让你找到了救国的良方
震泽湖畔留下你童年的灿烂光华
黄浦江边烙下你辛勤耕耘的脚印
文化积淀厚重的龙门名校
你展示了青春的风采
中西兼容的新潮
让你发现了一个新的世界
当卢沟桥的枪声响起
当太平洋的战火燃烧
你战战兢兢
在孤岛的租界里完成了大学的学业
列强的野蛮
山河的破碎
让你坚定地走向科学救国的道路
你冒着枪林弹雨

穿过道道封锁线
奔走在西南边陲
撒播科学的火种
你跋山涉水负笈北上
在清华园里创造奇迹
因为你
载波电话诞生
因为你
宇宙时空变得那么临近
为了实现科学救国的梦想
你飘洋过海
到波士顿的剑桥城
在那片古老而典雅的校园里
去探索科学王国的奥秘
你为了增长知识走进去
为了服务祖国走出来
规模宏大的哈佛图书馆
犹如繁星璀璨的科学星空
你展开思想的羽翼在星际间飞翔
你伸开双臂去拥抱每一颗智慧的星球
你澎湃的激情
你辛勤的汗滴
凝聚成累累的硕果
高速模拟计算机
快速自动记录光谱仪
新兴的医学电子学
折射出你青春的光彩
你完全可以在大洋彼岸
拥有洋房享受优裕的生活
可是那里不是你的归宿
你的家在中国
你的梦在故乡

归心似箭的你啊
带着沉甸甸的果实
带着拳拳报国之心
回到了你日夜思念的“母亲”的怀抱
在这块一穷二白的土地上
描绘一幅幅属于自己的彩图

不会忘记你那步履匆匆的身影
不会忘记你大学讲堂上的风采
你亲手创建的自动化学会
让中国赢得了国际话语权
你高瞻远瞩
提出发展空间科学的设想
亲手绘制了十年科学发展的蓝图
你是一位战略思想家
你是一位敢于创新的科学大师
从工业自动化到返回式卫星
从航空航天到核潜艇反应堆
处处都闪耀着你思想的火花
每一块电子仪表
每一个测试系统
每一个控制系统方案
处处都有你闪光的汗珠
当第一颗“太空游子”运行出现故障时
你彻夜难眠，攀登高山，精确测算
发出了按计划返回的口令
中国人终于成功地收回了放飞的太空精灵
这是一大步的跨越啊
千年飞天梦终于掌握了无形的天线
世界的宇航界为之惊呼
你用那双神奇的手
魔幻般地让太空飞行器不断地变换舞姿

你亲自设计的神奇的模块
让导弹飞得更远更准
让飞机的英姿更雄健机敏
让潜艇潜得更深更可控
为了这一个个奇迹
你释放出青春和生命的所有能量
不论是风和日丽
还是疾风骤雨
你都一样辛勤奔波
一样埋头劳作
当有人剥夺了你潜心研究的权利
你便躲进小屋又悄悄地进行
白天“检讨”
晚上继续你的研究
你的心始终牵挂着钟爱的事业
你希望给祖国插上腾飞的翅膀
让她跻身于世界的强国之林
创造未来是你的使命
设计明天是你的天职
“863”计划你倡导
“振兴仪器仪表工业”你建议
登月方案你规划
发展汽车电子你提出
北斗导航应用你谋划
“先天下之忧而忧，后天下之乐而乐”
是你一生最好的写照

杨嘉墀，中国航天和自动控制专家，仪器仪表与自动化专家，中科院院士，“两弹一星功勋奖章”获得者。

1919年7月16日出生于江苏吴江，丝业世家，祖父开明，不给子孙留下资财，只留下知识和文化。童年就读于震泽丝业小学，1932年考入著名的上海中学，1937年考入交通大学，1947年赴美国哈佛大学留学，1949年获博士学位，因申请回国受阻，在宾夕法尼亚大学工作，1956年回国。

青春流彩创造辉煌　老骥伏枥志在千里

——献给黄昆院士

你的名字像昆明湖一样明亮
你的学术青春如万寿山一样长青
浓郁的书香气息
开明的家庭教育
让你的金色少年更加灿烂
你自幼苦读酷爱科学
燕京大学附中你沉迷数学王国
潞河中学你年年独占鳌头
你选择物理作为生命旅程的伴侣
你耕耘燕园收获金灿灿的果实
当七七事变爆发
当北平被战争的烽火笼罩
当宁静的校园被枪声划破
你跋山涉水日夜兼程
一路坎坷一路惊险
在惶恐中前行
在弹雨中穿梭
从皇城根到滇池岸边
在西南联大翻开你崭新的一页
这里群英荟萃、“明星”璀璨
她创造了中国教育史上的奇迹
她是中华大地上的一朵奇葩
这里虽生活清苦条件简陋
但她是你学术生涯的乐土

教室里你时常秉烛夜读
宿舍中你常常深夜讨论不休
你的治学方略：“从第一原理出发”
凡事你都要盘根问底
当你发现莫特的科学著作
你不禁惊喜万状
每一本专著都是一个新的学科方向
莫特渊博的知识深深地打动了你
选择莫特
选择固体物理
要在这新兴领域开创自己的事业

你走出国门
放眼前沿
运用你深厚的学术底蕴
开始了你的第一个黄金时代
你的“黄散射”开创了一个新领域
跻身于国际学术舞台
你从莫特到玻恩
在大师的身边接受醍醐灌顶的恩泽
四年的日日夜夜
创新性的思维方法
一部系统理论《晶格动力学》
在你的手中诞生
你敢于挑战权威甚至和导师争论
你有追求真理的胆略和真知灼见
你的成果让玻恩伸出了大拇指
你得益于恩师但又超越了恩师
他在给爱因斯坦的信中说：
“书稿内容现在已经完全超越了我的理论”
你也因此奠定了国际权威地位
你的“黄-里斯理论”

收获了芬芳的果实
也收获了甜蜜的爱情
你的“黄方程”
竖起了学科领域的里程碑
你而立之年成绩斐然
以中国人命名的理论你是第一人
这是你的自豪，也是中国人的骄傲
你带着累累的硕果
带着恩师的殷切期盼
回到了你曾经编织青春梦想的燕园
开始了你新的学术生涯

你创建了中国第一个半导体物理专业
你开启了国内固体物理的先驱性研究
你培养了信息产业的第一批才俊
你编写的《固体物理学》成为国际经典教材
今天当我们的“嫦娥”奔月
当我们的卫星遨游太空
当我们的移动通讯走进千家万户
当我们“行走”在信息高速公路上
我们不会忘记你这位信息技术的开山者
在“文革”年月
你下田间进“牛棚”
但是你追求科学的精神没有泯灭
当科学的春天到来时
你犹如凤凰涅槃
尽情地释放出你科学的光芒
你年近花甲
但老骥伏枥志在千里
开始了你第二个黄金时代
“黄-里斯理论”
在你的手中又抽出新的枝条

长出新的花果
你提出的“黄-朱模型”
成为国际经典文献
登上国际学术殿堂
你的《半导体物理学》
引领了中国产业的变革
你事业的成功源自于你的人生格言
你说：人的一生
一是要学习知识
二是要创造知识
你把学习知识与应用结合
你把创造知识与新的价值发现并提
你独立的思维方法
你严谨的治学态度
你虚怀若谷的品质
永远激励后人
你一生处处“出名”但又“淡名”
当你面对国家最高科技奖时
你是激动但又是那么平淡
你把所有的奖金都用来设立“黄昆奖”
你的心中只有科学和奉献
你的追求就是推动历史的车轮滚滚前进

黄昆，中科院院士，世界著名物理学家，我国固体和半导体物理奠基人之一，杰出的教育家，2001年获国家最高科学技术奖。

1919年9月2日生于北京，祖籍浙江嘉兴。曾就读于燕京大学附中和潞河中学。1937年保送燕京大学，1944年获得北大硕士学位后赴英国留学，1948年获博士学位，1951年回国。

莫特是一位英国理论物理学家。由于他的非晶半导体等理论的贡献，和美国物理学家菲利普·安德森及约翰·范弗利克三人共获1977年诺贝尔物理奖。

玻恩，德国理论物理学家，量子力学奠基人之一，获1954年诺贝尔物理学奖。

“黄–里斯理论”是黄昆和他的夫人李爱扶合作完成。他的夫人是英国人A.Rhys，中国名是李爱扶。

让兴趣点燃科学之光　用热情加速高能物理

——献给谢家麟院士

你从冰城哈尔滨走来
身后编织着珍珠般的故事
家塾中你沐浴着浓浓书香
文学星空里你心旷神怡
你陶醉在古诗词的朗朗诵读中
你痴迷于奇思妙想的发明里
你自制子弹到森林里去狩猎
你组装收音机聆听抗战的捷报
你制造电台结识了五大洲的“网友”
你改造蜂窝煤炉为“智能家电”
你用智慧超前享受了高科技
兴趣是科学的起点
兴趣让你厚积薄发，大放异彩
兴趣成就了你一生的辉煌
从汇文到燕园
从西南边陲到美洲大陆
你展开想象的翅膀飞翔
你让青春的激情奔放
在风光旖旎的加州理工
你沉迷于书本与实验
好莱坞娱乐圣地近在咫尺
但对你毫无魅力
在优美典雅的斯坦福校园
你研究的世界首创医用加速器

轰动了美国乃至世界
你没有为优厚的待遇所诱惑
你深深懂得祖国需要你

是啊，祖国科学的发展需要你来“加速”
难忘啊，那不堪回首的岁月
条件那样简陋，人才那样匮乏
然而信仰是你前进的动力
童年乐于动手的习惯让你受益终身
你手拿焊枪
你开动车床
一切用自己的智慧和双手去创造
面对新来的大学生
你谆谆教诲
要耐住“寂寞”和“平凡”
要坚守诚实
追求卓越
你不厌其烦教授基础理论
夯实高能物理的根基
一份心血一份收获
功率最大的速调管
第一台电子直线加速器
第一台回旋加速器
第一根中子管
一株株科学奇葩在你的园圃中绽放

你高屋建瓴把握方向
为中国的高能物理加速
曾记得送往中南海的那份报告
让领袖们欣喜
让科技界欢腾
因为你的远见卓识

高能物理所在玉泉路上拔地而起
“八七工程”的序幕由此悄然拉开
对撞机的方案你精心设计
数千台的设备你仔细调试
夙兴夜寐
废寝忘食
你的身体也像“加速器”一样高速运转
1988年10月
人们共同的期待
北京正负电子对撞机终于奏响了凯歌
你和战友终于跳上了飞驰的“特快列车”
继“两弹一星”后又一奇迹在中华大地诞生
由此中国的高能物理立足于世界
国家的科学形象熠熠生辉
它像一块巨大的磁铁
集聚着世界的智慧
它是一块创新的沃土
培育出高新技术的累累硕果
它是一个高能量的动力源泉
推动着科技列车高速飞驰

创新是学术的灵魂
原创是科学的精髓
在这条路上你不断发现
不断创造
《星球大战》中神奇的兵器
唤醒你在科幻中去寻找灵感
你领衔的“自由电子激光装置”
放射出迷幻而斑斓的光芒
你为国防科技不断攀登高峰
你的科学旅程从未有驿站
也没有终点

你就像一匹千里马永不知停息
曾记得在那暮霭沉沉的岁月
你忧心如焚
彻夜难眠
当科学的春天到来
你心中的热情如岩浆般迸发
曾记得你在病中仍全天候劳作
你说你就像一盏油灯
将灯芯捻小也可以长久发光
是啊，你就是这样让生命燃烧到极致
年近古稀
你还开辟了新领域
耄耋之年
你还成功研制世界第一台简易加速器
颐养天年之际
你仍以创新研究为乐
你科学的青春之树
永远是那样地葱绿
科学是你生命的全部
你始终不忘为强国梦“加速”
你虽然没有“两弹一星”的勋章
但是你的功绩永远刻在共和国的丰碑上
新中国的时代列车
永远不会忘记你这位历史车轮的“加速器”

谢家麟，我国著名的加速器物理学家，中国粒子加速器事业的开拓者和奠基人之一，中科院院士，2011年获国家最高科学技术奖。

1920年8月8日出生于哈尔滨的一个律师家庭，父亲在历史、文学、诗词、书法上很有造诣，曾和李大钊诗词唱和。谢家麟在童年受父亲影响很大。中学就读于北京著名的汇文中学，1938年以优异的成绩保送到燕京大学物理系。1947年到美国留学，先后在加州理工学院和斯坦福大学获得硕士和博士学位。1955年回国。

置身稀土怡然乐　惜土如金铸辉煌

——献给徐光宪院士

那一天你来了
你的脚步渐渐地走近故乡
你为告慰双亲而来
带着一生的辉煌而来
带着庆典的美酒而来
站在父母的坟前你庄严地诵读祭文：
“光宪承蒙教诲，幸获中国科技最高奖……”
此时青山沉寂、碧波无语
你陷入深深的追忆
八十多个春秋过去了
近一个世纪的穿越
在你的身后有你走过的小路
有你趟过的河流
有你翻越的山头
也有为你开放的山花
在那温润如水的古镇绍兴
有你温馨的记忆
也曾有你淡淡的哀愁
你躺在母亲的臂弯里
仰望天空点数星星
举起小手细数母亲的发丝
你自制“望远镜”放飞你探索的目光
放飞你科学的梦想
你从中药铺分门别类的抽屉

得到知识体系化的启迪
让你的一生受益匪浅
母亲那谆谆教诲
“家有良田千顷，不如一技在身”
是你心中点亮的一盏明灯
家道的中落、社会的动荡、生活的磨砺
让你懂得唯读书可以改变命运
乡间那所破庙是你的学堂
路旁清冷的灯光是你夜读的照明
拿起书本你就像饥者扑向面包
面对习题你就像体验智力游戏
你用勤苦的汗滴
换来了全省理科翘楚的殊荣
铺出了一条走进交大的道路
架起了一座通往大洋彼岸的桥梁

在美丽的曼哈顿
你以青春的激情向科学的高峰攀登
你用手中闪光的“金钥匙”去打开科学的殿堂
校园里你辛勤地耕耘
“协会”中你日夜奔波
当新中国的旗帜在天安门上升起
你热血沸腾
欢呼雀跃
你呼吁五星红旗插在联合国大厦
你组织留美学人回国建设家园
你按捺不住那颗激动的心啊
匆匆踏上回家的路
践行你的夙愿：学成归国，有所奉献
你把科学的火种撒播在大江南北
你在原子能世界苦苦探究
核燃料萃取化学你探索

铀235同位素你分离
你为蘑菇云在罗布泊的上空升起
倾洒热血，默默奉献
然而在那科学遭遇亵渎的岁月
你的厄运降临——下农场进“牛棚”
山岗上有你放牛的吆喝声
水田里有你弓背插秧的身影
锅炉房有你满面尘灰的脸庞
但寒风冻雨并不能冷却你的一腔热血
你在思索储存于大脑的数据
你在期盼天空的雾霭散去

当生命的曙光出现在你的眼前
当你接到一份紧急的国防任务
当你看到大量的稀土廉价地流出国门
你心中如翻江倒海不能平静
从此你的生命和稀土紧紧地连在一起
核燃料分离经验的多年积累
量子化学理论的长期探索
让你敏锐地看到萃取法的功力
你奔波于北京与高原之间
在阴山脚下绘就你稀土人生的蓝图
风沙冰雪你毫不畏惧
镨钕分离你一举打破世界记录
站在白云鄂博矿区
你自豪于博大的矿产
你也深感责任的重大
你要从这里走出一条更宽的道路
无论是荆棘满地还是路途坎坷
无论是悬崖还是峭壁
你都要从这里攀登上更高的山峰
你不忍心看到将寸土寸金拱手送人

你不愿意看到让人扼住我们的咽喉
一百多个公式你去推导
整套的流程你精心设计
“回流串级萃取工艺”
终于让稀土产业走出困境
你的创新精神掀起一股强劲的旋风
创造了世界稀土的“中国冲击波”
书写了中国传奇
让世界惊叹
工厂的机器为你而奏响赞歌
辽阔的草原为你而开遍了鲜花

你让昔日的“土”变为“金”
你给高科技插上腾飞的翅膀
因你汽油产率更大
因你农产品节节增产
因你航天器飞得更高望得更远
因你导弹的命中率更精准
因你装甲车的硬度更强
因你光电通信的速度更快
因你而创造了巨大的经济财富
因你而强我国防壮我国威
你不愧为中国的“稀土之父”
当你手捧一张稀土元素周期表
就像面对缤纷的世界而心旷神怡
你大声疾呼要保护中国的稀土
因为它是国家的战略资源
你一生著作等身，桃李芬芳
你甘做人梯，让青年攀登高峰
你愿做桥梁，让中国的声音传遍世界
你的精神将泽被后代
你的人格魅力永远是人们的精神标杆

徐光宪，中科院院士，著名的物理化学家，无机化学家，教育家，被誉为“稀土之父”，荣获2008年度国家最高科学技术奖。

1920年11月7日出生于浙江绍兴上虞，中学时曾就读于著名的稽山中学，1936年初中毕业考入浙大附属高级职业学校，后经过努力，考上交通大学，1944年毕业。1947年留学美国，1951年获得哥伦比亚大学博士学位后回国。留学期间曾两次荣获象征能打开科学大门的“金钥匙”奖。

报国热情红胜火　助力战鹰上蓝天

——献给师昌绪院士

当我们看到国庆大典上
“雄鹰”在天安门上空飞驰而过
当我们看到在浩瀚的蓝天上
飒爽英姿的战鹰在守卫我们的万里海疆
我们油然感到自豪与骄傲
我们不禁要问：是谁给她装上了“心脏”
是你，是你用一生的心血来铸造

童年的你亲眼目睹了
燕赵大地的苍凉和太行山区的悲怆
你亲身经历了
山河破碎的屈辱与哀鸿遍野的惨象
读书，唯有读书才能改变命运
唯有知识才能让祖国强盛
从河北二师到国立一中
从豫西山区到陕南城固
在战火中你过潼关越秦岭
千里跋涉风餐露宿
在古路坝你走上了科学救国之路
在国立西北工学院你谱写了青春之歌
曾记得破落的教堂就是你们的“校舍”
你在晨钟暮鼓中朗朗诵读
上了补丁的衣着
一双踏破的草鞋

食不果腹，陋室难眠
三更灯火五更鸡
你的苦读终于赢得了金杯
你的汗水终于换来了留学的船票
你的一生和钢铁结缘
你要用特殊的材料铸造中国的脊梁
在美洲大陆当你拿到学位之后
你急迫要早日回到祖国
你在胸中迸发出强烈的心声：
“我是中国人，中国需要我”
当你回国的愿望受阻
你在麻省理工继续积聚能量
你以智慧与意志和当局抗衡
你一定还记得波士顿马宝路457号
你秘密印制信件
把热血青年的强音传递给联合国
传递给共和国的总理
你的执着与坚毅
终于取得归国的胜利

你满怀激情双脚踏上了关外的黑土地
在共和国的长子
素有“东方鲁尔”之称的沈阳深深地扎根
让整个青春在这块土地上燃烧
在这里你书写了华彩的人生
你为航空工业立下了卓越的功勋
国家的需要就是你的使命
你为了用特殊的材料
给战鹰装上心脏翱翔蓝天
从浑河岸边到千山脚下
从东北黑土地到西南边陲
你奔波不息

日夜鏖战
一个个堡垒你攻克
一个个记录你创造
铁基高温合金808打破了国外的封锁
你研制的涡轮盘进入世界先进行列
变形合金539你潜心开发
包套挤压技术你煞费苦心
加压振动凝固新工艺你废寝忘食
第一代空心涡轮叶片你呕心沥血
你让战鹰翱翔于蓝天
你让罗罗公司投来羡慕的目光
你开发的奥氏体耐蚀钢
让工业设备寿命延长
让万吨巨轮色泽光亮
你研究的薄板钢
让汽车轻捷地奔驰
应用开发你钢花璀璨
基础研究你千锤百炼
你始终站在科学的高峰
眺望国际学术的前沿
你高瞻远瞩
确立了金属研究所的发展方向
你亲手创立的腐蚀防护所
已经成为金属材料的保护神
犹如长龙般穿越崇山峻岭的西气东输管道
恰似长虹卧波气势恢宏的杭州湾大桥
遨游太空的光亮的卫星
翱翔蓝天的银色的战鹰
直插云霄的威猛的神箭
无不因为身着防腐外衣而越发健美

你说你是搞“材料”的“材料”

是啊，你是一块“特殊的材料”
你的意志是那样的坚韧
你的人生是那样的光亮
在那段人伦丧失的岁月
你曾蒙受了莫须有的罪名
审讯室里你被抽打得皮开肉绽
浑身血肉模糊惨不忍睹
然而邪恶摧残得了你的肉体
并不能摧毁你的信念
一旦你沐浴着灿烂的阳光
你用岩浆般的激情
去铸造最美的合金
在你的人生履历上
没有假日没有休闲娱乐
你是永不知停息的骏马
耄耋之年你仍日理万机走遍大江南北
你的生命之树永远是那样葱绿
你默默地锤炼人生而又与世无争
你希望别人超越自己而从不嫉妒
你朴实得如北方的红高粱
你的心胸是那样的宽广
你的情怀是那样的充满阳光
“好好先生”是你的雅号
“心里美”是你真实的写照
你人生的光华将永远烛照乾坤

师昌绪，我国著名的金属学家，材料科学家，曾任中科院金属研究所所长，中国科学院、工程院院士，2010年获国家最高科学技术奖。

1920年11月15日，出生于河北一个“忠厚传家久，诗书继世长”的大家庭。抗战前就读于河北第二师范学校，后又进入流亡中的国立一中。1941年高中毕业，考入著名的国立西北工学院。1948年赴美留学，1952年取得博士学位后准备回国，但受到美国政府的阻挠，后在麻省理工从事合金钢研究。在此期间，他和一批留美爱国学生同美当局斗争了三年，秘密写信给周恩来总理，最后取得胜利，于1954年回国。

罗罗公司是世界著名的英国航空发动机制造厂家。

呕心沥血育桃李　蜡炬成灰写华章

——献给谢希德院士

2000年3月4日
你带着与病魔抗争的病痛
你带着未竟事业的遗憾
悄悄地走了
永远离开了你一生追求的事业
离开了你生前的挚友、同事和学生
离开了深深烙下你脚印的复旦校园
鲜花簇拥在你的病榻前
泪水涌动在你的身旁
苍松为你肃立
江河为你恸哭
你一位纤弱的东方女子
一位多次与病魔抗争的斗士
一位创造波澜壮阔人生的巾帼英雄
你，新中国第一位女校长
“中国哈佛”的领航人
半导体与表面物理的开创者
你虽然瘦弱但是你的臂膀力量无穷
你的形象是那样地伟岸高大
你的人格魅力是那样地光芒四射
你把青春、健康，甚至生命
毫无保留地献给了你深爱的祖国
在你去世前的最后一个教师节晚会上
当主持人问你当初是什么力量使你回国

你一字一顿地说："我、爱、中、国"
这是一颗多么伟大的心啊

你对祖国的炽热情怀由来已久
当我们回望你的人生旅程
我们看到一个女孩
站在北上的轮船的甲板上
哼着歌曲
"打倒列强，打倒列强，除军阀，除军阀"
爱国的强音在你的儿时就已经响起
你强烈地意识到
只有摆脱强权
国家才能安定祥和
只有拥有知识
民族方能改变命运
也许从那时起
"发奋读书"就成为你一生的主旋律
难忘那父亲的书房
是你最快乐的地方
那一本本书好像一颗颗星星在和你对话
你徜徉于书的乐园
采撷那芬香的花蕊
酿造知识的琼浆
在燕大附中
在贝满女中
你的名字像花季的风铃那么脆亮
当卢沟桥的枪声响起
当敌机的轰鸣打破了校园的宁静
你颠沛流离在劫难中逃生
黄鹤楼下
湘江岸边
大地被战争的阴霾笼罩

胆战心惊中的你没有放下书本
在隆隆的炮声中
在呻吟的病榻上
你顽强地和病魔抗争
朗朗书声不绝于耳
“读书是我最大的兴趣，使我生活充实”
“读书是治我疾病的良方”
你的金色梦想在飞翔
你的青春活力在奔腾
你要像山鹰一样去搏击长空
岳麓山下的“湖南大学”在向你招手
西迁湄潭的“浙江大学”在向你呼唤
厦门鼓浪屿的钢琴在为你奏响欢迎曲
你虽受疾病的折磨双腿残疾
但你以顽强的毅力考取了三所名校
你走过的道路是那样壮美
你书写的青春是那样靓丽
连绵不断的战火
漂泊不定的生活
点燃了你心中不灭的爱国圣火
忘不了厦门大学的校园
在芙蓉湖畔，在群贤楼前
每一天你最早迎接第一缕曙光
每一晚你最迟关掉与星星辉映的灯光
宿舍、教室、图书馆、实验室
是你定点的坐标
在凤凰花盛开的季节
你秉承“自强不息，止于至善”的校训
踏着昂扬的校歌
跨越重洋到科学前沿去探访
在史密斯学院
在麻省理工

那秀美的异域风光并不能吸引你的目光
物理科学才是你心中最靓丽的风景
你要学好本领回报祖国
当新中国成立的喜讯像闪电般划破苍穹
当华罗庚先生致留美学生公开信发出
你的那颗赤诚的心啊
早已飞越大洋、飞向北京
“自古忠孝两难全”
你宁可让海峡隔断父女的亲情
你急中生智巧妙地躲过美国的封锁
终于登上了“伊丽莎白王后号”邮轮
难忘啊，萨克斯德教堂那场特殊的婚礼
清清的剑河为你荡起轻歌
火红的玫瑰为你献上祝福
挚友名流为你载歌载舞
剑桥边上那短暂的逗留给你留下永恒的甜蜜
你归心似箭期盼早日回归故园
当“广州号”海轮汽笛一声长鸣
你挥手：别了，剑桥；别了，西天的云彩
当你踏上甲板
那海天一色的壮阔
让你心潮澎湃百感交集
战火纷飞里漂泊异乡
昨日的远航为了今天回家
你向着东方的曙光
向着新生的祖国乘风破浪

当你投入“母亲”的怀抱
看到那壮丽的山河
你决心要挥洒智慧的汗水
在养育你的土地上书写辉煌
“日月光华，旦复旦兮”

为了中华之复兴
你要让生命在这片火热的土地上燃烧
你是复旦教坛的一枝新秀
你也是一位学富五车的宿将
你用手中的教鞭去拓荒，去耕耘
光学、力学、半导体、固体物理
一门门新课如雨后春笋
一块块园圃都浸透你辛勤的汗水
你是中国半导体学科的开拓者
你是中国固体物理的奠基人
不会忘记“十二年科学规划”你描绘蓝图
不会忘记未名湖畔你拖着病体来去匆匆
你用病残的双腿
每日步量着从宿舍到教室的距离
夜深人静，燕园已传出鼾声
可是你的灯光还是那么通明
一篇篇文献你翻译
一页页讲稿你书写
你和时钟赛跑，在国际前沿的轨道上赛跑
《半导体物理》在你的手中诞生
《固体物理学》又在你笔下产出
难忘复旦校园的春夏秋冬啊
你呕心沥血鞠躬尽瘁
多少次你竟然在公交上睡着了
多少次你晕倒在讲台上
在那疾风骤雨般的“红色风暴”中
你没有停止前进的脚步
那间窄小的书房是你精神的家园
当科学的春天到来
你焕发出青春来弥补逝去的时光
你用甘甜的知识乳汁去哺育弟子
你教过的学生至今都珍藏着你的手稿

那一篇篇你精心修改的论文
那一封封你认真书写的推荐信
无不流淌着你的心血，沉淀着你的博爱
昔日你亲手托起的雏燕
如今都翱翔在学术的天空
你勇于创新突破旧的模式
规划复旦的未来
新的学科群你布设，校长论坛你开辟
新闻发布会你创立
美国研究中心你建立
你像一面旗帜引领着复旦走向未来、走向世界
难怪有人称赞你是“中国哈佛的校长”
因为你的学术影响和人格魅力
两次国际学术大会选择在中国
你让中国的学术走上了世界
你甘为人梯让后来者超越自己
你甘做铺路石
引导着人们去攀登科学的奇峰

谢希德，女，著名的固体物理学家、教育家、社会活动家，中科院院士，我国半导体物理开拓者之一，表面物理学的奠基人之一，原复旦大学校长，曾两次被评为全国“三八红旗手”。

1921年3月19日生于福建泉州，曾就读于北京燕大附中、贝满女中，1946年毕业于厦门大学，1947年赴美留学，获麻省理工学院博士学位，由于回国受阻，1952年绕道英国以后回国。

1937年“七七事变”爆发后，谢希德随父亲举家南下逃难，她后来又患了股关节结核，4年后才离开病榻，重新站立起来。病中她以顽强的毅力坚持自学，在高考中曾先后被湖南大学、浙江大学、厦门大学录取，最后选择厦门大学。

铸神箭穿破长空　造卫星遥控在手

——献给王希季院士

大理是一个令人神往的地方
云贵高原的一颗璀璨的明珠
横断山脉的一株艳丽的杜鹃
巍峨的“点苍山”
群峰绵延
雪线给蓝天镶了一道银边
朵朵白云和亮雪辉映
古老的云杉直插碧蓝的苍穹
夜空的明星像是挂在树梢的银铃
灵动的涧流好像清脆的乐音
这是一个神话般的世界
给童年的你无限的遐想
你想撕一片白云
作为羽翼飞向月宫
你想去天街摘一盏明灯
来照亮这浓黑的大地
凡尔纳的《从地球到月球》
让你着迷得疯狂
你萌生了许多飞天的梦想
你知道：
“昨天的梦想就是今天的希望，明天的现实”
为了追梦，你在云岭的高处
借着星光夜读
你在知识的百花园中

贪婪地采撷
文学拓展了你想象的空间
科学让你认识了大自然的奥秘
家庭的困顿，社会的动荡
让你悄然升起自强不息的志向
西南联大一次“吃零蛋”的教训
让你明白工程“零缺陷”的重要
旧中国的贫穷落后
让你产生“工业救国”的理想
当你的双脚踏入美利坚的国土
当你知道年轻的美国
20世纪20年代火箭已经升空
你深深地为“火箭故乡”感到羞愧
当你在校园里漫步
当你仰望满天星斗的夜空
你在心中默默地发誓：
有一天也要成为中国的戈达德
铸造神箭穿破长空
为华夏争光

当一位伟人在天安门城楼上
向全世界庄严地宣告新中国的成立
你激动的心情像澎湃的三江
归心似箭，夜不能寐
无论多少人热情挽留
无论待遇多么优厚
都不能拴住你那颗回国的心
回来了
渤海湾上留下了你设计的船舶
东海岸边有你放飞的火箭

你思想的天空格外地高远
开辟“空间疆域”你提出
开发“空间资源”你首倡
建立“空间基础设施”你构想
你清醒地认识到：
发展航天不仅仅是技术
而是造福人类的伟业
你把你的思想和智慧
写进了《太空—地球—人类》
不会忘记啊
海边稻田的田埂上
留下你深深浅浅的脚印
你飞天的梦想就是从这里开始
那是一段让人难以置信的记忆
液流实验台竟然是厕所改建
火箭发动机的测试台
竟然建在碉堡的夹道里
“麻袋围城”变成了“指挥所”
扯起嗓门，挥舞臂膀
就是最好的指令
古老的算盘
拨打着如山的计算纸
原始的“打气筒”
代替了现代的注料装置
如此简陋而艰苦的条件
创造了让人难以置信的奇迹
火箭射程的高度一次又一次地提升
欢呼雀跃啊，热情拥抱啊
笑声和掌声混合的乐章
在天空回荡

你为中国人走向太空
探出了一条成功的天路
你用你的智慧
让系列火箭在你的手中一次次腾飞
高空气象你探测
空间环境你瞭望
生物太空实验你设计
核爆取样火箭你研制
卫星运载你开创
一次次放飞你的梦想
一次次收获成功的喜悦
你牵挂着放飞的星星会迷失方向
于是绞尽脑汁让它找到回家的路
返回式卫星这一新生宠儿
又在你的手中诞生
是你圆满地完成了搭载空间实验的任务
是你为神舟飞船载人飞行
铺平了成功的道路
你的炯炯目光始终在太空扫描
时刻关注国际载人航天的动向
你要乘坐飞船
去太空开辟蓝色的疆域
你要在高天上建设一个温馨的家
让宇航员在那里工作和休闲
你的一个个令人兴奋的美梦
在不断地产生又在不断地变为现实
共和国的脚步因你而不断地迈向高远
民族振兴的旋律因你而更加嘹亮

王希季，我国著名的航天技术专家和空间返回技术专家，中国空间技术的开创者之一，研制成功中国15种实用探空火箭。中科院院士，“两弹一星功勋奖章”获得者。

1921年7月26日出生于云南大理，曾就读于昆华高级工业职业学校，1938年刚读完高一就考上了西南联大。1947年赴美国弗吉尼亚理工学院留学，1950年回国。

从国学到科学的嬗变人生

——献给钱伟长院士

波光粼粼的太湖
润泽着山川大地
古韵悠悠的吴越
滋养着芸芸才俊
七房桥村头那条静静的小河
沉淀着你童年的欢声笑语
岸边那散发着芦花清香的田野
也记载着你少时不堪回首的梦魇
贫寒的家世
让你及早尝到了人生的酸辛
改了又改的旧衣
补了又补的鞋袜
月光下湖边捉蟹
风雨中挑挖野菜
夏日里光着脚板
隆冬时身着薄衣
清贫养成你坚忍的性格
让你懂得知识才能改变命运
浓郁的书香熏陶着你
崇尚诗书的家训感染着你
没有固定的学堂
没有正规的课本
在战火中流离
在逃难中求学

你靠的是天赋与勤苦
创造了人生的奇迹
满腹诗文
谙熟经史
考场上你淡定沉着
娴熟自然
你放飞思想
驰骋想象
一篇《梦游清华园记》
让月色天光烟柳荷香尽收笔下
令国学大师啧啧称赞一字难改
凭文史状元的殊荣
迈进了古色古香的清华园
凭你的国学潜质
你应该在文史天空画出一个亮丽的光环
然而当“九一八”的枪声打响
当日寇的魔掌伸向我东北
你人生的指针改变了方向
你告别那青灰色的文史胡同
走向那散发着清香气息的科学园圃
你要靠科学来改变国运拯救民族
但是对你来说
挑战又是多么的残酷
对于一个数理化几乎是“0”分的考生
怎能去面对带有迷幻色彩的物理王国
“一切从国家需要出发”
这就是你人生前进的动力
从零起步
“为国家，为民族，吃再大的苦也不怕”
月光下的荷塘边有你读书的背影
黎明前的教室里有你最早点亮的灯盏
图书馆里你第一个抢占了座位

清冷的路灯下你只身孤影星星和你伴读
你沉迷于书卷但又不迷信书本
你敢于质疑学界的泰斗
你乐于挑战生命的极限
艰难的步履
辛勤的汗滴
终于荣膺了班级的桂冠
在步满荆棘的学途上
你光着双脚去赛跑
在龙腾虎跃的运动场地
你又是勇往直前的健将
“一二·九”浪潮上你冲锋陷阵
进步运动中你奔走呼告
你是一位热血男儿啊
为了祖国你愿让青春去燃烧
爱国的激情始终在你心中澎湃着

当你登上去加拿大留学的邮轮
听说途经日本要停留三天
你和你的同行便将护照扔进了黄浦江
这是中国男儿的骨气啊
你终于等来了1940年8月的一天
登上了“俄国皇后号”客轮
成为多伦多大学首批中国留学生
美丽的安大略湖没有让你迷恋
“像大树一样成长”的校训
永远激励着你奋发向上
在那里
沉淀在你心中的“内禀理论”
终于呈现在冯·卡门的祝寿文集中
让爱因斯坦赞誉有加
让国际学界惊羡不已

在冯·卡门的门下
你创造的奇异摄动理论
像一颗明星闪烁在夜空
你和他合作的经典力作——《变扭率的扭转》
是你答谢恩师的最好礼物
异域虽风光无限
但那里不是你的归宿
你是一棵参天的大树
你的根系深深地拥抱着祖国大地
当抗战胜利的号角吹响
你归心似箭漂洋过海
回到了日夜期盼的祖国
在这块刚刚苏醒的大地上
书写着你的人生华章

无论风云如何变幻
是“流放”乡村还是工厂“改造”
你把窗户堵上也要彻夜苦读
在科学路上你义无反顾地疾步前行
中国第一个力学专业你创立
第一个力学研究班你开设
第一部《弹性力学》你撰写
你在京城几所大学中奔波讲学
几乎包揽了所有的力学课程
你在这块古老而清新的土地上
播下的金色的种子
绽放出烂漫的花朵
你曾说：“国家需要就是我的专业”
是啊，大型电机你设计
高能电池你发明
你制造潜艇要去遨游沧海
你研究飞机要去翱翔蓝天

你研制火箭要让导弹飞跃大洋
要将卫星送上苍穹
你发挥你的国学功力
创造了“钱码”输入法
你不仅是专家
也是一位知识广博的“杂家”
你从你的人生经历中
提炼出全新的教育理念
培养全面发展的人
造就复合型人才
走科学与人文结合的道路
你要用实践去兑现你曾经的梦想
办一所世界一流的大学
你的人生
像一道彩虹五彩斑斓，绚丽夺目
你的思想
像一束光芒照亮前方，引领后人

钱伟长，中科院资深院士，“中国近代力学之父”，世界著名的科学家、教育家，杰出的社会活动家。

1921年10月9日出生于江苏无锡七房桥村一个贫穷的诗书家庭。由于家境困顿、时局动荡，读小学、初中时，时断时续，曾随叔父钱穆就读于苏州中学，18岁毕业于无锡第一中学。1931年考取清华历史系，后因“九一八”事变，他决心转学物理系以振兴中国军力。1940年1月赴加拿大多伦多大学留学，1942年到美国加州理工学院，师从“世界导弹之父”冯·卡门，从事航空航天研究，1946年5月回国。

毕生筑梦为民居　流传古韵天地间

——献给吴良镛院士

当日寇的铁蹄践踏我山河
当六朝古都南京笼罩在烽火中
你带着对故土的依恋
带着美妙的青春梦想
溯江而上寻找一方宁静的土地
你思想的潮水像滚滚的长江一泻千里
江城黄鹤楼下你聆听那凄切的笛音
嘉陵江上的雾都
你俯瞰那阴沉的大地
在国立二中那座简陋的破庙
你在艺术的长廊里徜徉
你在山间写生
你在旷野诵读
你用彩笔描绘了青葱的岁月
你为创造巨型城乡艺术品而积聚能量
当你交完大学入学考试的最后一科试卷
听到窗外日寇战机的轰鸣
当你看到山城那冲天的火光
那飞舞的瓦砾
破碎的山河
你的心在颤抖
你默默地许愿
等到云消雾散红日当空
要重建那惨遭蹂躏的家园

在中央大学
你接受了巴黎美院式的建筑教育
你尽享了大师们的艺术熏陶
宗白华艺术美学的思想
傅抱石恣肆奔放的山水
齐白石浓艳明快的花鸟虫鱼
徐悲鸿融汇中西的艺术精华
让你学会了在艺术天空飞翔
让你对绘画艺术情有独钟
你亲近自然、走进自然、描绘自然
留下了弥足珍贵的艺术作品
曾记得当年你从远征军中走来
一位大师的召见改变了你的一生
你和梁思成先生
亲手绘编了中国第一本文物保护目录
让古建筑文化在战火中得以保存
你深深地懂得
文化是建筑的灵魂
文化是一种民族自信
文化是实现强国梦的软实力
在美洲匡溪艺术学院
你把绘画、雕塑、建筑融为一体
你用艺术的视觉来观察世界
你从高雅的艺术境界中
去提炼建筑的元素
你要把艺术和建筑凝固成不朽的乐章
你要把建筑当做一幅幅三维画图
奉献给人们
流传于世间
你要让人们诗意般地栖居在辽阔的大地上

你在沙里宁的身边

看到了世间建筑的形制
你觉得民族的方是世界的
你迎着东方的曙光
满怀着对这片古老土地的挚爱
从大洋彼岸归来
从那一日起你把毕生的精力
献给了民族的古建筑文化
献给了人与自然和谐共处的事业
在如诗如画的清华园
继续绘就你的人生画图
设计创造中国的建筑未来
你在亲手创制的建筑蓝图上
增添了一道道靓丽的风景
你首创的园林规划设计
给城乡建筑输送了众多才俊
一座座古建筑
就像一部部“土木史书”
你潜心研读提取精华
那些有生命价值的“细胞”
在你的手中得以复活
“菊儿胡同”的类四合院
你让历史的建筑风貌再现
白墙黛瓦、朱门青砖
阳光下是那样温馨典雅
在这里人们可以重温老北京的古韵遗风
为了创造美丽中国
你走遍了大江南北
你挥洒彩笔谱写凝固的乐章
为了弘扬民族文化
你让多少古建筑获得新生
你让历史的文脉在古老的大地上延续
在孔子故里

你设计的“孔子研究院”匠心独运
你打开了一扇窗户
让中国文化飞越大洋，传播世界
在泰山脚下
你规划的“泰山博物馆”
展现出“大美而不言”的精神
透视出“松石为骨，清泉为心”的风格
在秦淮河畔
你建造的“红楼梦博物馆”
让“江宁织造”得以复制
让历史在这里重现
方正的建筑
逶迤的园林
处处跳动着中华文化的脉搏
在古城北京
天安门广场的扩建你日夜操劳
长安街的改造你步履匆匆
历史博物馆里回荡着你的话音
国家图书馆的双塔上烙下你的手印
中央美院的新址留下你的背影

你用历史的眼光
回望过去规划未来
蓝天碧水绿地
是你宜居环境的梦想
你用美学的思维演绎着建筑
建筑的内涵在你的手中得以拓展
冰冷的砖瓦你能创造出新意
你在世纪之交凝思
《北京宪章》为未来建筑规划了蓝图
新的理念引领了世界建筑的方向
人与自然的和谐

构成你作品的主旋律
在山水甲天下的桂林，在泉水之都的济南
在东临渤海的天津，在太湖之滨的无锡
在园林如画的苏州，在燕山脚下的唐山
在航天之城的酒泉，在山河壮美的北疆
在小桥流水的南国，在飞沙漫天的大漠
在风光旖旎的海滨，在祖国辽阔的大地
处处都可以看到你的经典作品
每一座城市
每一座建筑
处处都可以看到你思想的火花
你吹响的生态宜居环境建设的号角
在大江南北回荡
你的作品将影响中国建筑的未来
你的美丽中国的梦想
一定在华夏大地生长开放

吴良镛，城市规划及建筑学家，中科院、工程院院士。1992年获亚洲建筑师协会金质奖和世界人居奖，2011年获国家最高科学技术奖。

1922年5月7日出生于江苏南京，曾就读于国立二中（原扬州中学西迁时改名国立二中），1944年毕业于重庆中央大学，1948年，吴良镛经梁思成推荐，赴美师从著名的建筑大师沙里宁，1950年毅然回国。

手持柳叶刀游刃有余
心中一团火永不熄灭

——献给吴孟超院士

童年对你是一场噩梦
天空弥漫着硝烟战火
田野满眼是饿殍枕藉
你离乡背井漂泊南洋
你金色的年华
伴随着橡胶林一起成长
茫茫的丛林里你默默地劳作
割胶刀在你手中流星般地飞舞
稚嫩的小手布满了老茧
也正是这双手开创了你不平凡的人生
你虽远离故土但心始终牵挂着祖国
你率先倡导把毕业聚餐费捐给抗日将士
你那颗赤诚的心啊
越过大洋
越过高山江河
飞向延安
飞向养育你的祖国
当你收到来自延安的致谢电文
你激动的心如春潮般涌动
你沐浴着春天的阳光
投向祖国的怀抱
当你途径“东方小巴黎”的西贡

洋人的侮辱像利剑刺痛你的心
你立下誓言
“总有一天让你们认识真正的黄种人”
春城昆明的郊外
同济附中是你第一个驿站
嫩黄的油菜花地里
飘荡着你朗朗的书声
火红的山茶花映照你绽开的笑颜
古镇的街道上留下你迁徙的脚印
茶馆里你纵论天下
橘园里你放松身心
同济医学院你常常通宵达旦
基础医学你一个个夯实根基
“一二·九”运动你敢立潮头
爱国激情在你心中澎湃
你忠于祖国肝胆相照
你把满腔的热血献给医学事业
在一片空白的肝胆医学史上
书写了辉煌的人生

当有人说
中国的肝胆外科离世界水平数十年
你心急如焚
心中呐喊“世界肝脏外科不能没有中国声音”
你在临床中探索
从基础理论做起
你冥思苦想制作肝脏血管标本
乒乓球给你灵感
赛璐珞给你增添光彩
珊瑚般的模型在你的手中诞生
从此中国有了自己的理论基石
肝胆的构造

血管的走向
你了如指掌烂熟于心
“五叶四段”解剖理论在你手中产出
不会忘记你的第一次主刀显神功
当你接过那把小小的手术刀
你明白接过的是一种信任与鼓励
一种寄托和希望
霎时间你感到它的沉重
感到责任的神圣
你从大家的眼神里读出了期待
你知道肝胆外科的道路将在你的脚下延伸
剖开、诊断、切除、止血
动作是那样地娴熟
宛若柳叶的小刀在你手中如行云流水
“吴氏刀法”妙手回春
你给了一位不治之症患者第二次生命
你为长海医院赢得了崇高的学术声誉
你创造了中国肝脏外科一个成功的案例
你在中国的医学史上书写了划时代的篇章
你真不愧为当代的华佗
人们不会忘记跪下哀求你的那位农民
不会忘记那至今还保持世界纪录的特大肿瘤
你面对那个紫红色泛着蓝光的血包
是那样地淡定稳健
手术刀在纤细的血管上舞动
在生命的禁区上你游刃有余
12个小时手术台前的站立
考验53岁的你的信心、耐心、体力和毅力
隆冬里室外天寒地冻
手术室内温暖如春
你创造了世界纪录
收获了成功与喜悦

你摸索出的捆扎新疗法
送给了无数渴望生命者微笑

当科学的春天到来
你心中的激情如大海的波涛在澎湃
你带着金灿灿的硕果
满怀科学的自信
登上了旧金山国际学术会议的讲台
流利的英语、翔实的数据
十倍于洋人的手术案例
百分之九十二的成功率
赢得了名家大师的喝彩
雷鸣般的掌声在会场经久不息
你吸引了世界的目光
博取了洋人由蔑视到尊重的神态转换
一股强劲的“吴旋风”在旧金山上空回旋
你悄无声息地走进了国际学术前沿
让世界了解了中国

在你的手中奇迹连连
曾被你做肝脏手术的当年的婴儿
如今已是你身边的一位白衣天使
曾被你手术治疗的当年的青年
耄耋之年仍体格健壮
你的一生主刀上万台手术
成功率几乎是百分之一百
这是世界医学史上的奇迹啊
你曾经说过：“治好一个病人就积累一份财富”
是啊，为了这笔无形的财富
你不顾肝病的传染
手拉手地问诊
在你看来病人就是一本书

你的一生是“著作”等身学富五车啊
手术台上舞刀飞针就是你生活的节奏
看到你那只弯曲的手指
人们不禁肃然起敬
你就是用那双手挽救了数以万计的生命
你就是用那双手创造了非凡的业绩
“肝脏止血技术”你创立
“术后生化代谢规律”你发现
肝病多种治疗方案你探索提出
肝癌疫苗你研制
世界最大的肝病研究中心你创建
国内外原创性理论你建立
是你让中国的肝病外科成为世界的高地

半个多世纪的台前站立
数以万计的手术治疗
你总是那样平易近人
你的言谈举止总让病人如沐春风
你像一匹老马
永远不知疲倦地奔跑
耄耋之年你仍手持手术刀
思维还是那样敏捷
精神还是那样矍铄
你的心中始终想着患者
总想为病人节省费用
你可知道你的“吴氏刀法”
每年要为病人节省数千万元啊
你高超的医术培养了几代学术精英
你高尚的医德感动了中国
你最大的幸福是日夜不息地工作
你的人生追求是事业和精神
你的价值观为时代树立了标杆

你生命化作的小行星17606号
将永远指引年轻人前进

吴孟超，著名的肝胆外科专家，中科院院士，被誉为“肝胆外科之父”，2005年获国家最高科学技术奖。被评为“感动中国2011年度人物”。

1922年8月31日生于福建闽清，马来西亚归侨，1949年毕业于同济大学。在他出生后不久，迫于生活压力，其父到南洋打工赚钱。5岁时他跟随母亲来到马来西亚投奔父亲，幼年吴孟超一边帮父亲割橡胶，一边读书。

1939年，吴孟超以仅17岁的年龄回国抗日，一头扎进同济的怀抱，从此开始了他波澜壮阔的人生。在昆明先后就读于同济大学附中和同济大学医学院。

用鲜血和生命铸造人生

——深切怀念姚桐斌烈士

1978年3月18日
北国的京城依然春寒料峭
阴冷的北风从树枝上划过
弹奏出阵阵嘶鸣
一场特殊的追悼会
在八宝山公墓举行
苍松格外肃穆
哀乐分外悲凉
聂帅送来了花圈
粟裕大将发来了唁电
钱学森院士亲临吊唁
当人们看到墙壁上逝者的遗像
泪水禁不住簌簌落下
这是一场迟到的追悼会
你含恨离开我们已经十年了
整整十年
1968年6月8日
那是泪血洗面的一天
你正在研究返回式卫星隔热材料
你正在一份技术报告上签字
你正在讨论“闹革命”不停产问题
你正在准备和孩子们共进午餐
可是，随着一阵野蛮的咚咚声
家中的房门被钢管砸开

恶毒的谩骂扑面而来
噼啪的耳光雨点般地落在你的头上
打落的眼镜被踩得粉碎
拳打脚踢棍棒交加
泪水在心中流淌
鲜血浸湿了洁白的衬衫
一位忠诚的战士
就这样倒在血泊中
这就是那个浩劫的年代
留下的悲惨的烙印
周总理得知后，茶杯竟然落地
所有人都不敢相信眼前的惨象
可是那冰冷的身躯再也不会站起
你再也不会到实验室大显身手
十年后的此刻
当你夫人的目光
落在你的骨灰盒上
落在你的遗像上
她不敢相信这就是姚桐斌
她记忆中的丈夫
是那样的英俊潇洒
是那样的慈祥博爱
是那样的才华横溢
是那样的刚毅坚强

你从一个贫寒的农家走出
度过了无数个含辛茹苦的日子
走过了漫长的铺满荆棘的人生道路
永远不会忘记你摆地摊卖香烟的情景
你颠沛流离游学四方的酸楚
你要用知识改变命运
你要用智慧和学业

让青春绽放花朵
清澄的太湖水给了你智慧的琼浆
古老的青原山
给你增添了文化的元气
山水相拥的平越
磨砺了你坚韧的意志
不会忘记中学校园
那泛黄的手抄书籍
那你曾经借宿教室的课桌
不会忘记唐山交大
那片小丛林里
传出你朗朗的书声
那昏黄的油灯
映照你苦读的面庞
你的执着与勤勉
终于换来了游学西洋的船票
当上海滩的汽笛一声长鸣
当邮轮劈开蓝色的波浪
你挥一挥手：再见了
离别只是暂时
他乡只是驿站
祖国才是最终的归宿
在久负盛名的伯明翰校园
你没有流连于如诗如画的风光
图书馆便是你的乐园
你身处异域心挂故乡
你的目光日夜关注着祖国
“留英学生总会”有你的身影
英格兰岛各地可以听到你的演讲
新中国因你而走得更远、名字更响
你带着对祖国的炽热情怀
带着丰硕的学术成果

告别了风光旖旎的英格兰岛
告别了蓝色的多瑙河
回到了新生的祖国
在这块贫瘠的土地上
去实现科技报国的梦想

当你站在绵延万里的长城上
你的心在呐喊：
要让中国的科技长城雄踞世界
你庄严宣誓：
“只要能把祖国的科研搞上去，
就是死了也甘心”
从此你的命运便和祖国的航天血脉相连
航天材料与工艺研究所你创建
未来的航天材料蓝图你规划
协同作战的壮观局面你开创
一个个课题你拟定
一个个项目你承担
多少个寒暑易节
你双脚踏遍了矿山工厂
在“材料先行”的科研路上
你填补了一项项空白
是你改变了火箭发动机的老式焊接
是你开出了医治材料振动疲劳的良药
火箭的重量因你而减轻
卫星的载荷因你而增加
是你给航天器插上神奇的翅膀
让它飞得更远更高
祖国因你而强大
民族因你而自豪

你把热血献给了壮丽的事业

你用爱心去温暖大家
让人难忘的你的住所啊
曾经荡漾着温馨与欢笑
曾经飘散着鲜花的芳香
曾经是年轻人的“宾馆”与“洞房”
让人泣血的你的住所啊
强盗闯入房中
花盆被砸粉碎
血淋淋的躯体躺在浴缸中
“人生自古谁无死，
留取丹心照汗青”
你在一片阴霾中走了
你在那个野蛮的年代里走了
但你用生命和鲜血铸造的人生
将永远在中华大地上放射光芒

姚桐斌，我国著名的冶金学家，中国极其优秀的火箭材料专家，是我国第一代航天材料及工艺专家和技术领导者。

1922年9月6日出生于江苏无锡黄土塘镇，中学先后就读于上海成康中学、汇南中学，江西国立十三中。1941年考入交通大学唐山工学院，1945年7月以全校总分第一的成绩毕业，1947年留学英国伯明翰大学，毕业后在伦敦帝国学院深造，1957年回国。1968年6月8日，被造反派殴打致死。

奇迹在戈壁上生长　辉煌在高原上绽放

——献给陈能宽院士

武陵山的奇峰叠出
如玉笋石林
似利剑宝塔
是鬼斧神工雕琢出
万般绝美的几何图形
神奇的地质风貌
给童年的你无限遐想
“几何”的美感
由此定格在你的脑海
你在几何空间里欣赏它的姿容
你在数学迷宫里探索它的路径
隽新初中
你三更灯火五更鸡
雅礼中学
你寒窗苦读创佳绩
你立志要走“科学救国”路
你要用知识改变人生与民族的命运
在唐山交大你敦笃励志果毅力行
你在这块矿冶工程的发祥地吮吸琼浆
你在金属晶体空间去发现光芒
在古典而秀美的耶鲁校园
你的青春犹如晶体折射出光华
有人劝你留在美国定居
你说：“我的家在中国

我没有理由不爱她”
当鸭绿江上的战火燃烧
当回国的路被封锁
你心急如焚彻夜难眠
你呼吁留美学人报效祖国
日内瓦协议达成后
你欣喜万状：
“终于等来这一天，现在不走还待何时”
你要振翅飞翔
到祖国的蓝天上飞翔

你终于回来了
带着妻儿
带着对祖国的牵挂
在东北重镇的五里河畔
开始书写人生的辉煌
你把科学的金色种子
播撒到这片沃土上
你让敏锐的思维遨游在晶体空间
你让金属世界熠熠生辉金光闪耀
正当你踌躇满志时
祖国的一声召唤
你又满怀着激动与自豪
来到了皇城根下
为了新中国的使命
在新的科学板块上起跑
从金属物理到爆轰物理
从晶体空间到原子世界
在新的途路上
你披荆斩棘踏平障碍
怎能忘
燕山南麓一次次轰鸣

长城脚下一柱柱浓烟
怎能忘
青海湖畔青稞面的粗糙
戈壁滩上饮水的苦涩
怎能忘
孔雀河畔一次次彻夜难眠
罗布泊里一回回梦里惊魂
饥肠辘辘在大漠里穿行
勒紧腰带在高山上攀援
“我以我血荐轩辕”
赤胆忠诚写春秋
奇迹在戈壁上生长
辉煌在高原上绽放
你凭一腔热血创造了“冷试验”
改写了核定型的历史
保证了居民的一方平安

在前进中
你的触角在不停地生长
你的探索在不断地拓展
从“爆轰”到“中子”
从“部件构造”到“波形调整”
从两弹研制到激光技术
一次次挑战一次次跨越
千山万壑阻不断
激流险滩难不倒
你用青春和生命谱写了时代的凯歌
你用坚毅和执着刷新了一项项记录
你登高望远设计未来
“863”计划你起草
战略性研究你凝聚心血
对科学的执着永远是你的动力之源

面对荣誉和赞叹
你只是说："惭愧，惭愧"

向知识出征你永远没有止境
"不甘迟暮，壮心不已"
每一天你都感到新鲜
每一门知识你都感到新奇
床前书籍伴你入睡
案头文字和你对话
你用诗词来记载历史
你飘洒墨香来讴歌时代
耄耋之年还在科海上泛舟
你还迷上计算机
你还切磋年轻时的"内耗"理论
知识长青
生命长青
愿你生命的长河中
永远流淌着欢乐的音符

陈能宽，我国著名的材料科学与工程专家，核武器科学家，爆轰物理专家，金属物理专家，中科院院士，"两弹一星功勋奖章"获得者。

1923年5月13日出生于湖南慈利县，初中就读于常德隽新中学（今鼎城一中），1939年考入长沙著名的雅礼中学，1942年保送著名的唐山交通大学。1947年留学耶鲁大学，1950年获博士学位。毕业后曾在霍普金斯大学、西屋电器公司工作，1955年回国。先后在中科院物理所、金属所工作，1960年6月调入中国工程物理研究院。

让“中国芯”奏响美丽的旋律

——献给夏培肃院士

1960年的4月
永远值得你纪念
永远令中国人自豪
因为107机在你的手中诞生了
这是中国第一台通用计算机
你开启了中国计算机的新纪元
你竖起了一块高高耸立的里程碑
你一生和计算机结缘
激情为它燃烧
热血为它奔流
青春和生命为它奉献
计算机已是你生活的宠儿
你曾说你对她太着迷了
是啊，你的心中只有计算机
你的生命就是为她而来
又是为她而去
你仿佛与计算生来有缘
尽管童年命运多舛
仅上四年小学便因病辍学
但你仍手不释卷嗜书如命
你终以同等学力光荣地走进重庆
在西南山城沙坪岁月
你接受“精神贵族”教育的洗礼
在大气磅礴的氛围中接受熏陶

多少回你梦中书声琅琅
多少回你梦绕数学难题
枯燥的数学在你的眼中趣味无穷
你带着斑斓的梦想
满载着对未来的希望
乘坐“江津号”乘风破浪
向着紫气东来的钟山驶去
拍岸惊涛
让你感受到大自然的伟力
两岸奇观
给你壮丽人生的启迪
在钟灵毓秀的金陵
在波澜壮阔的黄浦江边
在古韵悠悠的爱丁堡
你的青春乐章总是那么高亢豪迈
你的知识储备总是那么多元丰厚
数学你情有独钟
电路你兴趣盎然
电信你乐此不疲
在知识的海洋中
你架构联通四方的立交桥
你要用科学改变中国
因为你深知祖国的积贫积弱
在爱丁堡
你亲身经历中国人的尊严受到侮辱
你亲眼目睹中国人的形象被丑化
你在心中盟誓
要让中国人扬眉吐气
要让同胞挺起脊梁

当华罗庚向海外学子一声召唤
你义无反顾踏上归国之路

记得1952年秋天的一个晚上
在华老那间弥散着浓郁书香的客厅
你从他的手中欣喜地接到一项任务
你很欣慰华老给你搭建了一个人生舞台
从此你和计算机情定终身
拉开了中国计算机研制的序幕
一切从零开始
一张白纸也许能画出最新最美的图画
没有资料你到英文期刊中去搜寻
一字一句地抄写
没有器材你踏破双脚跑遍京城
去收购元件、电表、电线
你饱尝了创业的艰辛与苦涩
追求“创新”
崇尚“坚持”
你的设想总是那么高远
磁芯存储器让你的107机功效独特
八年日日夜夜的煎熬
漫漫长途的坎坷跋涉
你实现了一次次零的突破
历史应该记住1960年
你的“宠儿”107机刷新了记录
翻开了中国计算机史崭新的一页
她的孕育和诞生开辟了一块全新的天地
一个新的学科在中国大地上萌芽生长
她像一台加速器助推科学列车快速行驶
从潮汐预报到爆破波传播
从核反应堆到自动控制
从弹道导弹到人造卫星
每一次运行计算
都深深地刻下她的功勋

翻开“十二年科学规划”的蓝图
我们看到了你亲手绘制的计算机发展的轨迹
看到了中国计算机摇篮的闪亮登场
你始终把科研与育人紧密相连
难忘你亲手创建的培训班
那是计算机人才培养的“黄埔”啊
中国第一本计算机教材你编写
近千人的人才队伍你精心培育
你为中国计算机的发展奠定了根基
你奉献了青春、热血和家庭
你时间的车轮始终和计算机的速度同步
科学永远占据你心中第一位置
因为忙于科研而痛失幼子
那段封存的往事你不愿再提
这就是你的一颗伟大的心啊
你的胸怀比海阔
你的心空比天高
你的追求永远没有止境
你为中国的高速与并行计算机探索攀援
150-AP机的问世
你打破了国外的封锁
她记下了长庆油田的辉煌岁月
她引起了国际同行的关注
国际学术会议特邀你报告
美国CDC公司邀你商谈合作
GF-10分布式BJ并行计算机系列
你设计精妙各具特色
高速互联网你设计领航
量子计算机你大胆设想
“中国芯”你日夜牵挂
你不愿意看到中国受制于人
2002年8月10日的清晨

计算所一群年轻人的欢呼声打破了宁静
“我们成功了！”这是激动人心的时刻
“中国芯”——“龙芯一号”诞生了
她和107机是中国科学史上的两座山峰
你半个多世纪的心血
终于在这一刻凝固成不朽的丰碑
你虽然没有直接参与
但你是一面旗帜引领着这支年轻队伍前进
不是吗
你的弟子将其命名为“夏-50”
不正是你汗水结晶的写照吗
你是开山者
你是当之无愧的“中国计算机之母”
你甘为人梯为攀登科学高峰献力
半个世纪你默默耕耘
漫漫人生你硕果辉煌
你为中国的科学贡献得太多太多
但在荣誉面前你总是把奖章挂在别人胸前
从不愿意谈及自己的功业
你一生淡泊名利
你的人生追求只是奉献

夏培肃，女，著名的计算机专家，我国计算机事业奠基人之一，主持研制我国第一台电子计算机，中科院院士，中科院计算所研究员。

1923年7月28日生于重庆江津一个世代书香之家，1937年考上重庆著名的南开中学，1940年考上中央大学电机系，毕业后考入交通大学电信工程系研究生，1947年赴英国爱丁堡大学留学，1951年回国。

中科院计算所是中国计算机事业的摇篮。

燃烧生命创新中国　催化人生恩泽后代

——献给闵恩泽院士

有一种神奇的东西
在化学反应世界里
能让物质发生魔幻般的变化
它能使黑褐的原油变得清亮透明
成为工业的血液
它能让广袤的农田荡漾着丰收的歌谣
它能让我们的天更蓝
水更绿
它能让我们的生活更加绚丽多彩
它就是“催化剂”
你的名字因“催化剂”而名扬中外
“中国催化剂之父”是送给你的最美的称呼
你的一生与催化剂的发展一路同行
你也让生命化作特殊的“催化剂”
催生出中国的蓬勃发展

从天府之国登临山城重庆
在西迁的中央大学开始你的科学之旅
打开你珍藏的一本本当年的笔记
仿佛打开了一段封存的记忆
那一页页褪色的笔迹
书写得是那样工整而翔实
仿佛看到了昏暗的油灯下
你那孜孜以求的身影

你以优异的学业彰显出青春的魅力
你勤奋的汗滴收获了宝贵的知识
也收获了甜蜜的爱情
还记得那天晚上的月光下
你为了不违父命决意回老家支撑门户
与恋人挥手依依惜别
但是你的目光并未锁定在巴山蜀水
你时常登上山岗眺望山外的世界
你要走出盆地
走上大厦去做栋梁
去支撑国家的门户
你来到了上海滩
徜徉在黄浦江边的霓虹灯下
又一次品味爱情的温馨与甜蜜
然而你并没有沉湎于缠绵之中
比翼双飞到美洲大陆去寻找芳林
俄亥俄州立大学的校园
留下你们辛勤耕耘的足迹
留下你们浪漫的欢歌笑语
那里有你们永恒的记忆
科学伴侣就从那儿起步
也许你们并未想到日后成为院士伉俪
但是你们的执着与坚毅
你们的赤诚与激情
预示着你们将是科学园圃的奇葩

你们深爱着祖国这片土地
学成回国是你们心中的夙愿
几经周折与抗衡
你们终于带着沉甸甸的文献资料
跨过罗湖桥回到了祖国的怀抱
当你踏上阔别八年的故土

迎接你的并不是鲜花和掌声
但是你不悔恨不沮丧
在一片空白处开始了你的催化人生
几间简陋的平房
几台陈旧的设备
一切都是从零起步
你绞尽脑汁搜索技术资料
夜阑人静时
你还在灯光下苦苦地思索
是啊，汗水滴进贫瘠的土壤
也能让山花争奇斗艳
当外国专家撤走
当技术资料对我们封锁
飞机将要抛锚
机器将要喑哑
共和国向你呼唤
希望你给它输入动力
历史的使命落在你的肩上
多少个不眠之夜
多少次食宿在现场
多少次你与危险擦肩而过
不会忘记你钻进高温烧烤的干燥室
去诊断故障改进装置
艰苦的奋战终于换来了欣喜
小球硅铝催化剂终于在你的手中诞生
小小的颗粒击破了封锁
拯救了窒息的机器
飞机可以高翔
巨轮可以远洋
当混沌的原油变得清亮时
你却因一场重病倒下了
病魔夺去了你的肺叶和一根肋骨

但是你攀登科学高峰的脚步并没有退缩

只要国家需要
你仍愿燃烧自己
点亮能源的灯塔
在崎岖的山路上
你不断攀援创造奇迹
你像魔术大师一样
一种种奇妙的催化剂
在你的手中魔幻般地呈现
你破解了中国石油炼制的难题
你让中国的催化剂跻身于国际前列
你给中国的工业带来了勃勃生机
看吧，一批批催化剂厂如雨后春笋
一座座炼油厂拔地而起
一声声汽笛划破了蓝天
是你奠定了催化科学的基础
是你催生出艳丽的石油之花
是你开创了一条创新之路
创新是你弹奏的快乐的乐章
你从生物资源中提取瑰宝
你开启了绿色化工的新时代
你让天空清澈透明
你让江河湖泊明丽可鉴
在你的肩上有一种“责任”
有一种国家的使命感
这就是你创新的不竭的动力

因为“责任”
你在“牛棚”里还在思考“催化剂”
你把一篇篇催化剂学术文章当做“认罪书”
你默默地期待着云开雾散的一天

因为“责任”
当你获得自由时如同获得第二次生命
深深地扎入实验室
就像拥抱久别的情人
因为“责任”
你捐出全部奖金和积蓄
奖掖开拓创新的贡献者
因为“责任”
你希望培养更多的攀登者
摘取科学顶峰的桂冠
放心吧，你的精神火炬一定引领着人们奋进
30991号小行星将永远照亮科学的星空

闵恩泽，石油化工催化剂专家，我国炼油催化应用科学的奠基者，绿色化学的开拓者，被誉为“中国催化剂之父”，中科院、工程院资深院士，2007年获国家最高科学技术奖，同年获“感动中国2007年度人物”。

1924年2月8日出生于四川成都，曾就读于北师大成都实验学校，1942年考取重庆中央大学，1948年赴美留学，1955年回国。

让名字消失在大山深处
让生命和太阳一起燃烧

——献给邓稼先院士

站在天安门前的广场上
让我们注目凝视回望历史
我们仿佛看到了
“五四”游行怒吼的人群
我们仿佛听到了
“中国男儿，中国男儿
要将只手撑天空”的豪迈歌声
我们来到昆仑山下
仿佛听到大山的回音
“为了崇高的事业，就是死了也值得”
这就是你感动山河的豪言壮语
这就是“五四”精神的薪火传承
从荒谬的“二十一条”
到你亲历的“七七事变”
满目疮痍的家园让你悲怆
颠沛流离的生活让你泣血
亡国仇、民族恨积聚在心头
你撕毁了“小太阳旗”
把它踩在脚下
你铭记父亲的重托：
“学好科学，报效祖国”
铁砚山房
你接受传统文化的熏陶

北平崇德中学
你吸纳“崇德、敬业”的精髓
几次因兵乱而失学
几次因战争而漂泊
在风雨中磨砺出刚毅
在灾难中学会了坚强
在西南联大这个神圣的校园
你高唱“千秋耻，终当雪，中兴业，须人杰”校歌
在这里你找到了红旗指引的方向
从那时起你就准备把一生交给祖国

在纯朴而安静的普渡校园
你只争朝夕
摘取了“娃娃博士”的桂冠
你拿着滚烫的学位证书
匆匆地登上了回国的邮轮
因为你深深地懂得
祖国在等待你
从此核科学便成了你生命的全部
告别了妻儿离开都市
只身踏上了西去的蜀道
让自己的名字消失在大山深处
这一去你和家人分离长达二十八年啊
至今大山里那间低矮的小屋
那几件简陋的陈设
还记载着那段生活的苦涩
怎能忘
你啃着冷馒头就着冰雪
和战友日夜鏖战的背影
怎能忘
大漠戈壁你留下的一串串脚印
办公桌上你设计的一叠叠图纸

就在这里你书写了壮丽的人生
你唱响了撼天地泣鬼神的壮歌
你始终不忘自己是领头雁
引领着大家向蓝天的更高处飞翔
你始终把自己看作是普通一兵
身先士卒，披荆斩棘，风雨兼程
使命在肩让你分秒不敢蹉跎
你着急地说：“一个太阳不够用”
是啊，因为有人要把新生的中国
扼杀在襁褓中
“为了和平，我们需要武器”
为此从“爆轰物理”到“中子物理”
从“流体力学”到“等离子体”
从“状态方程”到核武器理论设计
你在核科学的世界里探索求证
在一张白纸上用双手去模拟计算
用一把古老的算盘去敲打成堆的数字
你仿佛在悠长的隧道里艰难地前行
终于你拨开了迷雾
看到了耀眼的光芒
“方案”终于在你的手中诞生
第一颗原子弹
第一颗氢弹
第一次地下核试验
排山倒海的气势
震动山河的威力
这是东方巨龙的怒吼
这是振我国威、扬我军威的壮举

为了这一天
你不知度过了多少不眠之夜
你不知忍受了多少次饥饿和困倦

多少次昏迷了又站起来
多少次还没有康复又赶到场地
多少次冲锋陷阵舍生忘死
我们不会忘记：那次航试事故中
你抢上去抱着破碎的弹体检验
你顾不上强辐射的危险
我们不会忘记：你步履艰难地安装雷管
命令青年："你们还年轻，你们不能去"
我们不会忘记：你拖着病体去井下排除故障
当你从病床上醒来时
第一句话就问"研究报告出来没有"
啊，神圣的事业在你的心中高于一切
人们不愿意看到的一天还是降临
核辐射早早地夺去了你的健康
你在弥留之际还叮咛：
"不要让人把我们落得太远"
你还说"假如生命终结后可以再生，那么
我仍选择核事业"
多么伟大的一颗心啊
你用一双巨臂撑起了天空
你用热血和生命换来了祖国的尊严
还记得吧
1964年的10月10日
你亲手点爆了第一颗原子弹
在你逝世十周年后的1996年7月29日
中国向世界庄严宣布参加禁核
那最后一次核试验
是对你最好的纪念
是你铸成了长剑让中华民族扬眉吐气
你的事业比一千个太阳还亮
你是黑暗中的一把火
把中国引向和平繁荣

尽管有人不理解你
笑你是“傻子”，说你“不值得”
有人采访是为了寻找“爱情花絮”
有人想象你的生活是多么有“排场”
他们哪里知道
你是一位纯朴的科学家
你的人格魅力一定会感动天地
人民会永远记住你
共和国会永远记住你
你的名字将永远载入光辉的史册

邓稼先，中科院院士，著名的核物理学家，为中国核武器的研究做出了重要贡献，“两弹一星功勋奖章”获得者。

1924年6月25日出生于安徽怀宁县一个书香家庭，是我国著名书法家邓石如的第六世孙。父亲邓以蛰是著名的美学家。“铁砚山房”是邓家祖屋的别号。

中学时就读于著名的北平崇德中学（今北京三十一中）。

一声轰响世界殊　爆破人生铸辉煌

——献给郑哲敏院士

山清水秀的宁波留下你祖辈的足迹
他们吹着海风在那块土地上耕耘
父亲曾光着脊背在烈日下放牧
没有知识是父亲最大的遗憾
记得在你8岁那年
父亲谆谆教诲："要好好读书"
是啊，父亲的尚学与敬业
深深地感动着你
读书可以支撑门户
读书可以光宗耀祖
读书可以报效国家
在那兵荒马乱的年代
你的学业没有荒废
在那身体多病的日子
你的学习没有停滞
你终以骄人的成绩走进了西南联大
在抽象而枯燥的力学世界
你看到了它在空间科学的威力
与"力"牵手
用"力"助推祖国的车轮
成为你人生的定向
在大师云集的加州理工
你感受到了力学的精髓和光芒
当你结束了学业

没有留恋异域的风情
你的心早已飞越大洋
飞向生你养你的地方
几经周折你终于回到祖国的怀抱
你要用“力”去实现富民强国的梦想

你亲身参与了中国力学基地的建设
规划力学发展的未来
你和中国的力学一路同行
从水弹性力学起步
为水上大坝的建筑把脉
为大型水轮机的旋转给力
你风尘仆仆走基层下车间
探索爆炸成型新工艺
当外国专家撤走
当国家的航天事业遭遇风雨
当周总理对知识分子殷切期盼
你的心再也不能平静
“做国家需要的事情”是你人生的终极目标
你夜不能寐绞尽脑汁
还记得1960年秋天的一个下午
力学所的操场上随着一声小小的爆炸
一片薄薄的铁板瞬间成为神奇的“小碗”
这声音足以震动世界
这“小碗”足以让国际关注
因为它标志着一个新的学科的诞生
从此“爆炸力学”给中国的航天插上了翅膀
你在力学和工程之间架设桥梁
一种新的工艺将铸造中国人的飞天梦想
你创造的“流体弹塑性模型”
助推共和国急速跨入世界强林
看吧，火箭穿云破雾直插云天

导弹风驰电掣飞越戈壁大洋
原子弹惊天动地画出一个巨大的惊叹号
人造卫星高扬旋律翱翔太空
你支撑中国空间反导技术
你研究地下核爆炸的巨大威力
你让装甲瞬间支离破碎
你让潜艇遨游在大海深处
你用“力”提升了中国的常规装备
你用经典理论谱写了壮丽人生

你为国防殚精竭虑
你为民生呕心沥血
当中国开始向海洋开发油气
你敏感到力学家应该承担起历史的责任
从富饶渤海到宝藏南疆
你踏着汹涌的波涛
吹着呼啸的海风
用你智慧的双眼去察看海底世界
你从挪威海到英吉利海峡
风尘仆仆日夜兼程
去探寻开发海洋的法宝
你将力学和海洋工程嫁接
用你的探针去探测深海奥秘
你用那双巨手劈开湍流
让深埋海底的油气造福人民
你是海洋工程的开拓者、守护神
你要保护海洋环境的一片纯净
你要让蓝色的生命摇篮永葆青春
国家哪里需要你就出现在哪里
当你得知在大海里修筑海堤
你创造了爆炸排淤法
让大堤在软基上高高矗立

你走遍了西北黄土戈壁
你穿越了西南大山峡谷
你让力学和地学联袂
用“力”来保护生态
保护我们美丽的家园
你用“力”揭开了瓦斯爆炸的奥秘
撑起一把生命与财产的保护伞
你用“力”驯服了火药
让爆炸迸发出神奇的光彩
你的一生与炸药相伴而有“声”有“色”
你的旅途和数据相随而其乐无穷

在那科学被亵渎的年代
在“牛棚”，在田间
你从没有停止对爆炸的思考
秀丽的雁栖湖你无暇欣赏
壮美的八达岭你也未曾登临
你的心灵栖息在科学沙龙
你的思维喜欢碰撞迸发火花
你喜欢读书让思想和作者交流
你为了中国的力学走向世界
从澳洲大陆到世界各地
顾不上飞行的劳顿
84岁的高龄还带着氧气上飞机
二十年的奔波
你的执着
你的坚毅
终于让世界力学大会在北京召开
在国际舞台上
你让世界了解了中国
中国“力”将推动历史的车轮
超越时代

滚滚向前

郑哲敏，物理学家，著名的力学家、爆炸力学专家，我国爆炸力学开拓者，中国科学院、工程院院士。荣获2012年度国家最高科学技术奖。曾任中科院力学所所长。

1924年10月24日出生于济南，祖籍浙江宁波。抗战时期入川，曾就读于四川金堂铭贤中学，1943年以理科第一名的成绩考入西南联大，1948年留学美国，1955年回国。

“反式”人生育正果　大医大爱暖人间

——献给王振义院士

你出生在一条灰暗的里弄
窄窄的巷子并不能挡住你的视线
你用机灵的眼睛去瞭望那神秘的天空
你用无数个“为什么”去叩问大千世界
刨根问底是你与生俱来的天性
笃学慎思是你人生旅途的钟爱
父亲的谆谆教诲：
“做一个好人，一个老实人”
时刻给你敲响人生的警钟
儒家的仁义博爱融入你的血脉
也许你在幼年就有大医大德的胸怀
记得7岁那年
祖母因伤寒凶险而病逝
你因而产生对医学的渴望
一种从医的欲望在你的心中萌生
为了这朦胧的梦想
你从法租界的萨坡赛小学到震旦附中
在学习的赛场上你奋蹄飞奔独占鳌头
直升“震旦”为你赢得了无上的荣耀
从你走进医学院课堂的那天起
你就为医生这一崇高的职业而奋斗
多问多思、大胆设想构成你人生的主线
在这条主线上你弹奏出许多奇妙的旋律
当你看到口腔患者拔牙出血不止

你带着“问号”去思考，去探寻
发现这原是“轻型血友病”的征象
随之你成功地确立了血友病的诊断方法
当志愿军雄赳赳气昂昂跨过鸭绿江
你跋涉于白山黑水
跟随医疗队救死扶伤
因为你多思而发现了被错诊的病例
你也荣获二等功的勋章
你曾经说过你的一生是“反式”人生
是啊，你的思维从来没有循规蹈矩
奇思妙想、天马行空是你创新的灵魂
你想象将人类基因编码复原到其他行星
你由末代皇帝的改造联想到白血病细胞的“改良”
儒家“改邪归正”的思想让你运用得如此奇妙

你用特殊的理念
“教育”“劝说”癌细胞弃恶从善
人们永远不会忘记：1986年的一天
一位患有白血病的女孩走进你的病房
这种病是极为凶险的死亡杀手
浓厚绝望的阴云笼罩着全家
是你妙手回春给了孩子第二次生命
是你让她全家走出阴云，绽开笑脸
奇迹的发生完全得益于你的丰富联想与想象
也许命运使你与“反式”有缘
当“顺式维甲酸”无法生产
你大胆地尝试用“全反式”实验
无数支试管在你的手中变换
无数个日夜你潜心研究
“全反式维甲酸”终于在临床上得到应用
但只局限在皮肤病
是你大胆设想将其运用到白血病的治疗上

这胆略和气魄来自于你严谨的科学数据
时光如梭
昔时的病娃如今已是风姿绰约的姑娘
那样地健康和美丽
你是世界癌症诱导分化的第一人
你开创了癌症治疗的新纪元
国际“凯特林奖”让你的名字传遍世界
“APL”治疗方法已经成为你一块永恒的丰碑
可是你的脚步并没有因此停滞
在医学科学的山路上你不断登攀
你联合应用维甲酸和氧化砷
成百上千的白血病患者得到治愈
廉价的药物攻克了世界性的绝症
你创造的“上海方案”赢得了国际学术界的赞誉
你的医术拯救了无数绝望者的生命
你的业绩成为20世纪标志性的成果
这是你莫大的欣慰和幸福啊
当你收到一位三十多年前的病人的特殊礼物
你抑制不住内心的激动
那几双普普通通的袜子
却凝聚了对你深深的感激和崇高的敬意
那是你付出的大爱所获得的珍贵的礼物啊

你用博大的仁爱去温暖患者
用高尚的医德去照亮人间
当病人付不起药费
你从微薄的工资中代付
当你看到病人在绣画
你掏钱买下以接济她巨大的医疗费用
那幅手绣的画至今还挂在你的办公室
那可是你博爱的见证啊
你的心中时时装着病人

天天在提醒自己不能忘记病人的痛苦
你那轻柔徐缓的话语让病人如坐春风
你那甜蜜温馨的微笑让人感觉如同亲人
你给予病人的温暖也像是一副良药
抚慰着每一位病人的心理
你对病人的关爱细致入微
甚至一日三餐你都要细心察看
病人即是你心中的上帝
解除患者痛苦就是你神圣的职责

你用“两个不断”来铸造职业生涯：
“不断端正自己的思想和行为
不断学习钻研和思考”
你的人生旅途充满挑战
从临床走向病理教学
你不得不重温大学课程
从医学转入法文教研
你忍痛割爱开辟新的天空
从西医进入中医
你发现了中药治疗动脉硬化的功效
你将传统医学与分子生物学嫁接
为癌症治疗打开一条新的通道
五十多岁时你每天还要面壁练习英语
从零起步，口语是那样娴熟而幽雅
年近八旬你还不远千里到外地请教取经
在人生迷茫时
你从未受纷繁环境的干扰
在“白专”帽子满天飞的年代
你依然执着于你的学习和教学
在耄耋之年你每天都在搜索国际最新文献
做好功课应对每周“开卷考试”
为年轻人当好顾问

你曾说过“人生就像抛物线”
是啊
在你人生的珠峰
你创造了无限风光
在你渐近低谷时
你又用你的手臂托起新的“抛物线”
不是吗
你亲手创立的小小血液研究所
如今已是洋洋大观的国家重点实验室
上百项的国家与国际课题在这里开展
一批批顶级精英从这里走出
你生命的光华从这里升起
43259号小行星的光辉
将永远普照人间

王振义，中国工程院院士，内科血液学专家，上海瑞金医院终身教授，荣获2010年度国家最高科学技术奖。曾获得法国荣誉骑士勋章。

1924年11月30日出生于上海公共租界的一条石库门里弄，小学就读于法租界萨坡赛小学，中学毕业于震旦大学附中(今向明中学)，因成绩优秀而直升震旦大学。

“上海方案”是指王振义院士不断优化治疗方案，王振义发现联合应用维甲酸和氧化砷治疗APL（急性早幼粒细胞白血病），可使五年生存率上升至95%，从而使APL成为第一个可治愈的成人白血病。为此，国际血液学界特将此方案誉为“上海方案”。

“开卷考试”是指王振义院士晚年，规定每周四上午，回答事先由年轻医生和学生提出的真实疑难病例的解决方案，这些方案都是他上网查阅最新文献资料，然后总结提炼而成。

高瞻远瞩深谋宏略　功勋卓越高山仰止

——献给朱光亚院士

纷飞的战火
血腥的大地
是你童年的噩梦
家园丢失颠沛流离
是你永远抹不去的记忆
伫立大江口岸
租界林立的高楼
你的心潮像江涛一样翻滚
这是民族的屈辱啊
奔流直下的江水
你感叹逝者如斯
少年志在何方
苍鹰告诉你：到蓝天上飞翔
江涛告诉你：不畏险峰暗礁
是啊，少年智则国智
少年强则国强
你少时立下了“苦读出真知”的誓言
你憧憬着自然科学的美丽风景
山城的校园
留下你青春的风采
西南联大的灯火
照亮你日夜耕耘的背影
你像一只勤劳的蜜蜂
在百花园中采集酿造

你像一只展翅的苍鹰
在科学的天空里翱翔
你沐浴在浓郁的文化氛围中
你陶醉于多彩的知识长廊里

广岛上空的一声巨响
唤起了你制造核弹的梦想
逐梦到密执安大学去
到核科学世界去探索
白日间你追赶太阳
星光下你把月亮拴在树梢
校园的石板路上有你匆忙的脚步
房间的书柜上摆满了你闪光的奖杯
国际学术舞台上有你铿锵的话语
你满怀赤子情怀奔走呼告
草坪上看见你集会
讲台前听到你演讲
你那封致全美留学生的公开信
至今还在神州学人的耳畔回响
多么澎湃的激情
多么感人肺腑的心声
在你的感召下
有多少爱国学子学成归来

你回来了
带着沉甸甸的果实
带着炽热的情怀
来不及和亲人多团聚几日
汽笛一声长鸣
你又匆匆登上北去的列车
你的大脑在日夜思索
你的墨笔在辛勤耕耘

关于原子能的论著
很快便横空出世放射出一束光芒
这是你奉献给祖国的一份厚礼
这一年你刚刚27岁
你的青春是如此的靓丽啊
当鸭绿江上的军号已经吹响
你在枪林弹雨中穿梭
在崎岖的山路上奔波
当你看到美国佬挥舞起核大棒
你迅速地敏感到
祖国要立于世界的强国之林
必须要有强大的国防
时不我待你心急如焚
你决心要在一张白纸上
书写壮丽的篇章
东北的黑土地上你撒播科学的火种
如诗如画的未名湖畔你开辟新的沃土
巍巍科学院的殿堂是你辉煌人生的起步
泱泱国防科委的大院是你创造奇迹的战场
祖国的需要是庄严的使命
你无怨无悔献出毕生的精力和智慧
当西伯利亚的寒流来袭时
你心中燃烧的烈焰更旺
当天灾人祸降临时
你的意志像钢铁一样坚强
从长城脚下到昆仑山脉
从戈壁滩到罗布泊
无数次会议与布局
无数次研究与试验
你像一位将军
运筹帷幄指挥若定
“两年规划”你助推了原子弹

在大漠戈壁上升空
“两弹结合”你将技术转化为军力
领袖的一声号令
你排兵布阵日夜鏖战
拨开了天空的一阵阴霾
让氢弹的白光直冲霄汉
这惊天动地的壮举仅用了两年八个月啊

你有超前的战略眼光
让地下核爆
没有被挡在“禁核”的门外
你用“中子弹”“小型化”
让新中国在五十一届联大上
挺直了腰杆
在科学的山峰上你总是立足最高处
用高倍望远镜瞭望未来
让中国的科学紧跟世界的步伐
核电的开发，“863”的制定
国防科技的规划
处处都闪耀着你的智慧光芒
在新中国的科学史上
你创造了一个又一个辉煌
可是你总是婉拒媒体的报道
一再说“先写别人吧”
你淡泊名利追求的只是奉献
你把一切都献给了祖国的科学事业
你的奖金、稿费，你的青春
乃至你的生命
真是“才德双馨不可量”啊
你的生命将化作行星
永远闪耀在璀璨的星空

朱光亚，我国核科学事业的主要开拓者之一，中科院、工程院资深院士，“两弹一星功勋奖章”获得者。被誉为中国核武器研制的科学技术领导人。

以他的名字命名的小行星——朱光亚星，国际编号为10388号，以表彰他对我国科技事业做出的杰出贡献。

1925年12月25日出生于湖北武汉，曾就读于重庆南开中学，1941年考入中央大学，1942年转入西南联大。1946年赴美留学，1950年回国。1952年调到吉林大学，组建了物理系，几年内使物理系跻身于全国先进行列。后调入中科院物理研究所、原子能所工作。

华佗再世疗救生民
“艺术人生”奉献忠诚

——献给王忠诚院士

手术台即是你的人生舞台
无影灯则是最绚丽的光彩
在脑干与脊髓的禁区
你挥舞闪亮的手术刀
在纤细的脑血管上
你飞针走线挥洒自如
世界性的难题在你的手中得以攻克
高难度的手术你像是一场艺术表演
小小的手术室
你展示了异样的“艺术”风采

穿上这身圣洁的工作服
走上这条拯救生命的道路
对你也许是偶然
要不你也许留在胶东半岛的丘陵上牧羊
也许去渤海湾里捕鱼
你的童年笼罩在战火的阴霾下
生活在灾荒连连的岁月里
因为贫寒你中断了汇文中学的学业
因为医学院免费你才选择从医
为了维持生活
你不得不奔波于学校与家教的路上

你不得不冒着风雪给居民送炭
你以坚韧的毅力完成了学业
你的毕业证书上浸透了你的汗水和泪水

当侵略者的炮筒对准我们的国门
当抗美援朝的枪声打响
你踏着昂扬的军乐和鼓点
在硝烟滚滚的鸭绿江边
搭起你救死扶伤的帐篷
你亲眼看到
浑身血迹的英雄从战场上被抬下
你清晰地听到
昏迷中的战士仍高喊着冲锋的口号
当子弹穿透了战士的头颅
你眼睁睁地看着他在你的手中躺下
永远地躺下
因为你没有回天之力
因为当时的中国还没有神经外科医生
这刺痛了你的心
刺痛了你的每一根神经
你深深地感到内疚
你站在鸭绿江边发誓：
要从零学起要建立起中国的神经外科
要疗救脑科疾病的患者
此后你用青春和生命兑现了你的诺言
你参加了新中国第一个神经外科培训班
走过了那段异常艰难的历程
没有标本
你们就到荒野上无主坟去寻找颅骨
冒着熏人的臭味去清洗漂白一块块头骨
没有教材
你就到图书馆去找英文解剖学

每一张图片
每一根神经
每一段文字
你都能烂熟于心
大脑是人生命的禁区
密如纱网的中枢神经
极为脆弱的脑细胞
甚是简陋的医疗条件
“诊断难死人，手术累死人，疗效气死人”啊
为了改变现状
你要开创脑血管造影技术
难忘啊
在没有通风的暗室你精心地解剖
顾不上闷热和难闻的气味
在毫无防护条件的照影室
你冒着辐射的危险去拍照
忘记了个人的健康与安危
无数个日月的更替
多少次晕倒在工作室
中国第一部《脑血管造影术》
终于在你的手中诞生了
2500份影像资料凝聚了你多少心血
这是以你的健康和生命为代价换来的呀
为了这部“生命的指南”
你的白细胞急剧下降
免疫功能极度受损
影响了你一生的健康
但是你无怨无悔
因为你的幸福就是给别人送去健康
这就是你的人格魅力

你给帕金森患者带来了福音

你突破了脑干和脊髓手术的禁区
你是将手术刀探进人体中枢的第一人
拯救生命在你的眼里高于一切
在你的手中创造了众多医学奇迹
你成功地进行了脑血管吻合术
让瘫痪的患者重新站立
让中国写下了世界第三国的记录
当你接收一个脊髓肿瘤的患者
当你看到一个瘦骨嶙峋的大个子小伙
你知道手术的难度之大
你没有过多地考虑个人的得失
你只是想到如何去挽救一个生命
年逾古稀的你啊
在手术台前紧张地奋战了10个小时
干净利落地剥离了肿瘤挽救了生命
让一个濒临死亡的患者重获新生
你创造了惊人的“世纪之作”
很难忘啊，一次感人肺腑的抢救
昆明小伙子深陷家族脑瘤病史的厄运
那位母亲噙着泪水向你写信求救
她愿意捐出器官换回儿子的生命
她节衣缩食给儿子积攒医疗费用
是你一次次去信催促她尽快带孩子北上
永远不会忘记手术的那天啊
你在手术台前整整站立了13个小时
你是那样地镇定自若
你飞针走线简直是指尖上的舞蹈
手术成功了
又一个奇迹诞生了
这简直是“艺术杰作”
你让那位母亲感动得声泪俱下
你让天地动容

世界将记住一个奇迹：
凤凰卫视刘海若遭遇的意外事故
是你组织会诊制订特殊的治疗方案
让一个被英国判为脑干死亡的她获得了重生
重新坐在主持台前
向世界讲述慈善的故事
你让美国华侨脑膜瘤患者起死回生
你让俄罗斯脊髓瘤患者从美国转诊北京得以治愈
半个多世纪的探索与追求
你让中国的神经外科从无到有
从弱到强
直到站在了世界的顶峰
是你站在国际学术舞台上传播中国的声音
是你让世界了解了中国
是你让各国投来景仰的目光
有多少高危病人
在你的手中获得第二次生命
又有多少个家庭
从你的手中获得幸福与微笑
你那双手创造了世界第一
创造了生命的奇迹
你那双手助推了中国神经外科的发展
中国第一个神经外科研究所你创建
《中华神经外科杂志》你创办
北京神经外科学院你建立
你带着腰托走遍了多少城市和乡村
培养了多少基层神经外科大夫
你让学术之花开遍祖国的大江南北
你让老少边穷地区共享你的累累硕果
你希望你的学生从你的手中接过手术刀
在世界神经外科的状元榜上不断地刻上“中国”
放心吧

你的愿望一定能够实现
你的手术刀
你的精神一定能够会代代传承
世界医学史一定会被中国不断地刷新记录

王忠诚，工程院院士，中国神经外科事业的开拓者和创始人之一，世界著名神经外科专家，曾荣获2008年度国家最高科学技术奖。被剑桥国际传记中心、美国传记研究所收入“世界名人录”。

1925年12月20日出生于山东烟台，曾就读于烟台一中、北京汇文中学，1944年考入北平医学院（今北京医科大学），1950年毕业。

毕生探索“金三角”　数字诗国乐无穷

——献给谷超豪院士

“人言数无味，我道味无穷”
是啊
数学这一自然科学的皇后
在你的眼里魅力无穷
你为她而生
你为她而活
你的生命属于数学
你的人生因数学而美丽
你的外表文静儒雅静如处子
然而你一旦触及数学便神采飞扬
灵感的泉水汩汩而来
在名师荟萃的温州中学
你才华横溢如鱼得水
妙趣横生的智力游戏
繁花似锦的“数学园地”
“十万个为什么”的精彩世界
让你痴迷神往沉醉不已
兵荒马乱的年代
国难当头的岁月
你稚嫩的心灵萌生
革命可以救国
科学可以强邦
“国家兴亡，匹夫有责”

金色年华你走进红色的队列
街头宣传你振臂高呼
“五月读书会”你慷慨激昂
在抗日洪流中你冲锋陷阵
在“求是”园里
你沿着“革命”与“科学”的双轨前进
图书馆是你精神的乐园
经典理论是吸引你的磁场
攻克难题是你生性爱好
课内你才思敏捷
课外你博览群书
几何数字你情有独钟
物理科学你兴趣亦浓
数理联姻给你插上腾飞的双翅
复合营养让你的学术大树根深叶茂
也许“研究”是你的天赋
每一道习题你都要探求它的多解
每一个未知你都乐于挑战
格物致知让你的青春靓丽

曾记得弱冠之年你即声名鹊起
“三维空间代数曲线”你描述
“拉普拉斯变换”你求索
你的学术航向充满阳光
然而国家的需要
让你短暂地离开了钟爱的数学
不会忘记“长生路四号”科协的日日夜夜
你凝聚科学才俊
为新中国输送新生的力量
你心系国事，也忘不了图形、定理和公式
你匆忙的脚步声至今还不绝于耳
科协工作你四处奔忙

课堂里你聆听讲座，讲坛上你手执教鞭
夜晚宿舍的灯光下你孜孜不倦
你为“K展空间”时常彻夜难眠
你的思想让世界注目
你因此而登上国际学术舞台
周总理的关怀与勉励
“青年向科学进军”的嘹亮号角
让你热血沸腾豪情满怀
你伸开双臂去紧紧拥抱数学科学
从西子湖畔到黄浦江边
你这株新秀俊逸潇洒
让大师赏识
让同行钦佩
而立之年你走进了人民大会堂
领袖的接见
泰斗的垂青
让你心潮澎湃激动不已

你铭记重托肩负厚望
来到了魅力无限的莫斯科城
粼粼的波光灿烂的金顶
参入云天的白桦树
古典与现代交融的建筑
诗画般的世界并不能牵动你的心魄
你的世界你的追求
是要用数字符号去弹奏最美的交响曲
你的学术声望让学界领袖赞赏
你到风光旖旎的科学险峰去探奇
你到嘉当的《黎曼空间几何学》里寻找金钥匙
去打开“变换拟群”的通道
你巧妙的构思从容的答辩
令大师们交口称誉

仅一年的时间
便摘取了弥漫着芳香的桂冠
你是“莫斯科大学”当时唯一的中国博士
你和你的夫人在“黎曼空间”比翼双飞
给蔚蓝的天幕增添了华丽的风景
你敏感于科学前沿的风向
你把人生与国家的命运紧密相连
当超级大国的原子弹在广岛引爆
当导弹划破了苍穹
当超音速飞机在高空风驰电掣而过
当人类的第一颗卫星上天
你的心再也不能平静
你开始转向偏微分方程
要在空间科学领域释放你的能量
“机翼绕流”的难题你攻克
“空气动力学”“混合型方程”的应用你开发
你用那台简陋的计算机
让我们的超音速飞机翱翔蓝天
让我们的“两弹一星”气壮山河
你的脚步从来没有停息
你由数学园地跨入茫茫太空
用数学去诠释“规范场理论”
你的视野开阔而超前
跨世纪的难题在你的手中得到解析
你的名字蜚声中外
国际学术舞台有你的声响
从莫斯科城堡到美洲大陆
从莱茵河畔到法国的巴黎
处处都有你的脚步和话音

你的一生最快乐的是与数学为伴
你的追求是学习和创新

无论是在飞机上航行，还是在列车上奔驰
你从来没有放过学习的时间
哪怕是在你的病房
也是“横看成岭侧成峰”的书山
数学就是你的人生
数字和符号给了你生命的活力
你用诗意的语言去描述
科学和美在你那里得到完美的结合
耄耋之年
你的思想仍在天体运行的轨道上奔驰
“上得山丘好，欢乐含辛苦；请勿歌仰止，雄峰正相迎。”
正是你人生的鲜明写照

谷超豪，我国著名的数学家，复旦大学教授，中科院院士，为我国尖端技术，特别是航天工程的基础研究作出了杰出贡献。2009年获国家最高科学技术奖。

1926年5月15日出生于温州，曾就读于浙江第十中学（今温州中学），13岁时就投身于抗日洪流中，14岁时参加中国共产党，1943年考入浙江大学。1959年获莫斯科大学物理数学科学博士学位。

谷超豪曾将自己的三大研究领域——微分几何、偏微分方程、数学物理，亲昵地称为“金三角”。

格桑花般的靓丽人生

——献给于敏院士

你的名字隐没了三十年
隐没在茫茫戈壁
隐没在大山深处
你和你的战友在那里
日夜鏖战谱写壮歌
你这位“中国氢弹之父”
为了铸造祖国的钢铁脊梁
奉献了青春牺牲了家庭
你的身躯
像大山里的劲松一样伟岸
你的生命
像青藏高原的格桑花一样灿烂
你对祖国的挚爱
就像岩浆一般炽烈
因为亡国奴的屈辱史
给你的童年烙下了惨痛的伤痕
在你幼小的心底
埋下了振兴中华的火种
幼时你朦胧地懂得：
唯有知识才能改变命运
唯有科学方能拯救中华
为此你与星星作伴与明月为伍
终于以全科第一的成绩
从“耀华”走进了北大

未名湖畔留下你清苦而幸福的记忆
窝窝头、老咸菜伴你完成了学业
你在物理学的星空快乐地探索
你用整个生命来拥抱科学
为了破解一个个谜团
为了验证一个个假想
你让青春燃烧，让热血沸腾
在你刚刚而立之年
日本专家送你一个雅号
“国产土专家一号”
是啊，你的双脚虽未跨出过国门
但是你的双手却创造了世界的奇迹

你在科学的空白处书写了精彩
氢弹原理你突破
原子核理论你形成独特的思路
为了实现童年的梦想
为了我们的民族不再受欺凌
你含辛茹苦忍受寂寞
大山深处有你宿营地上的篝火
戈壁滩上有你帐篷里的灯光
冰天雪地里有你流下的汗水
烈日骄阳下有你黝黑的背脊
你在风吹石头大如斗的戈壁上步履
你在崎岖不平的山路上奔驰
从京城郊外到大西北试验场地
从青藏高原到西南边陲
你总是在风尘仆仆中前行
多少次病倒了仍坚守营地
多少次休克了仍又站起
你长年和时钟赛跑
每天只休息六个小时

三十年你仅靠吟诵古诗来催眠
一张张图纸设计
一次次实验研究
一回回精准计算
你终于牵住了“牛鼻子”
1967年6月17日
当西北高原
氢弹的雷鸣声震天撼地
红色的烟云在高空翻卷
试验场地沸腾了
神州大地沸腾了
你的笑容也犹如山茶花一样灿烂
正如你所说：
“付出并获得回报是最大的幸福”

在科学的山路上
你的脚步一刻也没有停止攀登
当胜利的凯歌刚刚收起，
新的进军号又在吹响
地下核试验工程要突破新的瓶颈
你在绵延的群山里奔波
你在阴暗森冷的坑道里考察
仅用两年的时间
又一声巨响令大地颤抖
你虽然没有出国深造
但你同样站在世界的科学高峰
你的战略眼光依然那么高远
你始终站在科学的前沿设计未来
是你提出了核武器发展战略
引领了未来的方向
为了打破核垄断
从“惯性约束聚变”

到中子弹试验
从“核试验诊断理论”到
核武器小型化研究
你一次次开拓创新
走出一条自己的路
你时刻警醒自己：
“莫等闲，白了少年头，空悲切”
你始终铭记：
“男儿千年志，吾生未有涯”
无论冰霜雪雨风云变幻
都不能撼动你的意志
在那文化洪荒的愚昧岁月
你蒙冤受屈几经磨难
但你凭借信仰与毅力
用热忱去照亮那片天地
你仍潜心治学锲而不舍
你就像戈壁上盛开的马兰
“马兰花，马兰花，风吹雨打都不怕”

试验场上你是一位“大力神”
生活中你又是那样平易近人
你教诲青年是那样的诲人不倦
你以你的行动垂范青年
你用你的精神点亮灯塔
即使在晚年
你仍在知识的长河中遨游
关注科学，研读文史，欣赏京戏
你的爱好是那样的广博
你乐在其中其乐融融
你永远拥有青春的活力
科学的青春属于你
生命的青春属于你

于敏，核物理学家，中科院院士，“两弹一星功勋奖章”获得者，被誉为“中国氢弹之父”。

1926年8月16日生于天津宁河县，中学就读于著名的天津耀华中学，1944年考取北京大学，1951年起，开始研究核科学理论。

一生结缘航天路　青丝白发终不悔

——献给孙家栋院士

在千山的山顶
望日出日落
看月圆月缺
在半岛的海边
听如歌的涛声
赏大海的乐章
小时候广泛的阅读让你大开眼界
“女娲补天”让你萌生了穿越宇宙的梦幻
“嫦娥奔月”让你产生遨游太空的畅想
童年的你
把绚丽的梦编织在蓝天
把璀璨的星空收藏在心底
也许与蓝天结缘是你命运的注定
当新中国第一个元宵节的冰灯
点亮了冰城的校园
当校长在一片喜庆中宣布
人民空军征兵的喜讯
你激动的心如春潮般涌动
去与蓝天白云为伍
把青春写在浩瀚的苍穹
你满怀着喜悦与憧憬
坐上了开往京城的列车
你满载着祖国与人民的重托
登上了赴苏留学的航程

在莫斯科茹科夫斯基空军学院
你用青春的激情
书写了人生的华章
你以全优的学业
将自己的名字和照片
保留在金灿灿的光荣榜上
那沉甸甸的斯大林金质奖章啊
是你六年苦读对祖国的最好回报
让你终生难忘的是
莫斯科大学的音乐堂
毛主席对青年的殷切期望
让你生命的价值完成了一次质的飞跃
“世界是你们的，也是我们的，
但是归根结底是你们的”
激励着你把一生奉献给祖国

你佩戴着金灿灿的奖章
你满载着丰硕的成果
回到了你深爱的祖国
当你的双脚踏上这片久违的土地
你的一生就交给了壮丽的航天事业
当新中国的领袖和将帅们
共同呼喊出要搞“两弹一星”时
你的一腔热血被点燃成熊熊的烈焰
投身航天成了你义不容辞的使命
你离开了几年寒窗攻读的航空专业
进入一个陌生的导弹领域
从仿制起步
在堆积如山的俄文资料中
你夜以继日地翻译研究
在幽暗的隧道中寻找一线光明
当外国专家撤走

当技术资料被封锁
你顶住了西伯利亚的寒流
在自我研发的山路上挺进
用你的汗水和智慧
去创造奇迹
用你勤勉的双手去叩开
探访宇宙的天门
仅仅时隔两年
某型系列导弹相继升空
让中国人的豪气
在蔚蓝的天空照射出耀眼的光芒

当外国的人造卫星上天
当领袖挥手一声号令
“我们也要搞人造卫星”
你又离开刚刚熟悉并有建树的导弹事业
开始了你的新的追星历程
是你大胆地向周总理建言
才让“东方红一号”卫星轻装上阵
在太空以轻盈的舞姿飞舞
在第一颗返回式遥感卫星发射失败时
是你镇定沉着
坚定信心鼓舞士气
在第一颗通信卫星发生故障时
是你毅然签下了调整姿态的责任状
你让卫星成为信鸽
把最美的信息传遍天涯海角
你让卫星成为气象专家
把变幻莫测的风云画成彩图
呈现给千家万户
你给卫星安上了火眼金睛
让它能勘测地下宝藏

鸟瞰森林海洋
你让卫星成为哨兵
从太空瞭望祖国的山河海疆
你让卫星成为领航者
给海陆空点亮了航标灯
你创造了中国航天史上许多第一
第一枚导弹
第一颗人造卫星
第一颗返回式卫星
第一颗通信卫星
你亲眼见证了上百次的卫星发射
你亲手放飞的就有三十四颗

你炯炯的目光直射深空
北斗导航的网络你编织
“嫦娥奔月”的工程你设计
当“嫦娥”飞天的那一刻
人们欢呼雀跃
而你走进僻静的角落暗暗擦泪
那是喜悦的热泪啊
那是汗水与心血换来成功后的激动的热泪
人们不会忘记你啊
废寝忘食的朝朝暮暮
一次次晕倒在办公室里
一回回晕倒在试验场地
一番番晕倒在谈判桌上
人们永远铭记你啊
为了事业而忘了小家
女儿出生你没有陪在妻子身边
母亲离世你深夜赶回又匆匆离开
你虽在古稀之年
但仍老骥伏枥志在千里

你的脑海中只有“航天”二字
“豁出命去爱航天事业”是你一生的追求
在中国人造卫星的棋盘上
你是布阵的高手
你想得好远好远
祖国航天的未来你规划着
畅想着
你期待着有生之年
看到航天员登上月球
探测器飞上火星
相信吧
你的愿望一定会实现

孙家栋，中科院院士，运载火箭与卫星技术专家，被公认为“卫星之父”，拥有中国航天史上的许多第一。“两弹一星功勋奖章”获得者。

1929年4月8日出生于辽宁瓦房店，中学在锦州读书，后因战火纷飞，时局动荡，未待毕业就离校，1948年9月进入哈工大预科班学习俄语，1951年参加空军，随后被选派到苏联著名的茹科夫斯基空军工程学院学习飞机发动机专业，1958年回国。

你是熊熊的火炬　燃烧自己照亮世界

——献给周光召院士

让我们怀着一颗敬仰的心
仰望浩渺的星空
去寻找编号3462小行星——周光召星
看
她光芒四射绚丽夺目
她魅力无穷风采万种

你是一颗智慧的明星
你的光源
来自对祖国的挚爱
来自童年对科学的迷恋
当“七七事变”爆发
当中华大地遭受践踏
当空袭的警报在空中嘶鸣
当逃难的人群颠沛流离
在你幼小的心中
就投下了屈辱的阴影
埋下了科学救国的种子
童年的你对大自然的神奇充满兴趣
你用敏锐的目光去观察
他用聪颖的大脑去思考
一个个问号被消解
一道道难题被破译
山城重庆的菁菁校园

留下你踏实进取的脚印
闪耀你金色年华的光彩
大师辈出的清华园
回荡着你的朗朗书声
留下你踏着晨露的身影
如茵的草坪上你畅想未来
安静的图书馆你默默求索
莫斯科的异域风情
无法吸引你的眼球
精美的浮雕你无暇去欣赏
美妙的歌舞你也索然寡味
因为你的心中想着：
怎样让中国人扬眉吐气
在郊外的杜布纳
你孜孜以求沉迷于忘我的境界
你工作的频率
就像加速器一样飞转
你的脑海中
始终回旋着各种假想与推论
你的智慧像山泉一样涌出
一个个成果
一篇篇论文
雨后春笋般地产出
“赝矢量流部分守恒律”
让你蜚声中外
“相对性粒子螺旋态”理论
见证了你敢于挑战权威的气概
尚未而立之年你就硕果累累
你的业绩震动了杜布纳
震动了整个世界
你赢得了青春的喝彩
你为共和国赢得了荣耀

当西伯利亚的“寒流”袭来
当钱三强带去共和国温馨的问候
你决心已定：听从祖国的召唤
你带着沉甸甸的果实
带着一颗赤诚的心
回到了养育你的祖国

你心急如焚啊
祖国的需要就是你的战场
你还来不及和妻儿诉说离情
便又匆匆踏上征程
隐身于戈壁深处杳无消息
你要去完成核武器理论鉴定的使命
中子、粒子、量子、强子
高压物理、爆炸物理
流体力学、计算力学
浩瀚的科海任你遨游
你呕心沥血
为核试验奠定基石
你风尘仆仆
穿梭在沙海荒漠
当“专家”撤走陷入困境
是你拨开云雾点燃火光
当核爆“零”时前发现疑点
又是你让总理放心地微笑
当罗布泊上空一声巨响
当千万人卧薪尝胆的工程向世界发出捷报
35岁的你欢呼雀跃由衷自豪
然而赤胆忠心的你
在那阴霾笼罩的岁月
也没有躲过那场劫难
野蛮与愚昧灼伤了你的自尊

但你丹心报国终无悔
你前进的脚步一刻也没有停止
你的心胸比天空还要辽阔

你一生成果辉煌功勋卓著
你赢得了世界的殊荣
但你却说：
“我只不过是十万分之一”
是啊，只有这样的胸襟
才会有你执掌科学院的气象：
“民主、团结、融洽、活泼”
才会有自由争鸣的天空
才会有百花齐放的盛况
你说：“学术界是没有权威意识的”
是啊，只有挑战权威
才能攀登科学的高峰
你的目光高远而深邃
始终瞄准世界的前沿
你的思想驰骋奔放
始终立足于战略高地
是你吹响了改革创新的进军号
科技不再深锁在实验室
让它在企业的天地里开花结果
看吧
一个个公司像花朵一样
在大江南北盛开怒放
“联想”之星是那样亮丽
“中软”之光是那样耀眼
你呼吁：要让科普之光
照亮每一个山寨农庄
从城市到乡村
从学术报告厅到中小学课堂

处处都留下了你的足迹和声响
你的一生就是一把熊熊的火炬
燃烧自己照亮别人
照亮世界

周光召，著名科学家，中科院院士，“两弹一星功勋奖章”获得者，被誉为“中国科技领军人”。

1929年5月15日生于湖南长沙，1942年进入重庆南开中学，1946年考入清华，1951年毕业后转入北大研究院。1957年春，他被国家遴选派赴苏联莫斯科杜布纳联合原子核研究所从事高能物理、粒子物理等方面的基础研究，1961年2月，奉召回国。

“神威”给力壮中华 高速助推现代化

——献给金怡濂院士

1999年9月30日那天晚上
北京城笼罩在迷蒙的滂沱大雨中
多少人的神经在紧绷
多少人的心在焦虑紧张
整个京城似乎都屏住了气息
因为10月1日新中国的盛大庆典
将要在天安门广场隆重举行
这时只有你的脸上露出丝丝兴奋
因为“神威”运算判断：
次日清晨将雨过天晴
你抑制不住内心的喜悦
把这一喜讯传递给北京
传递给祖国的四面八方
“神威”真的很神奇啊
国庆大典那天红日当空一碧如洗
你就是“神威”的缔造者
中国巨型计算机的“一代天骄”
童年的强国梦终于在这一天得到了见证

你的童年有颇多温情的记忆
名门书香的气息熏陶着你
父亲谆谆的教诲激励着你
“科学救国”“自我奋斗”“自信”
铮铮有声的话语时刻在你的耳畔响起

当你看到小学时的校长因抗日而惨遭暗杀
你心中的怒火如地下的岩浆
你发誓要为国家的强盛而奋斗
从耀华小学到耀华中学
你在宽松的育人环境中自由地探索
你在探索中培养了浓厚的科学兴趣
钻研与思考形成你独特的爱好
你的少年放射出金色的光芒
你辛勤的耕耘收获了丰硕的回报
在你中学毕业时
竟同时被四所名校录取
记得在你选择清华的那天晚上
你兴奋得彻夜难眠
因为圆梦将从清华园开始

记得大学的几年
时间对你来说过得飞快飞快
你恨不得把太阳永远定格在天空
晚上学校的图书馆你第一个跑进
彻夜通明的餐厅
总少不了你读书的身影
在你毕业的那一年
人类已经悄然走出了迈向信息时代的第一步
世界第一台计算机已经问世
你有幸参与了我国雏形计算机的研制
这本不是你的专业
由电机转入电脑是一步不小的跨越
但是你曾说过:
“学校只是获得知识的一个途径,
更多的还须自己去学习,
去培养思维与想象的能力”
在新的征途上

你不断拓展跋涉前进
记得毕业的第三年
“三等功”的勋章就授予了你
你是刚刚25岁的小伙子啊
机遇青睐有准备的人
27岁时你肩负着祖国的重托
来到了红场登上了列宁山
走进了闻名遐迩的莫斯科的科学中心
开始了你的计算机研究生涯
语言不通你就一字一句地攻关
乘公交、坐地铁你都手不释卷
夜晚你顾不上一天实验的劳顿
焚膏继晷常常学习到夜深人静
因为童年的梦想，祖国的重托在激励着你
忘不了啊1957年11月17日的下午
莫斯科大学的礼堂欢声雷动
毛主席那段激励青年的名言
鞭策着你一生为科学而奋斗
在你回国途中
当列车飞驰在茫茫的东北原野上
当你看到一轮红日从东方冉冉升起
你按捺不住心中飞扬的激情
透过车窗翘首眺望
她是那样鲜红而充满活力
你顿时感到青年人不正像主席所说：
像八九点钟的太阳吗
当你走下列车
迎接你的是火红的年代
你将让激情和热血在这片土地上燃烧

难忘啊，在那饥饿的岁月
四年间你和你的战友研制出四台大型机

创造了中国计算机史上的神话
中国第一台大型计算机永久储存你的名字
当“三线”建设的号角吹响
你背起行装挺进大西南
走进了封闭静谧的深山老林
在那里你一待就是二十年啊
这可是漫长的岁月
你常常要搭上卡车翻越山头
坐上火车到京沪查找资料
你的心中时刻在揣摩如何开拓创新
国外的封锁深深地刺痛了你的心
你要走出一条自我生存发展的道路
要让我们的步伐和世界同步
由电子管向晶体管你实现了跨越
从双机并行到多机并行你取得了突破
“中国血统”的巨型机赢得了元帅的赞叹
你又以敏锐的目光瞄准国际前沿
向大规模并行进军
要让中国巨型机跨上国际快车
你荣幸地承担起研制“神威”的重任
面对这庄严使命的挑战
你掷地有声：
要实现十亿次向千亿次的飞跃
真是“蜀道难难于上青天”啊
然而你以超人的胆略和气魄
高擎“帅旗”焕发青春的活力
向着科学的顶峰冲刺
要让每一个焊点每一枚螺钉
都达到国际水准
这一年你已经是花甲之年
难忘啊一个个奋战的日夜
为了确保“零缺陷”

你每天都在震耳欲聋的车间全程跟踪
一身工作服
一把手电筒
你俨然就是一位普通的工人
为了不辱使命
为了弄清一个难点
你常常要连日吃住在工作室
你常常要一天跑几个城市去查找文献
你常常要一天听几十个人的汇报
数以万计的组件要靠手工去组装
堆如小山的图纸你要去一张张翻阅
你就好像一台组装计算机的“机器”啊
你就像一场“交响乐”的指挥家
在“神威”测试的机房
你目不转睛屏住气息
直到“一切正常”你才像孩子似地欢跳起来
你付出多少心血和汗水啊

期待的一天终于来了
1999年9月的一天
值得永恒地纪念
中国向全世界宣布：
3840亿次每秒的“神威”诞生了
她为新中国的五十大庆立下了汗马功劳
她为澳门回归完成了光荣的使命
她绘制了世界上第一张农作物基因图谱
她精确地分析了地下石油的分布
她大大缩短了新药研制的周期
她加速了航空航天工程发展的进程
她为产品测试提供了便捷的模拟
她为时代的列车注入了强劲的动力
她为中国现代化安装了“加速器”

这一个个辉煌都凝聚着你的智慧
你是一位“做大事的人”
你的功业将永远刻入历史的丰碑

金怡濂，中国工程院院士，我国高性能计算机领域著名专家，是中国巨型计算机事业的开拓者之一，2003年获得国家最高科学技术奖，朱镕基称赞他是一位“做大事的人”。

1929年9月5日出生于天津，祖籍江苏常州。他的家族中有许多成功人士，家庭环境对他的影响很大。早年就读于著名的天津耀华小学、耀华中学，1951年毕业于清华大学电机系。1956年到苏联科学院进修电子计算机。1957年11月17日，毛泽东同志访问苏联在莫斯科大学接见留学生时说：“世界是你们的，也是我们的，但是归根结底是你们的……”

立足田间稻谷丰登金浪滚
放眼全球仓廪殷实天下欢

——献给袁隆平院士

童年
你在兵荒马乱中颠沛流离
在饿殍遍野中阅尽苍凉
那是一个满目疮痍的世界
从塞北到江南
从平原到山区
战火烧焦了贫瘠的土地
黎民在饥寒交迫中煎熬
在共和国那场自然灾害中
干旱肆虐、田禾枯萎、家徒四壁、哀号凄凄
叩苍天无语凝噎
问大地泪痕连连
你亲眼目睹了饥馑荐臻的惨象
你开始思考如何让人类温饱
你曾经有一个梦
一个很朴素的梦
没有春花那样缤纷
没有阳光那样灿烂
但是她是世间最美的梦
你梦见水稻像红高粱那样高大
谷穗像一串串葡萄那样丰硕
这也许是虚无的神话
但你用一生的时光来追逐

你选择了农学
因为你深深地爱着这块土地
你要在广袤的原野上创造奇迹
你把稻田作为课本在那里探寻学问
当你在西南农学院学有所成
匆匆打理行装从山城重庆
来到湘西雪峰山麓的安江
这是一块世外桃源
你的人生将要从这里起步
你将要在这里书写传奇
你头顶烈日双脚深陷秧田
你低头曲背两手磨出血泡
你苦中有乐因为你守望着希望
1960年7月的那天
你突然发现“鹤立鸡群”的植株
那是“天然杂交稻”
上帝送给你一个灵感
你要研究人工杂交水稻
让“山鸡”变为“天鹤”
让家家户户的餐桌上有白白的米饭
你踏破双脚寻寻觅觅
在波光粼粼的洞庭湖畔
奇异的“天然雄性不育株”终于进入你的视野
你像呵护婴儿一样精心照料
两年的春播与秋翻
终于繁育了后代
这可是金种子呀
在它的身上闪烁着希望的光芒
那饱满的颗粒贮满了你金色的梦
正当你热情高涨时
一场噩梦笼罩在中国的上空
“白专”的帽子强加在你的头上

尊严受到侮辱
试验被迫中断
然而电闪雷鸣不能阻止你前进的步伐
风雨过后终见彩虹
还记得古盘七号农田
133平方米700棵不育秧苗
一夜之间不翼而飞
你心痛欲绝悲愤交加
那是你撒播的心血和希望啊
在一口废井中你终于找到了残留的五株
这可是你的掌上明珠啊
你像对待几世单传的男婴
把你所有的爱抚都倾注在那片温床上
风里雨里你呵护着
五级地震你坚守着
数千次试验
多少次挫折和失败
然而你不气馁不放弃
当一缕春风从你的面颊上拂过
当一束阳光照亮你脚下的小路
你热血沸腾迈出坚定的步伐
到云岭之南采一片彩云
去滇池岸边掬一抔圣水
上五指山寻找“野败”
下万泉河引来甘泉
在瑰丽迷人的湘西
用你那粗糙的双手去书写英雄的史诗
你像催生婆一样
用你的智慧杂交繁育“混血儿”
不知道你多少次风雨兼程
不知道你多少个日夜在田间守望
1972年“二九南1号”终于在你的手中诞生

你攻克了“三系”配套的难关
你用意志与信念将一个个障碍跨越
在荆棘中前行
在激流中勇进
“南优二号”问世了
这一喜讯
不逊于湘西的百灵鸟唱出的山歌
那样动听那样甜美

你在静谧的山区唱响了希望之歌
你给亿万人民带来了福音
当你突破了“制种关”
又一支凯歌在中国的上空回荡
不会忘记那年浩荡育种大军云集海南
你就像站在田间指挥若定的将军
一位衣着朴素的农民将军
这是一场不同寻常的战役啊
你的“产儿”将要绿遍神州大地
天下粮仓将因你而殷实
当科学的春天到来的时候
你站在人民大会堂的主席台上
洋溢着喜悦接受人民的嘉奖
然而你的愿望你的追求更高
探索与创新永远是你的方向
育种战略构想你提出
“863”两系杂交水稻你挂帅
超级育种技术路线你指引
你不断地超越自我领跑世界
有人担心中国因人口而出现危机
“中国威胁论”不绝于耳
是你举起手中沉甸甸的稻谷
向世界宣布：中国粮食完全可以自给

这话音多么铿锵有力
多么激动人心震撼世界
你的声音响彻五洲四海
在国际学术舞台上处处可以听到你的话音
从马来群岛到多瑙河流域
从以色列的海岸平原到美洲大陆
处处都有你的脚印
你的种子撒播世界
你给世界人民送去了幸福
也带去了民族的友情
你以金色的谷穗架起了外交桥梁
你虽是一介“农夫”但你影响了整个地球
你的金杯之光足以照亮世界
你的星星之火足以温暖人间
“8117”号小行星的星光将永远照亮寰宇
001号奥运火炬将永远普照大地

袁隆平，中国杂交水稻专家，“杂交水稻之父”，中国工程院院士，美国科学院外籍院士。先后获得“国家特等发明奖”“首届国家最高科学技术奖”等多项国内奖和联合国“科学奖”“沃尔夫奖”“世界粮食奖”。1978年3月18日，全国科学大会在北京召开，袁隆平出席大会并获奖。

1930年9月7日出生于北京，曾就读于武汉第四中学，1949年考入西南农学院（今西南大学），1953年毕业后被分配到湘西安江农校教书。

“野败”是指野生的雄性败育稻。袁隆平开始用它来进行杂交稻研究。

"后稷"育良种声名鹊起 大地耀金辉麦浪滚滚

——献给李振声院士

淄川的湖水荡漾起爽朗的笑声
博山的松涛喧嚣起喜庆的锣鼓
2006年的一天
你来了
满载着荣誉
洋溢着微笑
山村的田野为你绽开了鲜花
熟悉的乡亲为你献上了美酒
南谢村沉静在一片欢腾中
人们因你而自豪欢歌
历史的镜头记下了这难忘的时刻
当你伫立村头看着这片养育你的土地
漫长岁月的风雨
在你的脑际清晰地浮现
战争的恐怖
灾年的饥荒
笼罩你童年的心头
乞者塞路鬻儿卖女
饿殍遍野哀鸿嘶鸣
嚼草根吃树皮的惨象
在你的记忆中永远也不能抹去
"民以食为天"啊
你多么想做一个当代的"后稷"
让百姓能告别饥荒过得温饱

从你走进农大的校门那天起
你就把理想和抱负写在辽阔的田野上
每次从学校回家
你总不忘记给老乡捎去优质良种
送去的是丰收是喜悦
不会忘记那一个个兑换良种的火热场面
不会忘记那一张张朴实的面孔对你的期望
你在心中默默地许愿：
要为乡亲要为中国培养出优质麦种
故乡情结啊始终萦绕在你的心头
不管你走到哪里
一次次把金种子洒在希望的原野上
一次次把故乡的热土带回实验馆研究

当支援大西北的号角吹响
当黄土高原的白杨树向你发出呼唤
你义无反顾走上了西征的途路
走进了中国农耕的发祥地
来到了后稷的故乡
续写着“教民稼穑，树艺五谷”的史诗
难忘当年小麦条锈病的肆虐
田间收成的绝望
一片片枯蔫的麦子
一张张沮丧的面孔
怎不让你心焦如焚
25岁的你呀
决意要对小麦基因进行改良
这可是个世界性的难题啊
你以初生牛犊不怕虎的闯劲
攻坚克难挑战人生
几年种植牧草的经验
近千种牧草的基因特点

让你产生做草与麦的“红娘”的遐想
你要改变数千年来小麦抗病基因衰减的现状
你要让土地的产出能满足十几亿人的生存需要
你要让关中这片古老的土地生长出神奇的故事
每一个山梁每一块塬地
每一个丘陵每一片平原
到处都留下你深深的脚印
烈日炙烤着你的脊背
风雨吹打着你的身体
你是农民的儿子
不，你本身就是一位地道的农民
当你戴上草帽手拿镢头
在田野里谁也认不出你这位大学者
农村是你最开心的乐土
农民是你最深爱的朋友
百家饭你吃起来最香甜
乡间小路你走起来最舒畅
二十多个春秋的风雨
无数个不眠的夜晚
多少回你梦里还在思考
多少回你醒来又扭开台灯记录所思
一个个培养箱
一行行试验的麦垄
无不闪烁着你晶莹的汗珠
每当你寻觅到一个好的材料
每当你的试验有新的进展
你欢乐的笑容就像绽放的鲜花
当成熟期遭遇连绵的阴雨
当强烈的曝晒接踵而至
大片普通的小麦将会干青
唯有你培育的偃麦仍是那样富有生机
你为小麦成功地进行婚配

让它获得抗病抗逆的基因
一个世界性的难题在你的手中得以解决
小偃系列良种在你的手中闪耀着灿烂的光辉
“要吃面，种小偃”的歌谣在希望的田野上飞扬

你发起并领导了“黄淮海战役”
你率领数百名的科技大军
双脚踏遍了冀、鲁、豫、皖的村村寨寨
在大河上下
在淮河岸边
到处都留下你风尘仆仆的身影
你在这块辽阔的土地上
书写了壮丽的史诗
你让那低洼的碱地贫瘠的山丘
变成了天下粮仓
你创造了巨大的经济财富
你引领了全国农业的综合开发
你为粮食的快速发展奠定了基础
你为中国创造了“黄淮海精神”
你在博鳌论坛上向全世界宣告：
“中国人能养活自己”
你让人民挺起了脊梁
你为祖国赢得了无上的荣耀
你创造了神奇并继续创造着神奇
“苍龙日暮还行雨，老树春深更著花”
你要让小麦生长出彩色的麦穗
你要育出自花结实的小麦株系
你要在田野上画出缤纷的版图
你要在麦穗上弹奏出更奇妙的旋律
渤海扬波为你唱响赞歌
黄河绣锦为你献上绶带
大地记住你

人民记住你
你的名字将永远刻入历史的丰碑

李振声，遗传学家，中国小麦远缘杂交育种奠基人，有“当代后稷”“中国小麦远缘杂交之父”之称，中科院院士。2006年获得国家最高科学技术奖。

1931年2月25日出生于山东淄博，曾就读于淄博六中，1951年毕业于山东农业大学，曾在西北农林科技大学工作31年，中科院遗传研究所研究员。

青鸟展翅搏击长空　手敲键盘舞动人生

——献给杨芙清院士

当我们走进网络时代
当我们在信息高速上联通世界
当我们足不出户就可以一览天下
当我们轻轻一敲就可以创造奇迹
我们不得不惊叹“软件工程”的神妙
当我们看到高铁列车在大地上飞驰
蛟龙号在海底世界航行
神舟飞船在太空翱翔
现代工业的智能化生产
数字电视的异彩纷呈
我们感受到信息科学的无穷魅力
比尔·盖茨是信息时代的翘楚
他给现代生活带来了一场革命
他的名字如雷贯耳响彻世界
但当他第一次踏上中国这块土地
最想见到的一位同行就是你
你，一位身材纤小的东方女性
让世界微软大王敬仰叹服
那是因为“青鸟”把你的美誉传扬
不，你就是一只展翅高翔的“青鸟”
你从那青色的留芳声巷起飞
越过浩渺的太湖
越过巍巍的长城
你要飞上云端去放声歌唱

你要飞向蟾宫去追逐梦想
“有非凡志向，才有非凡成就”
是啊
“青云之志”铸造了你辉煌的人生
当你第一天跨入无锡女中
当你第一次看到居里夫人的画像
你幼小的心灵被震撼
你要发奋读书改变世界
你从轻盈的舞步得到感悟
你要用智慧的双翅来舞动人生
你在知识的园圃里辛勤地耕耘
你用晶莹的汗滴来播种希望
你这位江南才女终于佩戴状元的桂冠
走进了燕园
在未名湖畔绽放你的青春

难忘你在昏暗灯光下埋头苦读的身影
难忘你在中国第一个计算数学研究室的日日夜夜
你夙兴夜寐跋涉攀登
任凭条件多么简陋，路途多么曲折
一本泛黄的《线性代数》
一台陈旧的手摇计算机
无数个夜晚你手摇机器打破了夜的沉寂
你在思想碰撞的火花中
学会了思考，学会了读书
你用勤奋的双手构建知识网络
在一穷二白处书写人生的精彩
你带着祖国的重托与期望
到莫斯科的科学殿堂去求索
你的思维总是那么敏捷而富有创新
一个个数字在你的手中就像神奇的魔方
你的程序设计是那样严谨

那横空出世的“逆编译”
像一朵绚丽的山花夺目耀眼
当祖国第二次需要你“出征”
你义无反顾告别了年仅周岁的儿子
匆匆登上驶向西伯利亚的列车
你将在核子物理世界探寻“加速器”
每当你的耳畔响起
“世界是你们的，也是我们的……”的话音
你心中的激情在澎湃
你要以最好的成绩去回报祖国
几度春秋几多寒窗
你终于带着丰硕的果实
回到了沉淀着你的梦想的燕园
回到了养育你的这块生机盎然的土地
无数个晨光熹微的黎明
你最早打开实验室的灯
无数个月色笼罩的夜晚
你拖着长长的身影走回宿舍
明澈如镜的未名湖映照你奋发的英姿
秀美如画的燕园留下你躬耕的足迹
任凭政治旋风的扑打
任凭有人对你这位东方才女的丑化
你都无怨无悔地沿着科学的山路登攀
你爱事业甚于爱自己的孩子
你一定记得：
把襁褓中的女儿托付给公婆
让刚入学的儿子夜晚独守十六平方米的家
多少次当你拖着疲惫的身子站在家门时
儿子蜷缩在门口睡着了
你把泪水咽回肚里等着儿子长大后理解
科学需要执着需要寂寞
更需要无私的奉献

你永远不会忘记
第一台百万次150机诞生的激动时刻
是你和战友在国际赛场上赢得了速度
是你在共和国的大事记上增添了光彩一笔
你用创新与坚毅的双桨去开拓前进
DJS-200系列会战你冲锋陷阵
DJS-240机研制你指挥若定
你放眼世界洞察国际前沿
你首倡开展软件工程研究
你领军的“青鸟工程”
在祖国的蓝天上高高飞翔
二十年的风雨兼程长途跋涉
漫漫长夜寂寞鏖战
你凭勇气、信念和韧性
在崎岖的山路上登攀
你用汗水和智慧
铺出一条软件产业化开发的通衢
昔日你放飞的“青鸟”
如今已在大江南北的高空歌唱
你架起了IT联通现代工业的立交桥
放眼高新技术的星空
每一颗星星都折射出她的华光
青鸟给时代的列车加速
青鸟给我们的生活添彩
青鸟让世界更美
青鸟让中国梦更加斑斓绚丽
“忆往昔，峥嵘岁月稠”
当初的一张白纸
如今已经成为一流的工程中心
那是心血的凝聚事业的凝聚啊
从你的门下送出多少软件精英
在你的手中编写了多少专著教材

年轻时你青春飞扬
古稀时你老当益壮
你说你喜欢挑战，创造一点新东西
是啊
在科研与教学的路上
你永远青春不老
你创设的第一个软件学院
已经是“示范中的示范”
你的人生像春天的风景一样
永远那么充满阳光
永远那么生机无限
你的名字永远在世界名人录上熠熠生辉

杨芙清，女，著名的计算机软件专家，北大青鸟集团董事长，全国“三八红旗手”，中科院院士，北大教授。

1932年11月6日生于无锡，1945年考入无锡第一女中，1951年考入清华，1952年院系调整转入北大。1957年、1962年先后两次被派往苏联留学，学习计算机科学。

“逆编译”是指她的一篇反向思维的毕业论文“逆编译程序”，该论文被西方称为“程序自动化早期优秀之作”。

“青鸟工程”即是“大型软件工程开发环境”，它走过了从“六五”到“九五”四个五年计划，是国家重点科技攻关项目。

圆梦飞天情未了　常胜将军史流芳

——献给王永志院士

2003年11月17日
是你71岁生日
这一天你来了
回到了这片阔别多年的黑土地
回到了你事业起点的母校
回到了曾经和你朝夕相处的师生之间
你带着思念带着祝福
带着你的累累硕果走来
你带着深情带着童心
带着对晚生的期望走来
浑河荡起清波为你歌唱
山花绽开笑靥迎接你回家
岁月荏苒往事如烟
半个世纪如弹指一瞬间
你是一位农民的儿子
世代饱尝了文盲的辛酸
望子成龙是天下父母的心愿
让知识改变命运是唯一的选择
你沐浴着解放区的阳光雨露
你满怀着对人生的憧憬
走进了校园
追逐你的梦想
绽放你的青春
当你走进生物园

当你发现自然界是如此绚丽
想当生物学家的梦想在心中萌动
你幻想要让高粱像大树一样高大
要让稻麦像野草一样春风吹又生
可是当鸭绿江上的硝烟升起
当你发现美机侵犯我领空
当你看到我“苏米格”凌空迎战
你震撼了
你顿悟国防武器是国家安宁的盾牌
强大的空军是守护祖国海疆的利剑
你一改初衷
你要从黑土地上腾飞
去翱翔蓝天
去造访月宫
你以全优的成绩如愿走进了清华园
圆了你的飞天梦

你从紫禁城走向莫斯科城堡
在航空科学的摇篮寻找飞天的羽翼
国家的需要就是你的方向
飞机结构你细心解剖
火箭动力你认真研究
导弹航程你精心设计
你的翅膀是特殊的复合材料制成
你要在祖国的蓝天上自由地飞翔
“归来吧”这是祖国的期盼
亦是母亲对游子的召唤
人类的脚步已经跨入太空
时不我待啊
你满怀报国情怀和一腔热血
你满载着科学的琼浆
回来了，在神州大地上架设通天之路

在中国航天发祥地开始了你的飞天人生

在你的手中多种新型火箭成功发射

你是一位神箭手，一位常胜将军

可是承受的压力只有你自己知道

每一次发射你的血压都升降起伏

每一次成功你都像是从战场上厮杀归来

难忘啊，你让洲际导弹在太空划出一道亮光

你让地地导弹精确击中目标

难忘啊，你用逆向思维创造了第一枚火箭发射的奇迹

你成功地做了一次“加减法”

让火箭轻装上路达到射程

难忘啊，当“挑战者号”航天飞机爆炸

当欧空局阿里安火箭失利

当国际航天发射频出危机

你敏锐地捕捉到历史机遇

大胆构想“长二捆”运载火箭

你要让“中国箭”走向国际市场

“纸上谈兵”也见英雄本色

你以气壮山河的胆略和国际公司签订合同

你要塑造中国的国际形象

十八个月的时限

你背负的压力犹如一座大山

支撑起你的脊梁的是国家的使命

时间对你来说真是如白驹过隙

每一秒钟的滴答都震颤你的心灵

夜以继日，你抱怨地球转动太快

废寝忘食，你享受成功的快乐

1990年6月30日

“长二捆”终于屹立在大凉山下

她惊天动地呼啸而上直冲云霄

你开启了一条通天大道

兑现了你庄严的承诺

这是一次历史的跨越
西昌的秀山丽水在喝彩
祖国的长江黄河在歌唱

你在凯歌中挺进
你在挑战中创新
你把炯炯的目光投向更远的太空
你把载人航天的蓝图亲手绘制
朝思暮想呕心沥血
每一根神经都和外太空链接
每一个方案你都要精心设计论证
一个庞大的系统工程你指挥若定
从零起步你架起一条跨越银河的天路
1999年11月20日凌晨
在祁连山脚下
在大漠深处的酒泉
一声隆隆巨响“神舟一号”飞向蓝天
她把光芒射向宇宙
她把喜讯传遍大江南北
为了她的诞生
你度过了多少不眠之夜啊
你的思路总爱“标新立异”
你的追求总是不落窠臼
不论你承受多少压力
创新永远是你不竭的动力
“联盟”号你一举超越
“轨道舱”一舱多用世界绝无仅有
“点式搜救”海天一体独一无二
“逃逸救生”确保安全国际领先
跨越“猴子阶段”刷新世界记录
每一个系统都凝聚着你的心血
每一次飞跃都植入你的奇思妙想

创新是你思想的灵魂
综合素质是你成功的基石
通天之路你一手开拓
载人飞船你双手擎起
“嫦娥”奔月你挥手引路
“天宫”与“神八”亲吻你热心牵线
你的一生为了祖国
你的一切为了成功
你谱写了扬我国威的英雄史诗
你奏响了一曲曲爱国的壮歌

王永志，中国工程院院士，火箭技术专家，荣获2003年度国家最高科学技术奖。

1932年11月17日出生于辽宁昌图县一个贫苦的农民家庭。中学就读于辽宁实验中学。1952年考入清华，1955—1961年留学莫斯科航空学院，毕业后回国，长期在中国火箭研究院工作。

在抽象思维的高原上自由驰骋

——献给陈景润院士

你以一双纤弱的手臂
推动了连绵群山的位移
你用那双坚韧的脚板越谷攀岩
摘取了珠峰上的雪莲
你以你的执着与坚毅
创造了人生的奇迹
你的一生步履维艰命运多舛
在生活的沼泽地里跋涉
在铺满荆棘的山路上前行
贫寒的家境纷飞的战火
让你曾惊慌迷惘
让你曾欲哭无泪
快乐与你无缘
忧愁和你同行
你在苦难中学会了坚韧与忍耐
你的内心世界好像是一间紧闭的小屋
你要在孤独的荒漠上寻找自由的空间
你要在抽象思维的高原上驰骋飞翔
小小的你就对算术深深地着迷
晚上你让哥哥教你算数
田间你忙里偷闲做演算
学堂里你因为优秀遭嫉妒被殴打
母亲含泪劝你：
“要争口气，长大有出息”

你刻骨铭心默默地在书的世界中
寻找宁静与快乐
国文课上老师给你讲五千年的文明史
要你好好读书拯救中华
数学课上老师要你学好科学报效国家
当你脱口而出“韩信点兵”的数学答案
老师赞扬你说：将来你一定能摘下
数学皇后头上的那顶“桂冠”
一句千金的激励
永远定格在你的心中
成了你一生的梦想
高中时因贫穷而辍学
但你追梦的脚步并没有停止
在苦闷中挣扎
在泥泞中跋涉
靠自学修完了未竟的学业
你终于扬眉吐气地走进了厦门大学
这是一座极具南国风情的学府
依山傍海四季如画
然而大海的浪漫
花木的秀美
都不能激起你心中的涟漪
你所沉迷的世界要比大海辽阔得多
每当南普陀寺的晨钟敲响
你便从梦中醒来
踏着鼓浪屿的涛声
步履在你的数学王国
也许是阴差阳错
让你走上了中学的讲台
你自责自辱埋怨自己不会说话
其实你内心的理论波涌如潮
只是没有一个释放的空间

你是一匹千里马
需要伯乐来发现

还是回家吧，回到那面向大海的熟悉的校园
这是来自母校的呼唤
从此你像一只海燕在蔚蓝的大海上飞翔
你像一只山鹰在绵延的群山中翱翔
你在数学的深海中潜游
你在高耸入云的奇峰上攀登
在你的身后留下了堆积如山的演算的稿纸
留下了浸满汗水和血渍的脚印
你在图书馆那小小的角落
释放的光芒直冲霄汉
你披着彩云走进了国家科学院的殿堂
这里少长咸集群贤毕至
让你领略了学术星空的璀璨夺目
你才智的蓓蕾如获琼浆
在阳光下绚丽绽放
难忘啊，你把那斗室当作拼杀的战场
你让那盏油灯照亮你前进的隧道
难忘啊，啃着冷馒头从清晨到夜幕降临
沉迷于浩瀚的书海
等候理发时为了珍惜分秒
又一头钻进书店陶醉其间
难忘啊，住进病房你还偷偷地研究数论
神智昏迷你还记挂着数字和符号
路撞大树你竟然问是谁撞了你
出席大会你竟然带上行囊
你没有公园情侣散步的浪漫
你没有马路上优哉游哉的潇洒
你的全部心思都沉浸在快乐的数学王国
你节衣缩食把所有的积蓄都用来买书

你把全部的心智甚至生命
都献给了一生所追求的事业
无论误会和嘲讽，无论侮辱和迫害
你都在崎岖的山路上跋涉挺进
你都在那狭小的空间飞翔理性思维
一路走来叮咚的泉水和着你那铿锵的脚步
朵朵山花向你送来温馨的笑脸
蓝天上的云雀为你歌唱
悠悠白云为你献上哈达
数学王国那些难以登攀的险峰
你靠智慧和坚毅把它踩在脚下
最终你登上了珠峰
摘下了那棵稀世的灵芝
你的成果是空谷里的幽兰
是高寒里的杜鹃
是老林中的人参，是冰山上的雪莲
你首创的“陈氏定理”
像一颗璀璨的明珠光彩夺目
你所登临的光辉的顶点至今无人超越
你给科学的春天带来了一道盛大的景观
你给国际数学界点亮了一盏明灯
你自己也成了世界的一颗明星
在宇宙中永远放射光芒

陈景润，国际著名数学家，中科院院士，攻克了世界著名数学难题“哥德巴赫猜想”，被誉为“哥德巴赫猜想”第一人。

1933年5月22日出生于福建福州，儿时瘦弱内向，酷爱数学。曾就读于福建三元县立初中，后在福州英华中学读高中，由于家贫交不起学费，高中没有读完，靠在家自学，以同等学力报考，考取了厦门大学数学系，当时只有四人，因为成绩特别优秀，国家急需培养人才，提前毕业，1953年分配至北京四中，由于不适应中学教学，后又回到厦门大学，1956年调到中科院数学研究所工作。

钢花般的灿烂人生

——献给李依依院士

走近你
从你的微笑看出了你的自信
从你手臂上的点点斑痕读出了你的刚毅
从你稳健的步伐看出了你人生旅途的辉煌
你那俊秀而健美的体态
你那充满青春气息的朝气
把我们带进了你的青葱岁月
我们仿佛看到了操场上你健步如飞的背影
看到了航模赛场上你放飞梦想
你有梦——曾想做一名飞行员去翱翔蓝天
你有过痛苦——因为飞天梦被折断了双翼
当国家重建，钢铁先行的大潮涌动
钢铁强国的梦又在你的心中升起
你要把青春献给钢铁这宏伟的事业
难忘大学运动场上那青春跃动的身影
你没有当代“公主”的那般娇气
炎夏里，你顶着烈日，汗水洒满了跑道
风雪中，你冒着严寒，双脚踩出了一串串脚印
你用双脚打破记录
你让你的名字轰动京城
体育增强了你的体魄，锻炼磨砺了你的意志
运动给了你“不达目的终不休”的豪情
你钢一般的性格也许就是在风雨中炼成
从“本钢”实习回校的那一幕

也许至今仍历历在目：
老师傅那双粗糙而滚烫的大手
那句殷切期盼你回归的话语
你忘不了啊
那瀑布般的铁流
那金色的钢水
那飞溅的钢花
那火红的日子
你带着青春的梦想
带着燃烧的激情
来到了浑河岸边的“本钢”
来到了深情挽留你的师傅中间
开始了你人生新的长跑

遥想当年你豪情满怀
奔流的铁水映照你闪光的青春
巍巍的高炉见证你赛过男儿的身影
浓浓的黑烟给你抹上深深的“眼影”
飞扬的灰尘落满你长长的秀发
沉重的铁镐你挥动
火红的炉渣你清理
在“大跃进”时你和你的团队
连续几日几夜鏖战在炉前
你用你那动听的歌喉来消除工人的疲劳
你用你那激情澎湃的诗稿来催人奋进
你用拼搏荣膺全国第一
你用汗水铸造“青年红旗”
你走上群英会的领奖台
你成为一部话剧的原形
你用23岁的韶华书写了嘹亮的“青春之歌”
你的青春无论在哪里都是那么靓丽
高炉前你的青春是那样火红

金属所你的生命同样放射出异彩
在人生的黄金期你最大限度地释放能量
国家的需要就是你的使命
时代的号角就是你进军科技的号令
翻开共和国“五年计划”的史册
你的名字熠熠生辉
从民用到国防
从基础研究到应用开发
你书写了一页页的精彩
奥氏体低温钢研究你有新发现
“沉淀强化抗氢脆合金”你攻关
高压气相热充氢技术路线你规划
低温高压抗氢材料研究体系你创建
“抗氢压力容器用钢”你攻坚
可原位观察马氏体相变的金相低温台你首创
超低温高强无磁不锈钢你发明
“高强度抗氢脆钢”研究你担纲
可视化铸造技术路线你设计
高新科技企业群你培育
“高性能均质合金国家工程研究中心”你兴建
“北方新材料研究与发展中心”你建立
你用钢花编织了祖国建设的绚丽花篮
你用智慧和汗水浇铸出工业化的累累硕果
从电力到能源
从汽车到飞机
从钢铁到石化
从铁路到航天
你的成果在祖国四方闪烁
你的业绩在条条战线生辉
万吨巨轮激起的巨浪为你唱响赞歌
巍巍三峡大坝为你竖起丰碑
你曾为金属所描绘一幅壮丽蓝图

你要让她成为国际一流
你精心设计的绚丽画卷展现在世界的舞台
美国《科学》特刊了她闪光的名片

你是一位女中豪杰
为了共和国的伟业
你奉献了青春
燃烧着生命的激情
任凭道路多么坎坷
任凭条件多么艰苦
在科学的山路上你总是跋涉攀登无怨无悔
一家四口拥挤在几平方米的斗室你不叫苦
孩子睡在实验台上你不心疼
为了事业女儿刚出生四十天就送回娘家
你的时间耗尽在实验室的平台上
你的心中装的只有科学事业
科研就是你的生命
学术就是你的精神乐园
为了事业你总是精打细算节省每一分钱
每一次出差你总是匆匆赶回
外边世界的风景你从不“搭车”观光
每一次出国你总住进留学生宿舍
不愿去住豪华宾馆
你对自己总是那么苛刻吝啬
你对别人又总是那样温馨体贴
困难时期你把粮食计划本送给同志
为了员工的健康
你在全国率先实行五天工作制
不会忘记实验大楼下的咖啡屋
不会忘记各种运动器材
不会忘记那恬静的心灵休憩地
不会忘记你亲手创建的那花园式的科学大院

每一处布局每一个细节
无不流淌着你的温情
你着眼未来
精心搭建青年人成长平台
最早起用青年学科带头人
你的远见卓识为金属所的腾飞注入了动力
每当我们看到你在庭院里那轻盈迅捷的步伐
我们就仿佛看到了科学的灿烂明天

李依依，女，著名的冶金与金属材料学家，中科院院士，中科院金属研究所研究员，曾任所长。1994年1月在全国率先实行五天工作制（全国五天工作日开始于1995年5月1日），并在全国最先起用青年学科带头人，培养了一批青年科学工作者的骨干力量。

1933年10月出生于北京，原籍江苏苏州。曾就读于北京师范大学附中，1957年毕业于北京钢铁学院。

情满大地探秘　志远高天揽月

——献给欧阳自远院士

浩渺的鄱阳湖哟
风清浪涌
碧水蓝天
那里水草丰美鱼翔浅底
那里白云悠悠珍鸟云集
那里是鸟儿的天堂
那里是白鹤的故乡
那里有秀丽的山川
那里有神奇的传说
童年，你在诗意般的芳草地里逐梦
你随洁如白雪的芦花飞翔
多少回你梦中骑着天鹅遨游太空
多少回你登上落星墩仰望苍穹
你曾遥想太阳缘何光热无穷
你曾思考月亮何以如此晶莹如玉
你曾梦飞天河为牛郎织女架起鹊桥
你曾幻想身披彩翼邀嫦娥共饮美酒
你把所有的梦想化作无穷的动力
在人生的长跑中勇争第一
在事业的腾飞中直穿云霄
当新生的大地回荡起
“唤醒沉睡的高山，向祖国献宝”的号角
你放弃了医生世家的传承
选择地质要让生命如宝石一样闪光

你永远记得《长江日报》发榜的那激动的时刻
从此你深情地拥抱大地，遥望蓝天
你沿着长江登巫山上夔门
探寻矿藏的形成规律
你深入坑道一身泥浆
看岩层、观矿脉、采样品
当你发现铜铁矿床
你看到了工业希望的曙光
当你接触核子地质
你深知“中国长城”如何去铸造
当你因工作缺少相关专业背景
你甘当学生到课堂听课
你曾说过：
“一个人不一定要精通两门外语，但最好要学两门专业”
是啊，这是你的人生体验
你得益于专业的拓展
你的知识储备给你增添了无穷的能量

当地下核试验的计划拟定
从此你便消失在西北大漠戈壁
你迎着扑面的风沙
你翻越无数个山头
你啃着干硬的馒头
你宿营在荒凉的野外
每一块岩石都烙下你的手印
每一道溪流都映下你的身影
山体裂缝你勘察
地下水流速你测量
你要让石灰岩烧成通明的玻璃
让放射物裹藏其中
你用火眼金睛把地下核爆炸的地址选定
1969年9月24日一声地动山摇的巨响

山体隆起而落下
河流激荡而无恙
两年后当你再次进入坑道
呈现在你眼前的是另一个世界
一块块精美的奇石
一条条缤纷的“彩练”
那是人工造化的奇观
为了那激动人心的时刻
寒暑易节月圆月缺
你不知多少个春节没有和家人团聚
以至于当你踏上家门时
孩子说家里新来一位不认识的“叔叔”
你就是这样执迷于你的事业
大山的深谷贮满了你的深情
绵延的山峰挺起了你的脊梁

你立足大地仰望星空
当人类的第一颗卫星遨游苍穹
你已经敏感到“太空时代”即将到来
你意识到地质科学将牵手星系探测
你要开辟一块新的处女地
你要飞出地球来鸟瞰地球
你要去蟾宫与吴刚对饮
你要去火星发掘水源
为了圆你的梦
你一次次补给知识的琼浆
你深入天文世界探寻天体演变
你走进空间科学研究宇宙起源
你运用物理与电子科学
去破解浩瀚星空的密码
你把触角伸向“天外来客”
从“陨石”中去发现宇宙演变的轨迹

"陨石"——太阳系的考古样品
孕育生命的起源
行星空间的探测器
你要用这把钥匙开启宇宙的天门
你要把它作为"深空望远镜"去洞察星空
1960年在茫茫的蒙古大草原上
一位"不速之客"从天外而至
它风驰电掣雷霆万钧
硕大红艳的火球划破长空
勾画出绚烂壮丽的景观
这就是你亲密接触的第一块陨石
从此宇宙天体进入你的视野
你在地质与太空之间架设长桥
你跨越那浅浅的天河
你徜徉于"灯光"灿烂的天街
你作客于金桂飘香的月宫
你在明朝陨落的那块铁石中发现了奇迹
它的纹理是那样的斑斓
它的图案是那样的奇巧
那是在地球上须几亿年方可炼成的呀
1976年两位领导人的陨落
山河为之动容
草木为之悲泣
陨石也拉着白练为他送行
在民间酿成了神奇的传说
在你那是千载难逢的科学"艳遇"
白山黑水下的那场陨石雨
让你饱览了大自然的壮丽奇观
让你看到了它八百万年前受撞的伤痕
你测算出它四十六亿年的演化历史
你提出了它演化的经典模式
云贵高原那两块珍奇的陨石

让你体验了它身披彩虹而至的壮观
让你聆听了天崩地裂般的天音
从此行星学走进了你的学术空间
你从0.5克的月岩样品
确认了它采集的月球地点
你酷爱着地球
你也心仪着月亮
这一对孪生姐妹像你的亲生儿女一般
你研究月亮女儿的每一根长发
你探索她的每一块肌肤和骨骼
你深知谁控制了太空谁就控制了地球
多少次你奔走呼告要开展探月工程
当你的报告得到温总理的签字
你激动得心潮澎湃
你要把一生献给这一壮丽的事业
你要把“手”和“目光”延伸向月球
你畅想着奔月三部曲
“探月”“登月”“驻月”
你要去亲见这位梦中的“情人”
你要去亲吻她羞涩的面颊
你要去触摸她洁白的肌肤
你要让“嫦娥”在“虹湾”安下一个家
你要让“嫦娥”的明眸巡视月球瞭望火星
你要在月球上建立空间实验室
你要让月球上的能源造福人类
你要改良火星再造一个地球
你幻想着人类的大迁徙
你的飞天梦是那样斑斓美妙
你的追求是那样执着坚定
工作和学习几乎是你生活的全部
你的一生最大的爱好就是科研
为了科学你如醉如痴

40年过故乡而不入
年逾古稀一进家门便钻进书房
你的知识根系是那样发达
你的学术成果是那样辉煌
你的生命就像一颗流星
燃烧自己照亮了广阔的天宇

欧阳自远，著名天体化学与地球化学家，我国天体化学的开创者，中国探月工程首席科学家，被誉为“嫦娥之父”，中科院院士。

1935年10月9日生于江西吉安，1952年永新中学毕业后考取北京地质学院，1960年中科院地质研究所研究生毕业。从研究地质到领衔“嫦娥工程”，书写了精彩的传奇人生。

落星墩，位于鄱阳湖中，是一座小石岛，形如星斗，传为坠星所化。

1976年1月8日周恩来总理逝世，3月8日在吉林落下一场陨石雨。同年9月9日，毛泽东主席逝世，9月12日在云南境内也发现陨石，在民间有传说，说陨石是两位伟人的化身。

1978年美国送给中国领导人一件礼物——仅1克重的月岩石，有关部门将其送给欧阳自远，他取了0.5克作研究，另一半送给北京天文馆。

“虹湾”又名“彩虹湾”，是月球中一个美丽的地标。

激光照排垂青史　追星逐日著春秋

——献给王选院士

五千年的汉字
记录了五千年的文明
历史长河的起伏跌宕
她是永恒的见证
每一个汉字都是一幅图画
她画出了壮丽的山河
勾勒出民族前进的脚印
每一个汉字都是一个艺术符号
它浓缩了世间百态
放射出智慧的光芒
竹简飘散出浓浓的墨香
帛书描绘出精美的图景
雕版记载了历史的沧桑
活字流传着华夏的足音
忆往昔
我们曾以四大发明而自豪
当历史的车轮踏上现代的轨道
它只能是历史的遗存
作为“活化石”送进博物馆
当我们还在为古代文明高歌时
新技术革命的潮流早已把我们甩得好远
当我们还在拨弄那灰色的铅字时
照排印刷已经悄然领衔世界
一个发明活字印刷的古国

竟然是新科技文明的旁观者
当信息化时代向我们走来
有人怀疑我们古老汉字的烦琐
再度简化汉字的呼声此起彼伏
异想天开的“创造”
让汉字成为令人心怵的怪胎
有人提倡拼音文字
让每一个国人满眼是“英文”
汉字文化的命运可谓是岌岌可危
当汉字面临生死攸关的时刻
是你破釜沉舟创造奇迹
当“748”工程立项
你兴奋不已彻夜难眠
当年走进北大红楼时的梦想
终于等来了历史的机遇

曾记得风华正茂时
你选择了计算数学
因为你敏感到：它应用前景广阔
当你毕业后走进计算机研究室
你如鱼得水在数字王国尽情地遨游
滴答的时钟你感觉转动太快
每天你都在和时针赛跑
你就像一匹骏马奔驰在草原上
那样地自由而快乐
你的思想你的神情
和你的青春一起飞扬
在那个不堪回首的饥荒年代
劳累和饥饿摧垮了你的身体
然而躺在病床上的你
依然手不释卷继续学习研究
当你的身体稍有好转

你便又回到你战斗的岗位
你研制的高级语言编译系统
被列入计算机发展史册
在软硬件结合上
你找到了创造的源泉
为激光照排奠定了基础
你的追求你的信念
永远是那样执着和坚定
在那阴霾沉沉的岁月
莫须有的罪名横空飞来
世俗的眼光像一把利剑刺向你
你曾心灰意冷
但当“748工程”的重任落在你的肩上
你周身热血沸腾心潮澎湃
在科学的春天里
你焕发出青春燃烧着激情
忘记了自己虚弱的病体
心中惦挂的是总理的重托
你挤公交去科技情报所查阅文献
为了节省开支宁可少坐一站路
宁可手抄一本本资料
当你知道第四代激光照排有人正在研究
而我们还跟踪二代机后边奔跑
当你听说有人怀疑我们的汉字
在计算机时代将要走进坟墓
你心急如焚思潮翻滚
你心中明白
落后的不仅仅是技术
丢失的也不仅仅是文字
而是一种文化一种民族的尊严

你辗转反侧夜不能寐

手捧字典琢磨每一个汉字的构架
在纷繁的汉字里寻找规律
数学描述方法终于在你脑中闪现
汉字的分解、压缩、还原
在你的手中魔术般地变幻
十八年的探索，科学之树终于结出硕果

怎能忘你那疲惫的身躯从没有停息
节假日对你是一种奢侈
追星逐日是你快乐的享受
除夕之夜你的冰箱竟然空空如也
一块豆腐伴你度过一个新年
生活是那样清苦
科研是那样投入
收获是那样丰硕
“华光”照排系统的堡垒你一个个攻克
世界第一张激光照排中文报纸在你手中诞生
是你让出版界将那沉甸甸的铅字抛却
是你让印刷业告别了铅与火
是你引领着人们进入了光与电的时代
是你绘制出色彩斑斓的中文报纸
是你完成了远程传送版面的新技术
世界第一个中文页面解释器你发明
方正“93系统”你推出
新闻采编系统你研制
动画制作数字视频你大胆尝试
创新永远是你产出成果的源泉
你陶醉在科技的美学世界
在科学的山峰里你不断地攀援
你像沙场上的一位宿将
在汉字军营中摆兵布阵
你让古老的汉字焕发出青春

你让汉字成为联系世界的桥梁
你让汉字走向世界
你让中国的文化登上国际舞台
你是一位伟大的当代毕昇
你不仅在科学的山路上登攀
你也在市场的大潮中冲杀
你是将科技推向市场的领头羊
你延续了华夏文明
你也创造了巨大的有形和无形的财富
你用巨臂推动了历史车轮飞驰
你的成就你的名字
将像华光一样照耀寰宇

王选，中科院院士，工程院院士，我国汉字激光照排系统创始人。他的激光照排技术被誉为汉字印刷技术的第二次发明，他是中国古代四大发明的真正继承者和开拓者。2001年获国家最高科学技术奖。

1937年2月5日出生于上海，江苏无锡人。曾就读于著名的上海南洋模范中学（今七宝中学），1954年考入北大，从小学到大学当了12年学生干部。

“748工程”，指的是1974年8月,周总理批准我国自主开发汉字信息处理，推动汉字印刷告别铅与火时代的一项工程，即汉字信息处理系统工程（简称“748工程”），是一项高技术的系统工程。

坚韧如磐　柔情若水

——献给张立同院士

你的微笑始终是那样温馨
你的明眸始终透出坚毅与自信的光芒
那文弱身影的背后
是你铸造的直插云天的战鹰
那稳健步履的脚下
是你攀越的座座高耸的山峰
你把一腔热血挥洒在祖国蓝天
你把满腹衷肠奉献给军工战线
因为纷飞的战火灼伤了你幼小的心灵
敌机轰炸中逃难成为你童年的噩梦
“没有国哪有家”的强音
震撼着你那颗稚嫩的童心
投身国防保家卫国
是你坚定的青春抉择
你的激情在三秦大地上燃烧
你的梦想在西北工业大学的校园绽放
你的意志在炽烈的炉火中熔炼成钢
你结缘材料也要把自己锻炼成特殊的材料
当国际熔模铸造给飞机装上了心脏
当祖国的铸造还是举步维艰
时值风华正茂的你啊
澎湃着心潮
飞翔着梦想
走工厂下车间

当你看到一个个叶片被报废
一个个难题阻碍了航空事业的腾飞
你焦虑不安彻夜难眠
你要啃那精密铸造的钢铁
你要让雄鹰翱翔于祖国的蓝天

在那乱云飞渡的年代
你泰然处之心无旁骛
你在心中点亮了一盏明灯
“唯有事业最风光”
经费捉襟见肘
原料没有着落
孩子拖累在身
一道道难关任凭勇夫也难以翻越
但你巾帼不让须眉
你坚信：“功崇惟志，业广惟勤”
你常说：“科学研究是不拒绝女性的”
是啊
只要雄心勃发意志如磐
再高的山峰也总踩在攀登者的脚下
小儿子刚满月送回老家
大儿子八岁时方接回身边
你对家有很多很多的内疚
在事业与家庭之间
你把心血全部献给了航空事业
一天天、一月月、一年年
你无暇照顾家庭你无暇辅导孩子
一间陋室一住就是十八年
闷热的暑夜你手摇蒲扇
寒冷的冬天你用毛毯裹住双腿
手捧着书本你其乐融融
知识的海天让你心旷神怡

浩瀚的图书馆你忙碌地穿行
海量的资料库你终日查阅
简陋的厂房是你生活的乐园
机器的轰鸣是你最悦耳的音乐
无数次试验
上万个数据分析
紧张与疲劳让你靠安眠药入睡
任凭身体消瘦
任凭高炉烘烤
任凭双眼被火焰灼伤
你的激情和通红的炉火一起燃烧
千锤百炼中你探索出叶片变形的规律
中国第一个无余量叶片终于在你的手中诞生

你“点土成金”
让“上店土”变为“高级莫来卡特”
将中国的熔模铸造推向国际前沿
你不断刷新纪录创造奇迹
正如你所说：“没有创新，就没有超越”
第一代石膏型精密铸造你研制
泡沫陶瓷过滤器你发明
航天飞机隔热瓦你制备
中国航空发动机你给力
你的业绩犹如放飞的卫星
照亮蔚蓝的天幕
你让罗罗公司赞誉不绝
你引起世界目光的关注
你带着求知的渴望
带着祖国的重托
在克利夫兰你为中国人赢得了荣光
一个月你让困扰的难题出现转机
一年多你让特种材料横空出世

你的才华让洋教授惊叹不已
你以敏锐的科研嗅觉
判断“增韧高温陶瓷”是亟待攻克的堡垒
“航空为本，扩大基础，重点突破”
是你恪守的准则
不会忘记那无数个日夜的鏖战
在你的日历上没有星期假日
你生命的时钟始终在不停地运转
没有经费你四处奔走八方呼吁
没有设备你自行研制国内首创
酷暑里高温炉旁你汗如雨注
寒冬里冰冷的机房你热情高涨
除夕之夜当千家万户爆竹声声
你仍在实验室分析那一串串枯燥的数字
一次次失败几乎浇灭你那希望的火焰
中国的科研几乎容不得失败
面对黄牌警告的风险你不放弃不言败
你坚信：“科研有险阻，苦战能过关”
你说“事业的乐趣，就在于攻克一个个难关”
曾记得当经商大潮冲击着校园
你像汹涌江涛中一块磐石岿然不动
坚持、坚持、再坚持
你坚信胜利存在于再坚持一下的努力中
在坚守中你终于渡过了难关迎来了曙光
一粒拇指大小的“金丹”——陶瓷基复合材料
终于在你的手中放射出耀眼的光芒
你用8年时间走完了西方20年的历程
你用智慧和坚韧打破了洋人的封锁
你给空天飞行器装上了青春的心脏
你给核能燃气轮机注入了生机和活力
你用你的双手助推“嫦娥奔月”
你给军工民用的条条战线带来了盎然的春机

你领衔的军团已经成为国际赛场上的一支劲旅
基础平台你夯实根基
工程化进程你催马扬鞭
你的创新泉水汩汩涌动
你的国际化步伐铿锵有力
你在事业的开拓中留下闪光的足迹
你在人生的史册上书写辉煌的功业

你激情如火，柔情似水，大爱无疆
学生生病你守护在病房
学生家中变故你亲手将机票送到手中
每当别人有困难你总是伸出温暖的双手
你为青年搭建舞台
一个施展才华的舞台
你要让你的事业在年轻人的手中走向更加辉煌
你像一支蜡烛
燃烧自己照亮别人
你的生命的光辉永远照亮青年前方的路
你的名字将在《中国名人词典》上熠熠生辉

张立同，女，中国工程院院士，我国著名的航空航天材料学家，西北工业大学教授，2004年荣获国家技术发明一等奖。

1938年4月14日出生于重庆，1961年毕业于西北工业大学，此后一直都在西北工业大学工作。1989年曾到美国航空航天局空间材料发展中心实验室做高级访问学者。

莫来卡特，是硅酸铝质耐火材料,可用作熔模铸造。

笑对人生航空梦　立志领航宇宙风

——献给王小谟院士

2009年10月1日
天安门的上空一碧万里
一列战机英姿飒爽飞越广场
当领航的“空警2000”进入人们的视野
欢腾声如春潮一般涌动
有一位老人噙着激动的热泪
自豪地说：“那是我们搞的，那是我们搞的”
那就是你——“中国预警机之父”
然而人们并不知道你的名字
你的身影消失在大山深谷
你的名字隐没在幽深的暗室
你的人生和国防血脉相连
因为科学报国是你的青春梦想

少年时你在四合院里长大
曾迷恋国粹京剧
曾演奏清亮的京胡
也曾喜欢驾驶飞驰的摩托
然而你都没有进入角色
你最终选择了科学强国之路
在看不见的电波里探索神奇
到高空的大气中去捕捉情报
求索路上你是那样乐观自信
你的雷达人生是那样辉煌

当你走出校园步入国防科研大院
便请缨自主研制预警机
这需要多大的勇气、底气和胆量啊
你的底气来自于你的实力
来自于理论与实践的积累
但研制任务终因国力绵薄搁浅
你有遗憾但你的激情未减
你喜欢展开想象的翅膀去飞翔
你乐于用灵巧的双手去创造
你组装的收音机曾让家人“朝闻天下”
你组装的电视机曾让同志其乐融融
你要组装预警机来改变“我无人有”的格局
你用“脉内扫描”简化了雷达系统
你在深山老林中默默地探索13个春秋
首创了中国三坐标雷达
让军人的眼睛更亮耳朵更灵
当德国的飞机悄无声息地着落苏联的红场
当低空防御成为世界关注的焦点
你悄悄地开始了中低空雷达的探索
你很有英雄胆略啊
在国际防务展上
你抢先推出中低空雷达广告
其时还只是存在于数据库或是图纸上
可是一年后你的产品研制成功走向世界
技术指标国际名列前茅
这就是你独到的眼光
超凡的气魄与谋略
你想人所未想敢为天下先
你不墨守成规相信自己
这就是你身上鲜明的印记
当海湾战争的烈焰燃起
当“沙漠风暴”席卷波斯湾领空

你独具慧眼看到了预警机的紧迫
再次请缨领衔预警机研制
和国际牵手开始你的漫漫航程
你站在战略的制高点
开启一条合作与自主并行的道路
你设计的新型预警机方案为世界首创
多少处激流险滩
多少个关隘城堡
你微笑着跋涉前进
当横来的车祸降临
当凶煞的病魔袭来
你没有叹息和消沉
脸上的笑容依然那么灿烂
你依然那样镇静与从容
病床上你仍然不忘思考和交流
当生命的奇迹出现时
你又活跃在试验现场
当合作有人单方撕毁合同
你和你的团队并没有紧张和被动
因为你的棋子早走了一步
你运筹帷幄
“反设计”让你摆脱了对外的依赖
此后仅两年时间
你的样机就飞向了蓝天
你的速度刷新了世界纪录
你创造了九个世界第一
这是中国的“争气机”啊

你为实战在空中架起了指挥平台
这足以让国人自豪
可有谁知道：
为了她的诞生

你忍受了多少质疑和误解
曾有人怀疑我们的技术基础
曾有人疑虑我们的创新能力
曾有人担心机载厕所增加负荷
曾有人认为安装空调是享乐
然而你从没有彷徨失措
因为你心中有底气和自信
因为你想着人本至上
“人是第一战斗力”
为了她的诞生
你又蒙受多少屈辱和折磨
在那阴霾笼罩大地的岁月
当“反动学术权威”的帽子横空而来
你的工作权利被剥夺
你钟爱的事业被迫中断
你变为看管机房的管理员
面对冷冰冰的计算机
你心中的热情并没有泯灭
你用计算机下棋唱歌
在娱乐中你成了计算机专家
你练就的本领
在三坐标雷达中大显身手
你的心中从没有低谷
笑声和歌声始终伴随你同行
无论是病房还是被打入“冷宫”
躺在病榻上，你还设计未来的预警机
要让它引领世界
你的愿望一定能够实现
因为你有智慧和信念
因为你有成长起来的精英团队
当年你求贤若渴啊
重金引进青年才俊

放手让年轻人承担重任
你的精心培育和关爱
使他们在历练中成长
预警机的明天一定能飞得更远看得更高
共和国的钢铁长城一定更加宏伟壮丽
祖国的未来一定更加祥和辉煌

王小谟，中国工程院院士，雷达工程专家，中国国产预警机的开创者、奠基人，被誉为“中国预警机之父”，荣获2012年度国家最高科学技术奖。

1938年11月11日出生于上海，1961年毕业于北京理工大学，曾任中国电子科技集团公司38所所长。

骏马奔驰一路凯歌　开拓创新引领未来

——献给路甬祥院士

你出生在一个崇文尚学的家庭
一个西学东渐的时代
你聆听了“向科学进军”的嘹亮号角
你沐浴着共和国春天的阳光雨露
你幼小的心田播下了科学的种子
面对浩瀚的大海你心中荡起理想的风帆
远眺绵延的群山你要去攀登科学的山峰
仰望璀璨的夜空你要去摘取那颗耀眼的明星
居里夫人、爱因斯坦、冯·卡门
世界科学巨匠让你顶礼膜拜
苏步青、钱学森
献身科学的精神让你感奋不已
你向着那光芒四射的灯塔航行
你朝着那神圣的科学殿堂迈进
书籍对你有特别的芳香
读书是你一种精神佳肴
难忘那一本本书的扉页上：
“知识就是力量”
“为攀登科学高峰而努力”
“学习、学习、再学习”
一行行警句像一盏盏明灯照亮你前方的路
“勤解万道题”是你学习的指南
“读破万卷书”是你人生的发条
你跨越时间的节律去尽情吮吸知识的琼浆

生活在你的眼中就像万花筒
你要去享受那缤纷的世界
足球场上你冲锋陷阵勇当前锋
航模运动你奇思妙想标新立异
古典音乐你如醉如痴
印象画派你钟爱有加
你驰骋想象天马行空翱翔蔚蓝天幕
你喜欢动手巧夺天工编织艺术时空
艺术与科学的混血基因早早植入你的体内
竹洲岛上宁波二中你书叶留声
西湖岸边“求是”校园你青春靓丽
浓郁的学术气氛浩瀚的馆藏书籍
让你心潮涌动兴奋不已
你攀登于书山采撷奇花异草
你遨游于学海寻觅珍珠翡翠
不会忘记那一本本札记一叠叠卡片
记载了你博览群书的痕迹

你的目光总是那么开阔而深邃
学科交叉让你厚积薄发
求是创新让你卓尔不群
当“四清”风暴席卷神州
当你刚起步的学术生涯遭受疾风骤雨
当你在老乡家吃梅干菜度日
你并没有让雾霾遮住视野
你相信科学总有用武之地
白天田间劳作你默念外语单词
晚上灯光昏暗你手不释卷
当别人叹息声声蹉跎岁月
你在书中得到了充实与快乐
那副眼镜就是你那时最好的见证
当科学与文化遭遇践踏

你保持清醒憧憬着未来
你顶着“白专”的风险
躲进小楼成一统继续你的学术
一叠叠外文资料你查阅
一张张设计图纸你绘制
你急国家所急
“动力滑轮”让渔船驶向外海
“电液钻井机”在地下核试验中爆发威力
当别人为流逝的青春而懊丧时
你却捧出了沉甸甸的果实
走进了花香四溢的科学的春天
你的付出证明了“有志者事竟成”
鲜花向你微笑
掌声为你喝彩

你带着自信带着重托
走进了古老的亚琛工大
那扑面而来的清新气息让你耳目一新
你发现国力的悬殊越感使命的重大
你要赢得时间向国际前沿冲击
“慈母嘱托记心间，万里征途不怕难。”
每周六天半，每天十五个小时
这就是你的时间表
你像一部高速旋转的机车在飞驰
你像一匹驰骋赛场的骏马在奔腾
在知识的百花园中你尽情地采撷
你想拥有所有的花粉去酿造科学的琼浆
导师的任务你出色地完成
“液比例控制技术”前沿你选修攻克
莱茵河畔如诗如画的浪漫
古典而雅致的城市文化景观
都不能引起你的兴趣

你追求的是一种至美——科学之美
宁静的实验室你放飞思想
无数个不眠之夜
你弹奏月光下的奏鸣曲
超强度的劳累使你静脉曲张
摘除一根血管你仍在科学赛场上奔跑
天道酬勤啊
你的成果改变了百年的传统
你的双手推动了液压工业的车轮
你是德国授予中国人的第一个工程博士
你的发明写入西方的技术史册
你为中国，为亚洲赢得了殊荣
你婉谢了深情的挽留
因为那里不是你的故乡
你要把根扎在祖国大地
在那里开花结果

你带着一捆捆图书
一个个配套设备回来了
祖国欢迎你
共和国的副总理在人民大会堂迎接你
从此你为中国的科学披肝沥胆励精图治
流体动力重点实验室你创建
数十项重点项目你领衔
在机电与控制领域你不断开拓创新
你培育的科技之花争奇斗艳
特立独行开拓创新
是你奏响的主旋律
当你成为浙大的掌门人
你突破窠臼创新理念
理论与实践，教育与科研
你巧妙嫁接开出绚丽花朵

尊重知识，尊重人才
你服务至上催生累累硕果
你让这所“东方的剑桥”享誉世界
你的人生富有传奇
从最年轻的校长到最年轻的院长
每一次角色的转换
你都能写出惊世骇俗的史诗
开创令人瞩目的新局面
“知识创新工程”你开启大幕
“面向国家战略需求，
面向世界科学前沿”你吹响号角
“以人为本，创新跨越”你设定目标
你让臃肿的肌体“减肥”
你让青年才俊担纲领军人物
你甘做“红娘”
为身居大院的科学家搭桥牵线
导引科研院所与公司企业联袂而行
你让高束楼阁的成果转化为工厂的“金蛋蛋”
你让“宁波模式”之花开放在大江南北
你让中科院从囊中羞涩的昨天
走到生机盎然的今天
走向壮丽辉煌的明天
你温文尔雅谦逊务实
你刚毅执着锐意改革
你把握“知识经济时代”的脉搏
你用科学的进步引领人类文明的未来
路还在你的脚下延伸
向着明天的精彩你不断前行

路甬祥，我国著名的流体传动与控制专家，中国科学院院士，中国工程院院士，曾任浙江大学校长，原中国科学院院长，第十一届全国人大常委会副委员长。

1942年4月28日出生于浙江宁波一个西医家庭，曾就读于宁波二中，1959年考入浙江大学，1978年留学德国著名的亚琛工业大学，1981年9月路甬祥从德国学成载誉归来，国务院副总理方毅立即在人民大会堂接见了他。

逐梦扬帆踏玉浪　创业维艰志弥坚

——献给陈赛娟院士

素有“东方巴黎”美誉的卢家湾
是你放飞金色梦想的摇篮
走在茂密梧桐编织的绿荫下
去领略花园洋房的尊贵
去感受典雅与浪漫的气质
去阅读名流故里的韵章
去寻找“新青年”的脚步
一处处人文景观
犹如一个个生物基因植入你的体内
一个个历史印记
仿佛一曲曲岁月交响拨动你的心弦
你的童年在那条灰色的巷子里奔跑
你的歌声在那片蓝天上飞翔
去顺昌路第一小学寻觅你的足迹
仿佛还可以听到你那热烈的讨论声
仿佛还可以看到你那凝思的面容
开放的教学独特的方式
让你的人生受益匪浅
到向明中学去寻找你的身影
仿佛看到了“明理向上”
在你身上折射的光芒
仿佛看到了“勤思创造”“崇实求新”
在你身上铸就的气质
你对明天有多少缤纷的憧憬

你对人生有多少美妙的畅想
然而一场“飓风”摧残了你的花季
中学两年你便成为一名纺织女工
机车轰鸣湮没不了你对人生追求的呐喊
丝线飞舞舞动了你对未来的梦想
当你每日经过第二医科大学的门前
当你看到那一群群青春跃动的学生
你的心仿佛一潭春水在荡漾
你的梦犹如飞翔的春燕在曼舞
做一位白衣天使守护百姓的安康
是你人生的坐标
你以朴实与勤奋换来了鲜红的党徽
你满载着工人的信赖与期待
荣幸地走进了朝思暮想的校园
在这里你如干涸的禾苗吮吸着知识的甘露
在这里你像勤劳的蜜蜂采集着百花精华
临床上你给患者送去温馨与微笑
送去健康与祝福
课堂上你给赤脚医生讲授理论和实践
传授信念与医德
“学然后知不足，教然后知困”
你在教与学中得以升华
你在勤奋耕耘中获取收获

当科学的春天到来
你终以骄人的成绩成为上海第二医科大学的研究生
开始了你生命科学的生涯
夯筑你学术研究的根基
你带着祖国的嘱托带着老师的期望
来到了古老的法兰西
在那里你书写了光鲜的一页
迷幻浪漫的巴黎

风光旖旎的塞纳河
魅力无穷的罗浮宫
独具风采的“铁娘子”
你都无暇去徜徉其间
聆听那人文与自然交织的乐章
在圣·路易你像铁骨侠女鏖战在实验室
星光为你点亮明灯
黎明给你披上薄纱
一天十几个小时的坚守
你哪像一个温润的女性
你的臂膀胜于那埃菲尔铁塔
你们夫妻为科学而痛苦争论
在细胞与分子的微观世界里探秘
当有人抢走你日见成效的课题
你很平淡地面对
悄悄地在实验室继续你的“地下工作”
你默默地耕耘终于收获丰硕的果实
你发现白血病分子机制研究的突破口
你架设临床与理论的桥梁
你创建国内尚缺的新兴学科
你发现“费城染色体”中新的畸变
你为白血病的诊断提供了一把钥匙
你的学术生涯渐趋成熟
你的成果让权威惊叹
你虽不是居里夫人
但你的韧性远远超越女性
你完全可以留在法兰西享受欧式的浪漫生活
可是这不是你们的初衷
当初出国时你把两岁的儿子留下
那留下的是思念
是对祖国的思念
你对祖国的一片赤诚令多少人感动

1989年7月的一天
你终于带着一种感恩
带着浓浓的乡情
带着那沉重的设备和试剂
回到了滋润你生命的黄浦江边
在这里开始你的艰难创业之路
十平方米实验室连一台低温冰箱都没有
你眼睁睁地让那些贵重的试剂报废
带回的设备只能放在走廊里
记得那些日子
冬日里你们顶着呼啸的寒风
夏天你们冒着灼人的烈日
成为兄弟科研院所的“客座”
辛苦和酸楚只有你们自己知道
你们的意志犹如磐石一般刚毅
“全反式维甲酸治疗”赢得成功
“诱导分化分子机制”得以阐明
你的成果犹如在学术天空放射一颗卫星
你的名字蜚声于世
当西奈山医院的邀请函寄来
当国际权威向你伸出友谊之手
你兴奋你激动
你要珍惜这难得的机遇
拓展国际合作空间
在那里实验室就是你们温馨的家
那彻夜通明的灯光让多少人钦佩感叹
在那里你们创造了一个又一个奇迹
发现一个又一个生命科学的奥秘
导师的深情
优厚的薪酬都没能让你留下
你们对祖国的虔诚与挚爱
让魏克斯曼先生深深感动

你们高深的学术造诣
让中美共建的学术中心在黄浦江边矗立
这是一个富有传奇的佳话
这是你们也是祖国的荣光
在这里你们大挥手臂
铸造奇迹书写辉煌
你们让古老的中药和现代医学融合
开辟一条“以毒攻毒”的新路
你们提出协同靶向治疗新思路
给更多白血病患者缔造福音
细胞与分子遗传技术体系你建立
白血病的核型变化与分布你阐明
生物医学基因克隆你实现“零”的突破
你筑起了血液医学的世界第一高度
你领衔的基因组学国家重点实验室
吸引了世界学术精英
你创造的科学之美放射出夺目的光辉
难怪昔日的导师说：
“而今……我是你们的学生”

记得2004年的春节
是你值得永恒纪念的日子
在窗外的一片爆竹声中
你收到了两份特殊的迟到的礼物：
那金灿灿的院士证书
让你绽开春花般的笑靥
丈夫那充满温情的贺信
更让你心中渗出浓浓的甜蜜
此时此刻你是这世界上最美的女人
你的成功源于你的坚毅与执着
源于你对科学的沉迷与挚爱
你无愧于“世界杰出女科学家成就奖”的殊荣

你无愧于法兰西文艺复兴金质勋章的荣耀
你站在了世界科学的高峰
但那绝不是你的终极
你的目光早已锁定更高的险峰
你要在那里摘取更绚丽的雪莲
你要让中国国色天香弥漫全球
山风在呼唤，雄鹰在招手
风光无限的奇峰在期待着你
攀援吧
鲜花为你铺路
阳光为你唱响赞歌

陈赛娟，女，工程院院士，我国著名的遗传学家，医学基因组学国家重点实验室主任，上海瑞金医院血液研究所所长，曾获得“全国劳动模范”“三八红旗手”“中国十大女杰”等国家级荣誉称号，中国科协第八届全国委员会副主席。

1951年5月21日出生于上海，原籍浙江鄞县。曾就读于上海向明中学，1968年分配到丝织厂，当一名纺织女工。1972年推荐入上海第二医学院，1978年考上研究生，师从王振义教授，1986年赴法国留学，1989年获博士学位后回国。1991年和丈夫陈竺曾到美国短期合作研究。

引领新能源汽车　实现跨越式发展

——献给万钢院士

在繁华的都市
在现代的校园
在你那间办公室里
一盏煤油灯引起多少人的兴趣
那是你插队时曾用过的一盏油灯
它伴你度过了多少苦读的夜晚
它点亮了你对未来充满的憧憬
它已经是你心中永不熄灭的灯塔
它提醒你不忘人生低谷时的艰辛
它引领你向着美好的明天前行
难忘那下乡大军的嘹亮歌声
难忘那红旗飘飘的队列
你把少年的激情洒在了松花江畔
那里有你躬耕垄亩的脚印
那里有你留下的闪亮的犁铧
那里有你赶马车的吆喝声
那里有你身拴悬崖开山凿石的背影
长白山上回荡着你青春的赞歌
图们江里激荡起你澎湃的热情
你用青春去拥抱那片土地
你把热血融进白山黑水
你以心换心赢得了老乡的厚爱
那鱼水般的亲情刻骨铭心
无论走到天涯海角

你都忘不了那里的一草一木
忘不了老乡送你上学的情景
忘不了村支书那番激励的话语
在如诗如画的东北林大
“学参天地、德合自然”的校训
滋养你茁壮成长
在文脉悠悠的同济大学
“同舟共济、自强不息”的精神
鞭策你快马扬鞭求实创新
在浪漫迷人的克劳斯塔尔工业大学
清新的气息，开放的理念
激荡起你那灵动的心智
你带着自信与自尊
走进了这座古老的科学殿堂
你以流利的德语
打破了延续二百多年的传统
你是她历史上唯一免试入学的留学生
这是你的光荣也是学校的光荣

身在异国他乡
你的心始终记挂着祖国
电影《黄土地》多少次感动着你
你就像那黄土地、黑土地一般
那样朴实，那样厚重
你发明的低噪音技术
应用数千万套设备
让你蜚声世界
让克劳斯塔尔工业大学赢得了国际声誉
“铁十字勋章”的殊荣让你自豪
让中国人自豪
你的人生在“奥迪”崭露曙光
开发、设计与制造，重大工程的建设

每一处都留下你的印记
每一个车间都滴下你的汗水
难怪你说："坐在奥迪车内，我不觉得惭愧"
你一次次晋升
一次次转换角色
一次次书写精彩
当有人认错了你的国籍
你自豪地说："我是中国人"
你高瞻远瞩设计未来
你目光敏锐捷足先登
为中国汽车把脉给力
从新能源汽车切入
走跨越式发展之路
记得德国广场上的那次演讲
你充满豪情地说：
"要让中国汽车成为世界第一"
是啊，是宝石要在自己的国土上放射光芒
老校长的那句话激励着你
回国可以攀登更瑰丽的山峰
你毅然丢下了令人羡慕的职位
丢下了那丰厚的待遇
多少人惊讶
多少人叹惋
多少人追问你
为什么要去谋一席清贫的教职
你的回答很简单："我就是要回去激动一把"
就是要去实现你的梦想
这就是你的赤子情怀
你可知道，在你离任后
奥迪公司还为你保留职位和办公室
这一留就是五年呀
你的智慧你的贡献

让德国人景仰，让世界惊叹
但家在中国，事业在中国
祖国是你的归宿

任凭条件多么简陋
任凭道路多么坎坷
你都会咬定青山不放松
每天十几个小时的工作
无数个夜晚实验室的灯光与星光辉映
仅四年的时间
燃料电池原型车诞生
“超越二号”“超越三号”相继问世
你在自己的祖国创造了奇迹
你让新能源汽车
在国际赛事上闪亮登场一鸣惊人
在奥运会上大展雄风写下新纪元
你以企业家特有的思维
为学校和企业搭桥牵线
你开创的同济产业园掘开了绿色的金矿
你建立的中国第一个汽车风洞
为中国汽车从制造走向设计搭建了平台
你像合唱团的高级指挥家
一个企业一所大学
一艘中国科学的航母
你指挥得潇洒自如激越壮阔
你是旗手，引领着中国汽车发展的方向
你是号兵，吹响了向绿色能源进军的号角
你乘坐“超越”“比亚迪”
向世界传递出新能源汽车的无穷魅力
当人们为汽车尾气污染而叫苦
当人们因漫天雾霭而一筹莫展
你让人们看到了电动汽车的曙光

你无愧于全球年度风云人物的殊荣

万钢，我国著名的汽车领域的专家，2000年向国务院提出开发洁净能源轿车，实现中国汽车工业跨越式发展的建议，2000年底在国家科技部的盛情邀请下回国工作。2004年任同济大学校长，2007年4月任科技部部长，2007年12月任致公党主席。

1952年8月出生于上海，曾就读于上海新沪中学，1969年下放吉林农村插队，1975年被推荐到东北林业大学学习，1979年考入同济大学研究生，1985年留学德国，2000年底回国。

挑战人生披荆斩棘　造福百姓殚精竭虑

——献给陈竺院士

你的一生富有传奇色彩
从大山深处到科学殿堂
从赤脚医生到卫生部长
回首你走过的路
一串串深深的脚印
一行行辛勤的汗滴
记载着你非凡的人生经历
家庭浓浓的书香
父母殷切的期望
让你在求知的路上奋力前行
六年漫长的知青生活
每一道山梁都有你开垦的背影
每一条丘壑都回荡着你劳动的号子
黎明你披着青雾上山
暮晚你戴着星光归来
在你居住的简陋的草房里
昏暗的油灯伴你度过无数个不眠之夜
手捧着父母寄来的医学书刊
你如获至宝如饥似渴
背诵着一串串英语单词
你如醉如痴如食甘饴
你以滴水穿石的精神
凿开了挡在你面前的屏障
厚厚的英文原著你能通读

长长的英文医学报道你能翻译
父亲那一个个圈圈点点
给你点亮了心中的明灯
机遇青睐有准备的人
在那次推荐招考中
你名列前茅出类拔萃
然而在那阴霾笼罩的岁月
因为家庭出身而“落榜”了
你曾一度痛苦迷惘
但是你坚信总有云开雾散的一天
知识总会得到人们的尊重
你一边在大山里劳作
一边在书本里耕耘
你要用你所学的医学去疗救贫病的村民
在赤脚医生这一特殊的岗位上
你开始走上了医学人生的起点
那印有红“十”字的小药箱
贮满了你对老乡的无限温情
你带着乡亲的信赖与嘱托
你带着对新生活的美好憧憬
走进了名不见经传的上饶卫校
但对于你这也是一次难得的机遇
你求知若渴只争朝夕
你在平凡中铸造了精彩的人生
你学业全优成为讲台上的一位名师
你工作之余翻译了数十万字的医学文献
挑战人生你让青春靓丽
超越自我你让生命光艳
一本本英文医著你耐心通读
一页页住院病历你认真书写
你的学历虽浅然而你的学养让“大家”惊叹
你是一块埋藏于大山里的宝石

你是一匹沉默于牧场的千里马

当科学的春风荡漾在大江南北
你激动的心潮溢满三江
一门门大学课程你苦读
一道道考研难题你攻克
你独占鳌头金榜题名
你以超人的意志谱写了青春之歌
你的学术生涯从此开始
关于血友病的论著引起国际的关注
你成为国际联盟的第一个中国会员
你以高深的学术造诣和外语优势
走进了巴黎圣·路易血液中心
这里将是你施展才华的乐园
忘不了啊实验室彻夜通明的灯光
忘不了啊你每天掌管大门的那把钥匙
叮当的试管声那是你最美妙的音乐
匆忙的脚步那是你最曼妙的舞步
你默默地探索
你耐心地寻觅
你终于发现了染色体断裂的位置
这是一次“突破性的成果”
你让自命不凡的美国人汗颜
你让国际同行咋舌
导师挽留你：“留下会有灿烂的前程”
可是你没有动心
你在博士论文的扉页上工整地写到：
“献给我的祖国”
回来了，回到你深爱的这片校园
你在一片贫瘠的土地上培育花果

没有一间像样的房子
甚至连一台低温冰箱都没有
你在巴黎节衣缩食

几万法郎买回的试剂眼看着报废
忘不了啊
你脚踏自行车带着标本试管四处奔波
任凭脚下的路多么坎坷崎岖
你总是那样执着坚毅，从不彷徨
因为你说“科研如同体育竞赛，必须去争先”
是啊，在你的日历上没有节假日
在你的时间表上不分上下班
你和你的爱人经常把学术带到家中争辩
很难得的一方宁静往往也被你打破
事业几乎是你生活的全部
你用你的双手和智慧
在最短的时间里建起了标本库、实验室
在这里你一次次创造了奇迹书写了辉煌
你提出“协同靶向治疗”设想
你让古老的药物成为现代治疗的主流
你用东方的智慧驯化癌细胞“改邪归正”
你揭示了维甲酸治疗早幼粒白血病的原理
你融汇了中西医学的精髓
你开辟了一条由基础向临床转化的通途
你开拓了一个崭新的领域
堪称是一场“中国革命”
当年的区区一个研究所如今已是国际著名的学术中心
你的学术成为一个“中国学派”
你的名字蜚声世界
你头上的桂冠散发出浓郁的芳香
你身上的光环放射出缤纷的华彩

你教育学生做事要从每一个细节开始
你曾说过
“一个杂乱的实验室绝对出不了一流的成果”
“在任何困难面前都要保持高涨的热情”
你甘为人梯，科研攻关你勇当老大
成果分享你甘为老二

你先天下之忧而忧
中南海的科学讲坛你洋洋洒洒
党外人士座谈会上
你披肝沥胆共商国是
你提出生命和生活质量是重要的战略投资
你呼吁加强预防和保护环境是健康的根本
你有个心愿：建立国立健康研究院
你有个梦想：让十三亿人病有所医
你在抗击非典中奉献锦囊妙计
你在汶川大地震中冲锋陷阵创造壮举
你在奥运会上夙兴夜寐确保用药饮食安全
你在阻击“毒奶粉”中全心全意保障患儿救治
你在医疗改革中破冰前行造福百姓
你用你的医术给患者带来福音
你用你的爱心给百姓送去温暖
让我们放眼远眺
从城市到乡村
从塞北到江南
从东部平原到青藏高原
医疗保险之花遍地开放
健康长寿之路正在人们脚下延伸
你的梦想正在变为现实

陈竺，我国著名的血液学、分子生物学家，中国科学院院士，曾任中国科学院副院长、卫生部部长，第十二届全国人大常委会副委员长，2012年当选为中国农工民主党主席。

1953年8月17日出生于上海，祖籍江苏镇江，曾就读于上海红星中学，1970年到江西农村，1975年在江西上饶卫生学校学习，1978年考上上海第二医学院研究生，师从著名的血液学专家王振义教授，1984年赴法国巴黎第七大学圣·路易医院血液中心攻读博士，1989年7月回国。

招贤纳士强科技　扬鞭催马逐梦行

——献给白春礼院士

凤凰山风光旖旎
她是镶嵌在长白山系上的一块翡翠
她奇峰叠起山清水秀
她养育了凤城这方土地
圣洁的泉水滋润了你
肥沃的黑土地养育了你
童年的你陶醉于那如歌似画的诗词中
诗人的情怀，诗人的气质，诗人的抱负
像东方的曙光把你的心头照亮
你仰望迷幻的星空畅想
长大后做一名诗人
没想到一个碎酒瓶划破了你玫瑰色的梦
一块碎瓶底放大了微小的蚂蚁
甚至看见腿上纤细的绒毛
你发现大自然是如此的奇妙
你幻想着有一天能自己发明“魔镜”
去揭开宇宙间无数的谜底
小学时当老师问“长大了你想干什么？”
你毫不犹豫地写到“我的梦想是当科学家”
从此你给自己设定了方向
从此你为追逐梦想披荆斩棘
在那文化洪荒的年代
你心中希望的萌芽缺少甘露
你带着遗憾踏上了上山下乡的道路

但对未来憧憬的圣火没有熄灭
在阴山脚下，在黄河岸边
在飞沙走石的戈壁滩上
你饱尝了“苦不苦，一天二两土”的生活
你感受了“干打垒”土坯房的冷暖
你享受了几分钱半斤全面粉饼干的待遇
你躺在土床上听战友的神聊
你开着卡车在大草原上狂奔
在你的眼中没有浪漫
有的只是阵阵袭上心头的痛苦
那是对生命思考的痛苦，那是对命运的焦虑
你要在迷蒙的风沙中寻觅一条闪光的路
你悄悄地捡起哥哥那本泛黄的旧课本
昏暗的灯光伴你读完了中学的全部课程
机遇总是青睐有准备的人
那一天你终于走出了大漠风沙
迈进了那令多少青年向往的未名湖畔
你梦的曙光就在眼前
你像久旱的禾苗渴望知识雨露的滋养
你像茫茫科海中的鱼儿尽情遨游
你向着科学山峰的灯塔跋涉攀登
你披着未名湖的波光
双脚踏进科学院神圣的殿堂
这里是你心灵的归宿，这里是你精神的乐园
这里的明星泰斗早已是你心中的偶像
多少个日日夜夜寒暑易节
月光与你同行，书籍作你伴侣

你追求的脚步从未停止
在一个金桂飘香的季节
你来到了秀丽迷人的帕萨迪纳
走在风景如画的加州理工校园

你感觉这里似曾相识
前辈的话语似乎还在园中回响
大师的脚印仿佛还清晰可见
你仿佛呼吸到他们的精神气息
你的心中澎湃着激情
你带着自豪与自信走进了
“喷气推进实验室”
你是继钱学森之后第二个来自中国大陆的学生
你凭着科学的敏感
发现了扫描隧道显微镜研究的前沿
你意识到这是一项未来科学的革命性技术
你知道在中国还是一片空白
机遇难逢时不我待啊
你凭借实力成为跻身其中的中国第一人
爱国的激情化为你前进的动力
只争朝夕焚膏继晷
短短两年你卓尔不群成果辉煌
白尔德先生赞誉你是
“杰出青年科学家中的佼佼者”
一条繁花似锦的路已经铺开
你可以在那里构筑爱巢享受温馨
你可以在那里拥有绿卡和洋房
然而你的幸福全不在此
你忘不了祖国的养育之恩
你忘不了还有一张白纸等待你去描绘
你用仅有的积蓄购买了关键元件
携着即将毕业的妻子踏上了回家的路
忘不了啊香港转机时你舍弃衣物
带回的只是元件和书籍

当你走进那熟悉的大院
你开始接受一种新生活的挑战

一间昏暗的地下室
十二万元微薄的经费
你节俭得像一位精打细算的家庭主妇
忘不了啊那一个个镜头
你蹬着三轮车去捡废弃的物品
从螺钉到破桌
你俨然是一个“破烂王”
你扛着笨重的机箱在众人的白眼中挤公交
这是一种怎样的赤子情怀啊
你的高风亮节令山川草木动容
千里马需要伯乐
你永远不会忘记和周光召院长的那次谈话
是他敏感到STM是中国科技的一项伟业
是你从他的手中接过三十万元的院长特别基金
从此时间的陀螺在你的手中飞速地旋转
夜晚的星光照着你那匆忙的脚步
沉迷于实验那是你情感的偎依
你爱实验室胜于爱自己的孩子
辛勤的耕耘终于收获闪光的果实
中国第一台代表国际水准的STM
第一台原子力显微镜
第一台激光原子力显微镜
弹道电子发射显微镜
超高真空扫描隧道显微镜
一项项成果刷新一页页记录
你用“扫描探针”
明察了微观世界的奥秘
描绘了珊瑚般的生物膜表面分子
勾勒出如起伏丘陵似的石墨表面分子层
模拟出风乍起吹皱春水般的导体表面原子
察看到DNA的三链结构
开拓了众多未知领域的研究

发出了“改造原子”的宣言
揭开了纳米神秘的面纱
你的目光始终投向科学的黎明
去迎接那初升的朝阳
你勇立潮头
“敢采第一棵蘑菇”
“敢做第一只领头羊”
你提醒第六次科技革命黎明已经到来
你高瞻远瞩布局未来
“知识创新工程”硕果累累
“创新2020”雄壮的旋律已经奏响
你求贤若渴广揽天下贤士
你规划人才森林甘当“后勤部长”
你创新机制筑巢引凤
“百人计划”“千人计划”金凤归来
“东北之春”“西部之光”春光无限
搭建平台你当好伯乐
“3H”工程你倾情打造
你视野开阔目光深邃
你虚怀若谷察纳雅言
“民主办院，开放兴院，人才强院”理念一新
国际交流、院地合作、军团作战，大幕已启
你是中国科学航母的舵手
你是挺进中科学大军的将帅
号角声声，彩旗猎猎
科学的明天一定更加灿烂辉煌

白春礼，中科院院士，我国扫描隧道显微学的开拓者之一，也是国际STM（计算机控制的扫描隧道显微镜）方面有一定影响和活跃的科学家之一，现任中国科学院院长，中国科学院大学校长，发展中国家科学院院长。

1953年9月26日出生于辽宁凤城，1970年内蒙古生产建设兵团知青，1974年考上北京大学，1978年考入中国科学院化学所，1985年获得博士学位后到美国加州理工学院留学，1987年10月回国。

白尔德教授是美国加州理工大学喷气推进实验室一位从事STM扫描隧道显微镜研究的著名学者，白春礼院士曾师从他研究STM。

“3H工程”（Housing，住房；Home，子女入学和配偶工作；Health，健康）是建设创新生态系统的重要组成部分，是创新人才队伍建设与可持续发展的一项重要基础性工程，是中科院建设较为完善的“大后勤”支撑体系的一项重要任务。

遨游万里海疆　坚挺中国脊梁

——献给马伟明院士

你是灿烂星空的一颗明星
你是海底世界的一块蓝宝石
多少人向你投去羡慕的目光
多少人赞美你双手托起的辉煌
34岁破格晋升教授
41岁成为当年最年轻的院士
42岁晋升为海军少将
这一连串的光环
折射出你的人生价值
而在光环的背后
你倾注了心血奉献了青春
透支了健康
你有梦并执着地追逐
你爱幻想编织美妙的未来
嫦娥奔月的神话你曾着迷
龙宫探宝的传说你曾神往
你很幸运
带着迷幻的梦想
哼着青春的畅想曲
拂着三月的熏风
踏着科学春天的鼓点
走进了一个洒满阳光的时代
走进了你以之为荣耀的海军工程大学
你的人生将从这里踏上万顷波涛

你知道国防装备的落后
你了解甲午海战的屈辱
你发誓要重振“北洋水师”的雄风
任凭前方的道路有多险阻
任凭设备条件怎样的简陋
你都要开辟一条通往龙宫的隧道
“美丽属于自信，从容属于有备，
奇迹属于执着，成功属于顽强。”
这就是你的人生“座右铭”
历史告诉你：
冷兵器时代已成过去
新军事变革的潮流已经涌来
时不我待，唯有创新方可应对挑战

你要打造中国潜艇的“心脏”
让它驶向更深更远的大洋
你是世界上“电力集成”第一人
你是没有硝烟战场上的一位出色的“指挥家”
你的战场虽然很小但是战果辉煌
难忘啊那一间狭小的“水房实验室”
那简陋的设备
那仅有五个人的课题组
你就是凭着一种忠诚一种信念
一种执着一种坚毅
坚持着拼搏着
无数次反反复复的实验
一连数十小时的坚守
困了轮流打个盹儿
饿了吃点方便食品
终于在那一天
新华社发布了令世界振奋的消息
中国率先研制的“双绕组发动机”诞生了

这光彩的一笔填补了国际空白
这是你的骄傲
这是中国的骄傲
你一路走来
山高路险充满荆棘
但都无法阻挡你的前进
在你的脚下走出一条闪光的路
在你的手中创造出众多奇迹
中国潜艇的“心脏”你创造
多相整流发动机你发明
高速感应蒸发冷却发动机你研制
电磁兼容技术你攻克
固有振荡抑制你出招
系统稳定性预测你推导
复合故障诊断你把脉
舰船平台智能化你设计
你是一位勇攀奇峰的登山者
你是一位科学的探险家
在你的脚下永远没有顶峰
你攀登的山路无限地延长升高

你是一位把国家利益举过头顶的人
当潜艇的“心脏”发生故障
你从国外学术访问匆匆赶回
主动请缨破解难题
记得那年大年初一万家团圆的时刻
你仍然坚持在实验室
病了你一边输液一边还回实验室研究
多少个日日夜夜的鏖战
无数次的模拟实验
一串串详尽的数字
一句句精辟的论述

一套详细的解决方案你捧出
是你妙手回春让潜艇再次遨游大洋
当从外国引进的大型电机出现毛病
面对洋专家的趾高气扬
是你以科学的数据、精密的图纸
让他们惊叹不已
是你的一声怒吼
让外商不得不低下那高昂的头
你喊出了中国人的豪情和尊严
你让中国科学家在国际舞台上挺起了脊梁
当国际著名公司要加盟我国重大项目的研制
是你凭借实力抓住了话语权
让他们只当配角
当你发现风力发电变流器为国外所垄断
你再也不能平静
是你带领团队打破了垄断的樊笼
你让中国的风能发电有了自己的技术支撑
你让“中国创造”在国际舞台亮相
当你发现进口设备存在问题
是你直捅其振荡问题的软肋
这是一次科学巅峰的较量
这是长中国人志气的交锋
你为了国防的强盛
你为了民族的尊严
你为了祖国的海疆
让青春的岁月飞驰
用透支健康助推潜艇驶向深蓝色的大洋
你以满腔热情为年轻人搭建平台
“俯首甘为孺子牛”
不惜代价让他们快速成长
你虽然已经不再年轻
但是你的精神将薪火传承

事业的明天一定更加辉煌

马伟明，电力与电气工程专家，现任海军工程大学教授、博导，海军少将，2001年当选为工程院院士，是当届最年轻的院士之一。

1960年4月6日出生于江苏镇江，1978年毕业于扬中高级中学，同年考入海军工程大学。1996年毕业于清华，取得博士学位。

让理想在祖国大地上腾飞

——献给曹雪涛院士

人生路漫漫但关键只有几步
短短几步也许让人遗憾终生
也许让人拥有一片光明
在人生的十字路口
有人茫然而彷徨，有人果敢而坚毅
你是一位智者
昨天的选择酝酿了今天的辉煌
记得一堂免疫学讲座
让你横下心来搞免疫
这意味着人生的一次挑战
你知道中国免疫学与国际的差距
你知道这条道路的坎坷与艰辛
1990年值得你永恒纪念
你迎来了一缕微笑的曙光
你被破格授予博士学位
然而你知道前方的路更远
肩上的担子更重
在知识的海洋里你还需吸取很多很多
从此足球场上见不到你“左锋”的身影
公共食堂也看不到你按时就餐
在瑟瑟寒风中
你裹紧大衣躲进筒子楼
开始奋笔疾书
饿了就用煤油炉煮碗面条

困了就趴在桌子上打个盹
你在和时间赛跑
你用澎湃的激情来书写人生
你用透支健康来挑战生命
三个月，短短的三个月
43万字的专著完成了
填补了国内的一个空白
可是你病倒了
胃出血住进了医院
这一年你刚刚26岁
当你还躺在病床上
国际名门学府的邀请函纷至沓来
此时的你又一次面临选择
你完全可以飞越大洋
走进国际顶级的科学殿堂
可是当导师站在你的病榻前
深情地挽留你
希望你完成他未竟的夙愿时
你被深深地打动了
激动的热泪潸然而下
“我不走了，我要留在国内，带队搞科研”
从此你的根深深地拥抱着祖国这块热土

你放弃了多少次出国深造、出名获利的机会
你把青春献给了中国的免疫事业
记得有一年的一天深夜
你接到了儿子的越洋电话
“爸爸我生病了，你怎么就是不来呀！”
那稚嫩而虚弱的声音
还有电话里爱人那泣不成声的恳求
你心中深深地感到愧疚
你恨不得身插翅膀即刻飞往美洲大陆

可是你离不开你挚爱的事业
直至几个月后的一个国际会议
你才有机会见到日夜思念的妻儿
异域的风光，优厚的待遇，温馨的家庭
他们多么希望你能留下
可是你不能，因为你的根在中国
你要兑现给老师的承诺
二十天后你携妻带子回到了那熟悉的校园
选择国内就是选择一种责任一种担当
你几乎是在一张空白纸上书写你的辉煌人生
狭窄拥挤的“实验室”
一台显微镜、一台离心机、一个超净台
在这里要施展你的抱负谈何容易啊
然而信念之光引领着你
坚定的意志支撑着你
你恨不得把太阳紧紧地拴在校园的大树上
时间对你真是一寸光阴一寸金
办公室外那张醒目的“告示”：
“时间宝贵，请长话短说”
可以看出你每天都在争分夺秒
你办公室的灯光常常彻夜通明
你对实验室有家一样的感情
你离不开它
那儿是你精神的乐园
那儿你能体会到成功的快感

理论研究你硕果累累
产品开发你勇闯市场
你北上南下推销成果寻求合作
你精打细算开源节流谋求发展
你发挥你的商业天赋
探索出一条校企合作的成功之路

那栋风格独特的红楼是你事业成功的见证
国际一流的科研设备
让你如虎添翼成果不断涌出
树突状细胞你攻克
免疫新分子功能你研究
肿瘤免疫与基因治疗你探索
新型DC亚群你发现
DC免疫调控新机制你提出
完善的免疫学“防御机制”你建立
高效克隆基因新技术路线你独创
免疫学理论成果你转化应用
你以卓越的成就实现了恩师的夙愿
你用汗水和心血筑起病原体入侵的防线
你用“中国功夫”守住人体健康的大门
你亲手培育的免疫学专业已经成为博士点
你亲手筹建的实验室已经是国家重点实验室
你也因此蜚声中外

你的身影在国际学术舞台上频频出现
匈牙利的国际免疫学大会上
28岁的你的报告赢得了一片热烈的掌声
一位中国的小伙子引起了世界同行的关注
你成为全球一颗耀眼的新星
巴塞罗那的欧洲免疫学大会上
你的发言被破例延长了报告时间
你讲学的足迹遍布世界各地
从柏林到洛杉矶，从慕尼黑到圣地亚哥
每一处讲堂都有你的回声
每一条江河都为你扬起赞歌
最难忘啊，1999年的10月
上海国际免疫学会议隆重开幕
这是一次空前的盛会

你是大会执行主席
这是世界给予你的荣誉
这是中国的荣誉
你的报告赢得了雷鸣般的掌声
让许多爱国华人热泪盈眶
因为你给中国争了气
因为你摘取了现代医学的皇冠
国际免疫学会联盟主席
拿出小本本让与会者签名留念送给你
这是多大的荣誉和尊重啊
此时你笑了眼睛湿润了
你深知这荣誉的背后
你付出了多少心血
一路走来你经历了多少坎坷
你品尝了多少辛酸
但是你为国争光矢志不渝
你敢闯新路勇争第一
科研你战果赫赫，教育你桃李芬芳
你的昨天创造了辉煌
你的明天一定更加灿烂

曹雪涛，免疫学专家，中国工程院院士，协和医科大学校长，少将军衔。获第十一届“全国十大杰出青年”荣誉。

1964年7月19日出生于济南，中学就读于山东师范大学附中，1990年毕业于第二军医大学。26岁被破格授予博士学位，27岁成为全校最年轻的学科带头人，28岁破格晋升教授，32岁晋升为博士生导师，33岁担任重点实验室主任，41岁当选为工程院院士，为当时最年轻的院士。培养的博士生中有10多位获得全国百篇优秀博士论文奖。

用激情谱写人类进化的史诗

——献给张亚平院士

你是“彩云之南”的一颗明星
你是中国科坛的一颗明星
你是国际学术舞台的一颗明星
你身上的光环令人炫目
国际“生物多样性领导奖”
全球华人生命科学创新奖
中国青年科学家奖
杰出青年学者奖
何梁何利基金奖
国家自然科学奖
长江学者成就奖
38岁你就成为当年最年轻的院士
是什么引力将你领上这条光明路
是什么“贵人”让你拥有了今天的辉煌
答案在你的“基因组”
“兴趣、毅力、勇气、挑战”
兴趣是你最好的导师
你的故乡昭通
青山育翠兽欢禽歌
你是在聆听高原山川的交响乐中长大
你是在神奇的大自然中度过了童年
自然的造化唤起你对科学的痴迷
你喜欢那羽毛绮丽性格温雅的鸽子
每一次放飞它也放飞了你的想象

你琢磨它为什么能找到回家的路
你思考它的祖先的家园在哪里
你设想它的家族有多大
你发问它为什么能担当信使
你的灵感在一连串的发问中诞生
你穷追不舍要去寻找答案
你到大自然中观察
你到书本里去寻觅
当科学的春天向你走来
当《哥德巴赫猜想》风靡南北
你感到科学是那样神奇、崇高而伟大
兴趣的牵引
科学的召唤
让你走上了科研之路

难忘复旦校园的朝朝暮暮
你的身影始终是那样匆忙
图书馆你早早去占位置
教室里你最后熄掉灯光
娱乐聊天对你来说太奢侈
求知探索才是你最大的快乐
你要在大自然中探索微观世界的奥秘
你要去绘制生物世界的绚丽图谱
在你即将告别母校的那一刻
你也许有过短暂的思想交锋
都市霓虹灯下的生活迷幻而浪漫
对年轻人会产生巨大的磁场
然而你的目光早已锁定云南的大山深谷
因为那里是动物的天堂
那里有学术大师的导航
那里是实现你梦想的乐园
来了，来了

你带着青春的激情
你带着对未来的畅想
开始了你的学术生涯
从零起步探索新的领域
跟上世界分子遗传学的节奏
尽管实验条件是那样简陋
但你不悔恨不彷徨
扎根大山是你坚定的选择
因为你有信心在
有事业在
DNA的样品提取
用的是微量注射器和烧杯
这近乎原始的方法和设备
完成了你的博士论文
不同物种的亲缘关系你有了新的发现
为了学术的明天
你短暂地离开了这块令你留恋的热土
到大洋彼岸去开拓你的视野
在圣地亚哥分子遗传实验室
你出色的研究
赢得了美国同行的赞赏
荣膺了“环境基金青年奖”
你身居异域
但心中始终记挂着恩师的重托：
“回国，将研究室推向更高平台”
当先生不幸谢世的噩耗传来
你匆匆踏上回家的路
带着浓浓的哀思和悲凉
带着一种责任一种感恩
你为了改善实验室的条件
北上拜见了一位需仰视的人物——周光召院长
原定十分钟的谈话延续了一小时

这是对科学的渴望对人才的渴望啊
十五万美金在当时是一个天文数字啊
由此实验室可以“扮靓”
你的畅想曲可以奏响
从此“人要懂得知遇之恩”常挂在你的嘴边
要知道：这种感恩是对国家的回报
这种感恩是爱国热情的燃烧

飞翔吧激情，蓝天是那样的浩瀚
奔驰吧青春，大地是那样的辽阔
小时候阅读的文学作品中
英雄人物的基因在你身上得到移植：
抱负、意志、拼搏
你好像赛场上一匹驰骋的骏马
日夜奔腾不知停息
你勇于挑战乐于探索
你常把科研路比作登山
每一次成功你把它比作山顶的凉亭
你喜欢凉亭下登高望远的快感
是啊，一座座山峰甩在你的身后
你攀登，你快乐
东亚人群的进化规律你揭示
民族演化历程你阐释
mt-DNA突变和疾病的相关性你剖析
你为人类的健康解析基因密码
数百个基因你新发现
基因家族的起源你探索
生物多样性研究你站在国际前沿
动物分子系统学你开拓
具有国际影响的动物DNA库你建立
蝙蝠的暗视觉你发觉
熊超科分子系统树你建立

熊猫的异种克隆你研究
一个个科学难题你破解
一篇篇重大理论你创造
科学让你饱尝了艰辛
也让你享受了成功的快乐
科学对你是一种艺术享受
你是在欣赏大自然的乐章
你也在谱写大自然的乐章
你为人类的进化创作了一部史诗

张亚平，分子进化生物学和保护遗传学家，2003年评为中科院院士，时年38岁，为当时最年轻的院士。

1965年5月1日出生于云南昭通，1986年毕业于复旦，1991年在中科院昆明动物所取得博士学位，1992—1995年在美国进行学术研究，1995年回到昆明动物所，曾任所长，2012年1月任中科院副院长。

1994年，张亚平到北京拜访了时任中科院院长的周光召院士，原定10分钟的谈话延续了1小时，当即决定拨款15万美元给他建设实验室。

理性的选择　崇高的职业

——献给于全院士

当你当选院士的消息传到故乡
“九江”之水为你舞起彩练
浩渺的鄱阳湖为你荡起轻歌
奇秀甲天下的庐山向你恭行军礼
家乡的父老乡亲沸腾了
母校的校园沸腾了
老父亲喜上眉梢欣慰无比：
“儿子终于实现了愿望”
是啊，老师的预言终于变为现实

记得小时候
你兴趣的触角伸向绿色的大地
伸向湛蓝的天空
伸向浩瀚的大海
伸向每一个方向
你喜欢绘画用彩笔描绘人生
你爱好武术用坚毅铸造性格
你博览群书用独特视觉去发现
你终以骄人的成绩走进了科学的殿堂
你从钟灵毓秀的紫金山
来到了古韵悠悠的西安城墙脚下
你从闻名遐迩的“西军电”
来到了蜚声世界的利摩日大学
你在这块静谧的校园里苦心修炼

短短三年
你创造了三项令世界震惊的成果
你撰写的论文多次在国际顶级刊物上登载
你的博士论文被推为全校范本
你解决了光纤网络的重大难题
你获得了专家“非常优秀”的评价
你声名鹊起，邀请函雪片般飞来
你年仅27岁便成为学界的“大腕”
国外舒适的环境优厚的待遇
对你都缺少磁力
深情的挽留也挡不住你回家的路
你婉言谢绝归心似箭
把一个“谜团”留在了法兰西
你不愿意寄人篱下接受怜悯
你不愿意去品尝“二等公民”的滋味
你要回国，要在祖国的大地上施展自己的抱负
当你走下飞机看到一个庄严的军礼
听到一声“祖国欢迎你！”
你感受到扑面而来的温馨
你激动得热泪盈眶
你要用青春来拥抱可爱的祖国
是啊，你没有忘记祖国母亲送你走出国门
你没有忘记养育你的祖国
你要用智慧感恩“母亲”

当你踏上这片热土
有多少著名科研机构向你伸出橄榄枝
有多少知名公司给你丰厚的待遇
可是你的心不为所动
你要找一块实现自己人生价值的平台
你有自己的追求
记得首长那次和你促膝长谈

当你知道我军的通信和国外的差距
你血管里的一股热流在奔涌
你要为国防强军贡献青春和力量
你丝毫没有考虑薪酬的天壤之别
你的选择让多少人扼腕叹息
那段时间你几乎每天都在回答“好心”的询问
不管是暖风还是冷雨
你都不会改变自己的航向
当你初入军营
那场令你吃惊的一幕
永远定格在你的心中
一台台庞大的通信设备
浩浩荡荡的测试兵团
一连数十天试验场上的鏖战
都没有满意的数据
而在国外只需一个人
一台计算机，半天时间
眼前的场景让你怵目惊心
你亲眼目睹了通信网络化的落后
寝食难安心急如焚啊
因为信息化战争已经悄然走来
时不我待你策马扬鞭
像一位冲锋陷阵的战士
向着军事通信的制高点进攻
向世界最高水平发起挑战
难忘啊，五百多个日日夜夜
你和你的助手几乎天天关在微机房
无数次编写修改再编写再修改
数十万条程序从你的手中编制而出
双手磨出了老茧你也许全然不觉
因为你在专注敲打手中的“键盘乐器”
那每一个数字都是动听的音符

那几公里长的程序就像一部宏大的乐章
你陶醉其中享受那人生价值的美妙旋律
1994年12月的一天
让你自豪让中国人自豪
“野战通信仿真系统”终于研制成功
你填补了国内空白
站到了国际制高点上
你为通信卫星布设了电子神经
你为保密通信增加了保密系数
你为电子对抗平添了玄妙的武功
你给野战部队安装了电子耳目
你给海陆空三军拉近了时空距离
你为打赢信息化战争立下了汗马功劳

在你的脚下
每一次登临的山峰都是新的起点
在科学的山路上你从来没有终点
你始终用手中的望远镜去瞭望世界的前沿
你瞄准“网关电台”协同通信的世界难题
最少的经费起步，几个年轻人拼杀
为了搜集野战电台的数据
你们跋山涉水跨越东西南北
从辽东半岛到天涯海角
从东海之滨到青藏高原
处处都留下你的脚印和身影
1998年11月11日
中国向世界发布：
中国“软件无线电网关电台”研制成功
这声音震耳欲聋让世界震惊
你破解了三军协同作战的难题
你让中国军人昂首阔步扬眉吐气
你“思维不拘一格”

你“善于出奇制胜”
创新是你实现跨越的不竭动力
一次次应急作战的堡垒你攻克
一项项重大项目你担当
你虽没有站在军队的前沿阵地
但你运筹帷幄指挥若定
你用智慧铸造了共和国的钢铁长城
你是赢得信息化战争胜利的坚强后盾
你的青春
你的智慧
在你的“五四奖章”上熠熠生辉
你的人生写满了精彩
你的未来将更加灿烂辉煌

于全，著名的通信工程专家，2009年当选为中国工程院院士，时年44岁，刷新了工程院最年轻院士的记录。现为中国人民解放军军事科学院研究员，网络攻防重点实验室主任，西安电子科技大学博士生导师。

1965年9月出生于江西九江，中学就读于九江市三中，1982年考入南京大学信息物理系，1986年考入西安电子科技大学硕士，1988年被派往法国留学，获得博士学位后，于1992年回国。

甘当学生的科学院掌门人

——献给张劲夫院长

你永远不会忘记祖母那和善慈祥的面容
那宽厚待人的胸怀
那勤劳质朴的美德
你是在祖母的歌谣里长大
你是在吮吸祖母智慧的乳汁中认识了世界
那一个个名人故事
那一串串富有哲理的谚语
那凝聚在祖母身上的中华文化
深深地渗入你幼小的心灵
为了生存你告别了深爱的祖母
告别了你依依不舍的故乡
来到江浦开始了新的生活
望着那滚滚东流的江水
你神思飞翔
你要从这里起航驶向遥远的地方
记得1930年5月的一天
你带着梦想带着对新世界的渴望
走进了晓庄师范
这里是你人生起航的码头
这里是你人生旅程的一盏明灯
“人民第一，人民至上”
“捧着一颗心来，不带半根草去”
“行是知之始，知是行之成”
行知先生的金玉良言

像磁石般吸引着你
像火炬一样照亮了你的心坎
是恩师让你看到了曙光
让你找到了人生的航向
让你勇敢地置身于湍急的时代洪流
从这里你走上了战火纷飞的抗日前线
你的青春在血雨腥风里经受洗礼
你的意志在熊熊烈火中经受锤炼
上海滩的“救国会”听到你高昂的呐喊
大别山的抗日前线有你冲锋陷阵的英姿
横渡长江的大军里有你挥动的战旗
戎马倥偬的人生让你百炼成钢

你无论在哪里都像一块宝石熠熠生辉
都有无穷的光和热
当共和国“向科学进军”的号角吹响
当科学院掌门人的重任交付给你
你义不容辞地接下这一光荣的使命
你说：“我来学习，向大家学习，当学生”
你谦逊的胸怀像浩瀚的大海
你有军人果敢的气魄
你也有文人细腻的情怀
战场上你是叱咤风云的将军
科学天地你也不乏“大家”的风范
“人生为一大事来，做一大事去”
这就是你的人生坐标
难忘啊科学院那段不寻常的岁月
难忘啊在向科学进军中你的足迹
你待人的热情犹如那三月的春风
你身上的凝聚力胜于那巨大的磁铁
你殷勤服务甘做科学家的“保姆”
你四处奔波恰似战火下的南征北战

你是一块乌亮的煤炭
燃烧自己温暖别人
你是一棵参天的大树
伸展臂膀护佑一方
你是一位“家长”
让科学家们感到家的温馨
每一位“专家”在你手里
都被当作“国宝”来呵护
每一个学者在你眼里都是耀眼的棋子
让你手中的科学棋盘灵动出彩
当“反右”的风暴来袭
你坐卧不宁冥思苦想
你冒着政治风险晋见主席
你要给科学院创造一片宁静
你的温情催绿了寒风中的大地
你的关怀给科学院带来了一派生机
你是激流中坚毅的磐石
挡住了那污泥浊水
你洞察到新技术革命的洪流已经到来
你要驾驭中国科学技术的航船
去挑战未来去超越时代
“十二年规划”宏伟蓝图你挂帅绘制
“四项紧急措施”你主持提炼
不会忘记“西苑”那千军万马的鏖战
不会忘记那一个个灯火通明的夜晚
新中国第一台“八一”计算机诞生了
“109丙机”相继问世
她可是“两弹一星”的计算功臣啊
你创造的速度
使科学的列车驶向了高速通道
速度是实现跨越的动力
时间在你手中有无限的张力

时间在你看来胜过生命
你始终在和时间赛跑
不是吗仅仅半年时间
一所服务于科学规划的泱泱大学崛地而起
中科大成为输送科学精英的摇篮
为了给科学家创造安定宽松的环境
为了避免新的政治折腾
为了避免重蹈“大跃进”的覆辙
为了“出成果”“出人才”
你不辱使命呕心沥血
你察纳雅言海纳百川
《笔谈集》记录了你和科学家亲切的交谈
《十四条》《三十六条》
彰显了你对党的科学事业的忠诚
你为科学家们撑起了保护伞
挡住了风霜雪雨的侵袭
创造了一个宁静的空间

当核威胁的乌云笼罩在中国的上空
当打破核垄断的进军号吹响
你敢于担当不辱使命
为了原子弹的研制
你忍痛割爱调兵遣将
国家哪里需要你就指挥到哪里
从核燃料的研究到放射化学
从电子显微镜到快速摄影
从氟油到高能炸药
从真空阀门到现场观测
每一项关键技术都有你旗下的将士
为了导弹的研制
你请缨探路
火箭升空有你给力

高能燃料有你奉献的光热
基地上有你的身影
工厂里有你的话音
为了卫星上天
你夜以继日精心策划
你把科学也当作战场
你既是一位指挥员
又是一位战斗员
你是科学的播种机
你是园圃的耕耘者
你是科学发展的催化剂
你是时代列车的牵引机
你是科学院辉煌背后的强大光源
新中国记住你
人民记住你
科学的春天永远为你唱响赞歌

张劲夫，1930年就读于晓庄师范，得益于陶行知先生的培养，后参加革命，戎马生涯。1956—1967年任中科院党组书记、副院长，主持全院日常工作。是公认的科学院党组的好“班长”，创造了建国初科学院的十年辉煌，使科学院在全国科技事业中发挥了“火车头”的作用。任国务院科学规划委员会秘书长。

1914年6月6日出生于江苏江浦，1930年在南京晓庄师范学习，1934年参加革命，1935年加入中国共产党。

中科院最美的玫瑰

——献给郭永怀的夫人李佩老师

抑制不住心头的激动
驾驭不住精神的野马
飞往珠穆朗玛峰去
采一朵洁白的雪莲
献给圣洁而坚韧的东方女性
登上康奈尔校园的山顶
摘一束粉红色的康乃馨
献给博爱而伟大的母亲
我们无比敬仰的李佩老师

你从秀丽的江南水乡走来
你有莲花般冰清玉洁的美丽
你从红墙京都走向春城昆明
你在红色的浪涛中勇立潮头
你从弹痕累累的故园走向大洋彼岸
你为拯救中华积聚知识的能量
康奈尔大学的山路上
留下你青春的脚印
你像一只勤劳的蜜蜂
在知识的百花园中不停地采撷
酿造芳醇的花蜜
在美丽而浪漫的校园
你也收获了甜美的爱情
相恋相爱的情侣

像并蒂莲花绽放盛开
像比翼双飞的鸿雁展翅飞翔
你漂泊异乡心系祖国
“中国是我的祖国，我要走的时候就要走”
这是赤子的情怀
这是游子对母亲的深爱
在将要启程回国的时候
你不忍看到你的先生将手稿付之一炬
因为你知道祖国需要它
当先生说全装在脑子里时
你才欣慰地露出微笑
回来了，拨开一道道阴云
踏过一层层惊涛骇浪
终于回来了
在中关村安了家
这里虽荒僻冷清
但你感到格外温馨而幸福
因为事业将从这里起步

你文弱而刚强
你像那道旁的白杨树伟岸而正直
今天当我们走在中关村白杨树的浓荫下
我们不禁要想起当年你植树的背影
是你为今日的科学城锦绣了家园
你虽然没有在科研一线去创造发明
但是你同样贡献你的智慧和力量
你的双脚虽然没有踏进大漠深处
但你却时时牵挂着那神秘的西北高原
“两弹一星”你虽然没有参与研发
但功勋奖章上也少不了你的奉献
丈夫奔波无暇顾家
爱女尚幼需要教育

你就是家中的脊梁啊
苦矣乐矣
然而命运多舛
当浩劫的寒流袭来
当知识与文明被践踏
你在生活的湍流中搏击
以豁达与坚毅去面对
爱女小芹年仅十五
正是读书的黄金岁月
却走进了浩浩荡荡的上山下乡大军
去荒凉而寒冷的龙江岸边
而你也因曾留学美国
被戴上“特务”的“罪名”
离开了丈夫流放“北大荒”接受“改造”
在你还在政治的漩涡中抗争时
一场惊天动地的灾祸从天而降
记得前一天晚上你还接到先生的电话：
他次日就回到北京
此时的你激动的心啊快要跳出
你在急切地等待
可是你一等再等再也没有等到
1968年12月5日
这是一个让你泣血的日子啊
他乘坐的飞机失事了
他永远永远地离开了你
你泣不成声极度痛苦
高山为之动容，大河为之流泪
周总理哭了
一切爱戴你们的人都哭了
但你擦干了眼泪
挺起了腰杆
又坚韧地面对政治“审查”

女儿带着悲哀又踏上了北上的列车
你们分隔两地
用精神的力量在相互支撑
你把你的幸福与快乐
全部寄托在事业上

当科学的春天到来
你事业的春光也随之而来
记得在你主管外语教学的那些日子
你是周公吐哺求贤若渴
甘做伯乐网罗天下英才
你高瞻远瞩为英语师资培训立下汗马功劳
你创造了应用英语教学的典范
是当之无愧的“中国应用语言学之母”
你以敏锐的目光开启了
当代中国的“留学潮”
你的签字就是跨出国门的名片
半个多世纪的讲坛生涯
你倾洒甘露桃李满天下
跨越世纪的老人啊
今天你仍然精神矍铄神采奕奕
你仍风采依旧热情不减
耄耋之年你仍办“百家讲坛”
让中关村的老人社区焕发活力
让退休的老专家永葆科学青春
你以你的行动实现自己的理想：
为大家多做点事
你的一生平凡而又伟大
你把青春、家庭，乃至生命都献给了事业
你把先生的功勋奖章
你把一生所有的积蓄都献给了祖国
你的一生就像火红的山茶花

那么红艳
那么光彩照人
你是一位古典与现代完美结合的东方女性
你是一位慈祥而伟大的母亲

李佩，女，中科院“三八红旗手”，我国“两弹一星功勋奖章”获得者郭永怀的夫人，1917年12月20日生于北京，曾就读于著名的贝满女中，1937年考入北大经济系，1938—1941年在西南联大学习，1947年赴康奈尔大学留学，次年和郭永怀结婚，1956年10月，和郭永怀及女儿一起回国。在中科院长期从事英语教学工作，被誉为“中国应用语言学之母”。

为建设世界科技强国而奋斗

——在全国科技创新大会、两院院士大会、中国科协第九次全国代表大会上的讲话

（2016年5月30日）

习近平

各位院士，同志们，朋友们：

今天，我们在这里召开全国科技创新大会、两院院士大会、中国科协第九次全国代表大会。4000名代表齐聚一堂，群英荟萃，少长咸集，共商国家科技创新大计。这是共和国历史上的又一次科技盛会。

1956年1月，毛泽东同志等党和国家领导人以及1300多名领导干部，在中南海怀仁堂听取中国科学院4位学部主任关于国内外科技发展的报告，党中央向全党全国发出“向科学进军”的号召。其后10年，在各方共同努力下，我国建立了学科齐全的科学研究体系、工业技术体系、国防科技体系、地方科技体系，取得了以“两弹一星”为标志的一批重大科技成果。

1978年，党中央召开全国科学大会，邓小平同志在大会上作出科学技术是生产力的重要论断，我国迎来“科学的春天”。1995年，党中央、国务院召开全国科学技术大会，江泽民同志发表重要讲话，号召大力实施科教兴国战略，形成实施科教兴国战略热潮。2006年，党中央、国务院再次召开全国科学技术大会，胡锦涛同志发表重要讲话，部署实施《国家中长期科学和技术发展规划纲要（2006—2020年）》，动员全党全社会为建设创新型国家而努力奋斗。2012年，党中央、国务院召开全国科技创新大会，号召我国科技界奋力创新、为全面建成小康社会提供有力科技支撑。

今天，我们在这里召开这个盛会，就是要在我国发展新的历史起点上，把科技创新摆在更加重要位置，吹响建设世界科技强国的号角。

我国现代化建设的目标是，到我们党成立100年时建成惠及十几亿人口的更高

水平的小康社会，到新中国成立100年时基本实现现代化，建成富强民主文明和谐的社会主义现代化国家。党中央今年颁布的《国家创新驱动发展战略纲要》明确，我国科技事业发展的目标是，到2020年时使我国进入创新型国家行列，到2030年时使我国进入创新型国家前列，到新中国成立100年时使我国成为世界科技强国。

两院院士和广大科技工作者是国家的财富、人民的骄傲、民族的光荣，大家责任重大、使命重大，应该努力为建成创新型国家、建成世界科技强国作出新的更大的贡献！

各位院士，同志们、朋友们！

历史经验表明，科技革命总是能够深刻改变世界发展格局。16—17世纪的科学革命标志着人类知识增长的重大转折。18世纪出现了蒸汽机等重大发明，成就了第一次工业革命，开启了人类社会现代化历程。19世纪，科学技术突飞猛进，催生了由机械化转向电气化的第二次工业革命。20世纪前期，量子论、相对论的诞生形成了第二次科学革命，继而发生了信息科学、生命科学变革，基于新科学知识的重大技术突破层出不穷，引发了以航空、电子技术、核能、航天、计算机、互联网等为里程碑的技术革命，极大提高了人类认识自然、利用自然的能力和社会生产力水平。一些国家抓住科技革命的难得机遇，实现了经济实力、科技实力、国防实力迅速增强，综合国力快速提升。

在绵延五千多年的文明发展进程中，中华民族创造了闻名于世的科技成果。我们的先人在农、医、天、算等方面形成了系统化的知识体系，取得了以四大发明为代表的一大批发明创造。马克思说："火药、指南针、印刷术——这是预告资产阶级社会到来的三大发明。火药把骑士阶层炸得粉碎，指南针打开了世界市场并建立了殖民地，而印刷术则变成新教的工具，总的来说变成科学复兴的手段，变成对精神发展创造必要前提的最强大的杠杆。"

近代以后，由于国内外各种原因，我国屡次与科技革命失之交臂，从世界强国变为任人欺凌的半殖民地半封建国家，我们的民族经历了一个多世纪列强侵略、战乱不止、社会动荡、人民流离失所的深重苦难。在那个国家积贫积弱的年代，多少怀抱科学救国、教育救国理想的人们报国无门，留下了深深的遗憾。

经过新中国成立以来特别是改革开放以来不懈努力，我国科技发展取得举世瞩目的伟大成就，科技整体能力持续提升，一些重要领域方向跻身世界先进行列，某些前沿方向开始进入并行、领跑阶段，正处于从量的积累向质的飞跃、点的突破向系统能力提升的重要时期。

多复变函数论、陆相成油理论、人工合成牛胰岛素等成就，高温超导、中微子物理、量子反常霍尔效应、纳米科技、干细胞研究、肿瘤早期诊断标志物、人类基因组测序等基础科学突破，“两弹一星”、超级杂交水稻、汉字激光照排、高性能计算机、三峡工程、载人航天、探月工程、移动通信、量子通信、北斗导航、载人深潜、高速铁路、航空母舰等工程技术成果，为我国成为一个有世界影响的大国奠定了重要基础。从总体上看，我国在主要科技领域和方向上实现了邓小平同志提出的“占有一席之地”的战略目标，正处在跨越发展的关键时期。

现在，我们比历史上任何时期都更接近实现中华民族伟大复兴的目标，比历史上任何时期都更有信心、更有能力实现这个目标。我们要抓住这一历史机遇，同时我们要牢记，中华民族伟大复兴绝不是轻轻松松就能实现的。科技兴则民族兴，科技强则国家强。实现“两个一百年”奋斗目标，实现中华民族伟大复兴的中国梦，必须坚持走中国特色自主创新道路，面向世界科技前沿、面向经济主战场、面向国家重大需求，加快各领域科技创新，掌握全球科技竞争先机。这是我们提出建设世界科技强国的出发点。

各位院士，同志们、朋友们!

纵观人类发展历史，创新始终是一个国家、一个民族发展的重要力量，也始终是推动人类社会进步的重要力量。不创新不行，创新慢了也不行。如果我们不识变、不应变、不求变，就可能陷入战略被动，错失发展机遇，甚至错过整整一个时代。实施创新驱动发展战略，是应对发展环境变化、把握发展自主权、提高核心竞争力的必然选择，是加快转变经济发展方式、破解经济发展深层次矛盾和问题的必然选择，是更好引领我国经济发展新常态、保持我国经济持续健康发展的必然选择。

科技是国之利器，国家赖之以强，企业赖之以赢，人民生活赖之以好。中国要强，中国人民生活要好，必须有强大科技。新时期、新形势、新任务，要求我们在科技创新方面有新理念、新设计、新战略。我们要深入贯彻新发展理念，深入实施科教兴国战略和人才强国战略，深入实施创新驱动发展战略，统筹谋划，加强组织，优化我国科技事业发展总体布局。

第一，夯实科技基础，在重要科技领域跻身世界领先行列。推动科技发展，必须准确判断科技突破方向。判断准了就能抓住先机。“虽有智慧，不如乘势。”历史经验表明，那些抓住科技革命机遇走向现代化的国家，都是科学基础雄厚的国家；那些抓住科技革命机遇成为世界强国的国家，都是在重要科技领域处于领先行列的国家。

综合判断，我国已经成为具有重要影响力的科技大国，科技创新对经济社会发展的支撑和引领作用日益增强。同时，必须认识到，同建设世界科技强国的目标相比，我国发展还面临重大科技瓶颈，关键领域核心技术受制于人的格局没有从根本上改变，科技基础仍然薄弱，科技创新能力特别是原创能力还有很大差距。

科学技术是世界性、时代性的，发展科学技术必须具有全球视野、把握时代脉搏。当今世界，新一轮科技革命蓄势待发，物质结构、宇宙演化、生命起源、意识本质等一些重大科学问题的原创性突破正在开辟新前沿新方向，一些重大颠覆性技术创新正在创造新产业新业态，信息技术、生物技术、制造技术、新材料技术、新能源技术广泛渗透到几乎所有领域，带动了以绿色、智能、泛在为特征的群体性重大技术变革，大数据、云计算、移动互联网等新一代信息技术同机器人和智能制造技术相互融合步伐加快，科技创新链条更加灵巧，技术更新和成果转化更加快捷，产业更新换代不断加快，使社会生产和消费从工业化向自动化、智能化转变，社会生产力将再次大提高，劳动生产率将再次大飞跃。

抓科技创新，不能等待观望，不可亦步亦趋，当有只争朝夕的劲头。时不我待，我们必须增强紧迫感，及时确立发展战略，全面增强自主创新能力。我国科技界要坚定创新自信，坚定敢为天下先的志向，在独创独有上下功夫，勇于挑战最前沿的科学问题，提出更多原创理论，作出更多原创发现，力争在重要科技领域实现跨越发展，跟上甚至引领世界科技发展新方向，掌握新一轮全球科技竞争的战略主动。

第二，强化战略导向，破解创新发展科技难题。科技创新的战略导向十分紧要，必须抓准，以此带动科技难题的突破。当前，国家对战略科技支撑的需求比以往任何时期都更加迫切。这里，我举几个例子。从理论上讲，地球内部可利用的成矿空间分布在从地表到地下1万米，目前世界先进水平勘探开采深度已达2500米至4000米，而我国大多小于500米，向地球深部进军是我们必须解决的战略科技问题。材料是制造业的基础，目前我国在先进高端材料研发和生产方面差距甚大，关键高端材料远未实现自主供给。我国很多重要专利药物市场绝大多数被国外公司占据，高端医疗装备主要依赖进口，成为看病贵的主要原因之一，而创新药物研发集中体现了生命科学和生物技术领域前沿新成就和新突破，先进医疗设备研发体现了多学科交叉融合与系统集成。脑连接图谱研究是认知脑功能并进而探讨意识本质的科学前沿，这方面探索不仅有重要科学意义，而且对脑疾病防治、智能技术发展也具有引导作用。深海蕴藏着地球上远未认知和开发的宝藏，但要得到这些宝藏，就必须在深海进入、深海探测、深海开发方面掌握关键技术。空间技术深刻改变了人类对宇宙的认知，为人类社会进步提供了重要动力，同时浩瀚的空天还有许多未知的奥秘有待探索，必须推动空间科学、空间技术、空间应用全面发展。这样的领域还有很多。党中央已经确定了我国科技面向2030年的长远战略，决定实施一批重大科技项目和工程，要加快推进，围绕国家重大战略需求，着力攻破关键核心技术，抢占事关长远和全局的科技战略制高点。

成为世界科技强国，成为世界主要科学中心和创新高地，必须拥有一批世界一流科研机构、研究型大学、创新型企业，能够持续涌现一批重大原创性科学成果。党的十八届五中全会提出，要在重大创新领域组建一批国家实验室。这是一项对我国科技创新具有战略意义的举措。要以国家实验室建设为抓手，强化国家战略科技力量，在明确国家目标和紧迫战略需求的重大领域，在有望引领未来发展的战略制高点，以重大科技任务攻关和国家大型科技基础设施为主线，依托最有优势的创新单元，整合全国创新资源，建立目标导向、绩效管理、协同攻关、开放共享的新型运行机制，建设突破型、引领型、平台型一体的国家实验室。这样的国家实验室，应该成为攻坚克难、引领发展的战略科技力量，同其他各类科研机构、大学、企业研发机构形成功能互补、良性互动的协同创新新格局。

第三，加强科技供给，服务经济社会发展主战场。“穷理以致其知，反躬以践其实。”科学研究既要追求知识和真理，也要服务于经济社会发展和广大人民群众。广大科技工作者要把论文写在祖国的大地上，把科技成果应用在实现现代化的伟大事业中。

经过改革开放30多年努力，我国经济总量已经居世界第二。同时，我国经济发展不少领域大而不强、大而不优。新形势下，长期以来主要依靠资源、资本、劳动力等要素投入支撑经济增长和规模扩张的方式已不可持续，我国发展正面临着动力转换、方式转变、结构调整的繁重任务。现在，我国低成本资源和要素投入形成的驱动力明显减弱，需要依靠更多更好的科技创新为经济发展注入新动力；社会发展面临人口老龄化、消除贫困、保障人民健康等多方面挑战，需要依靠更多更好的科技创新实现经济社会协调发展；生态文明发展面临日益严峻的环境污染，需要依靠更多更好的科技创新建设天蓝、地绿、水清的美丽中国；能源安全、粮食安全、网络安全、生态安全、生物安全、国防安全等风险压力不断增加，需要依靠更多更好的科技创新保障国家安全。所以说，科技创新是核心，抓住了科技创新就抓住了牵动我国发展全局的牛鼻子。

推动我国经济社会持续健康发展，推进供给侧结构性改革，落实好“三去一降一补”任务，必须在推动发展的内生动力和活力上来一个根本性转变，塑造更多依靠创新驱动、更多发挥先发优势的引领性发展。要深入研究和解决经济和产业发展亟需的科技问题，围绕促进转方式调结构、建设现代产业体系、培育战略性新兴产业、发展现代服务业等方面需求，推动科技成果转移转化，推动产业和产品向价值链中高端跃升。

发展不协调是我国长期存在的突出问题，集中表现在区域、城乡、经济和社会、物质文明和精神文明、经济建设和国防建设等关系上。我们要立足于科技创新，释放创新驱动的原动力，让创新成为发展基点，拓展发展新空间，创造发展新机遇，打造发展新引擎，促进新型工业化、信息化、城镇化、农业现代化同步发展，提升发展整体效能，在新的发展水平上实现协调发展。

绿色发展是生态文明建设的必然要求，代表了当今科技和产业变革方向，是最有前途的发展领域。人类发展活动必须尊重自然、顺应自然、保护自然，否则就会受到大自然的报复。这个规律谁也无法抗拒。要加深对自然规律的认识，自觉以对规律的认识指导行动。不仅要研究生态恢复治理防护的措施，而且要加深对生物多样性等科学规律的认识；不仅要从政策上加强管理和保护，而且要从全球变化、碳循环机理等方面加深认识，依靠科技创新破解绿色发展难题，形成人与自然和谐发展新格局。

国际经济合作和竞争局面正在发生深刻变化，全球经济治理体系和规则正在面临重大调整。经济全球化表面上看是商品、资本、信息等在全球广泛流动，但本质上主导这种流动的力量是人才、是科技创新能力。要增强我们引领商品、资本、信息等全球流动的能力，推动形成对外开放新格局，增强参与全球经济、金融、贸易规则制订的实力和能力，在更高水平上开展国际经济和科技创新合作，在更广泛的利益共同体范围内参与全球治理，实现共同发展。

人民的需要和呼唤，是科技进步和创新的时代声音。随着经济社会不断发展，我国13亿多人民过上美好生活的新期待日益上升，提高社会发展水平、改善人民生活、增强人民健康素质对科技创新提出了更高要求。要想人民之所想、急人民之所急，聚焦重大疾病防控、食品药品安全、人口老龄化等重大民生问题，大幅增加公共科技供给，让人民享有更宜居的生活环境、更好的医疗卫生服务、更放心的食品药品。要依靠科技创新建设低成本、广覆盖、高质量的公共服务体系。要加强普惠和公共科技供给，发展低成本疾病防控和远程医疗技术，实现优质医疗卫生资源普惠共享。要发展信息网络技术，消除不同收入人群、不同地区间的数字鸿沟，努力实现优质文化教育资源均等化。

第四，深化改革创新，形成充满活力的科技管理和运行机制。创新是一个系统工程，创新链、产业链、资金链、政策链相互交织、相互支撑，改革只在一个环节或几个环节搞是不够的，必须全面部署，并坚定不移推进。科技创新、制度创新要协同发挥作用，两个轮子一起转。

我们最大的优势是我国社会主义制度能够集中力量办大事。这是我们成就事业的重要法宝。过去我们取得重大科技突破依靠这一法宝，今天我们推进科技创新跨越也要依靠这一法宝，形成社会主义市场经济条件下集中力量办大事的新机制。

要以推动科技创新为核心，引领科技体制及其相关体制深刻变革。要加快建立科技咨询支撑行政决策的科技决策机制，加强科技决策咨询系统，建设高水平科技智库。要加快推进重大科技决策制度化，解决好实际存在的部门领导拍脑袋、科技专家看眼色行事等问题。要完善符合科技创新规律的资源配置方式，解决简单套用行政预算和财务管理方法管理科技资源等问题，优化基础研究、战略高技术研究、社会公益类研究的支持方式，力求科技创新活动效率最大化。要着力改革和创新科研经费使用和管理方式，让经费为人的创造性活动服务，而不能让人的创造性活动为经费服务。要改革科技评价制度，建立以科技创新质量、贡献、绩效为导向的分类评价体系，正确评价科技创新成果的科学价值、技术价值、经济价值、社会价值、文化价值。

企业是科技和经济紧密结合的重要力量，应该成为技术创新决策、研发投入、科研组织、成果转化的主体。要制定和落实鼓励企业技术创新各项政策，强化企业创新倒逼机制，加强对中小企业技术创新支持力度，推动流通环节改革和反垄断反不正当竞争，引导企业加快发展研发力量。要加快完善科技成果使用、处置、收益管理制度，发挥市场在资源配置中的决定性作用，让机构、人才、装置、资金、项目都充分活跃起来，形成推动科技创新强大合力。要调整现有行业和地方的科研机构，充实企业研发力量，支持依托企业建设国家技术创新中心，培育有国际影响力的行业领军企业。

科研院所和研究型大学是我国科技发展的主要基础所在，也是科技创新人才的摇篮。要优化科研院所和研究型大学科研布局。科研院所要根据世界科技发展态势，优化自身科技布局，厚实学科基础，培育新兴交叉学科生长点，重点加强共性、公益、可持续发展相关研究，增加公共科技供给。研究型大学要加强学科建设，重点开展自由探索的基础研究。要加强科研院所和高校合作，使目标导向研究和自由探索相互衔接、优势互补，形成教研相长、协同育人新模式，打牢我国科技创新的科学和人才基础。

发挥各地在创新发展中的积极性和主动性，对形成国家科技创新合力十分重要。要围绕“一带一路”建设、长江经济带发展、京津冀协同发展等重大规划，尊重科技创新的区域集聚规律，因地制宜探索差异化的创新发展路径，加快打造具有全球影响力的科技创新中心，建设若干具有强大带动力的创新型城市和区域创新中心。

第五，弘扬创新精神，培育符合创新发展要求的人才队伍。“功以才成，业由才广。”科学技术是人类的伟大创造性活动。一切科技创新活动都是人做出来的。我国要建设世界科技强国，关键是要建设一支规模宏大、结构合理、素质优良的创新人才队伍，激发各类人才创新活力和潜力。要极大调动和充分尊重广大科技人员的创造精神，激励他们争当创新的推动者和实践者，使谋划创新、推动创新、落实创新成为自觉行动。

我国科技队伍规模是世界上最大的，这是产生世界级科技大师、领军人才、尖子人才的重要基础。科技人才培育和成长有其规律，要大兴识才爱才敬才用才之风，为科技人才发展提供良好环境，在创新实践中发现人才、在创新活动中培育人才、在创新事业中凝聚人才，聚天下英才而用之，让更多千里马竞相奔腾。要改革人才培养、引进、使用等机制，努力造就一大批能够把握世界科技大势、研判科技发展方向的战略科技人才，培养一大批善于凝聚力量、统筹协调的科技领军人才，培养一大批勇于创新、善于创新的企业家和高技能人才。要完善创新人才培养模式，强化科学精神和创造性思维培养，加强科教融合、校企联合等模式，培养造就一大批熟悉市场运作、具备科技背景的创新创业人才，培养造就一大批青年科技人才。要营造良好学术环境，弘扬学术道德和科研伦理，在全社会营造鼓励创新、宽容失败的氛围。要加强知识产权保护，积极实行以增加知识价值为导向的分配政策，包括提高科研人员成果转化收益分享比例，探索对创新人才实行股权、期权、分红等激励措施，让他们各得其所。

在基础研究领域，包括一些应用科技领域，要尊重科学研究灵感瞬间性、方式随意性、路径不确定性的特点，允许科学家自由畅想、大胆假设、认真求证。不要以出成果的名义干涉科学家的研究，不要用死板的制度约束科学家的研究活动。很多科学研究要着眼长远，不能急功近利，欲速则不达。要让领衔科技专家有职有权，有更大的技术路线决策权、更大的经费支配权、更大的资源调动权，防止瞎指挥、乱指挥。要建立相应责任制和问责制度，切实解决不同程度存在的一哄而起、搞大拼盘等问题。政府科技管理部门要抓战略、抓规划、抓政策、抓服务，发挥国家战略科技力量建制化优势。

科技创新、科学普及是实现创新发展的两翼，要把科学普及放在与科技创新同等重要的位置。没有全民科学素质普遍提高，就难以建立起宏大的高素质创新大军，难以实现科技成果快速转化。希望广大科技工作者以提高全民科学素质为己任，把普及科学知识、弘扬科学精神、传播科学思想、倡导科学方法作为义不容辞的责任，在全社会推动形成讲科学、爱科学、学科学、用科学的良好氛围，使蕴藏在亿万人民中间的创新智慧充分释放、创新力量充分涌流。

中国科学院、中国工程院是我国科技大师荟萃之地，要发挥好国家高端科技智库功能，组织广大院士围绕事关科技创新发展全局和长远问题，善于把握世界科技发展大势、研判世界科技革命新方向，为国家科技决策提供准确、前瞻、及时的建议。要发挥好最高学术机构学术引领作用，把握好世界科技发展大势，敏锐抓住科技革命新方向。"桐花万里丹山路，雏凤清于老凤声。"科技创新，贵在接力。希望广大院士发挥好科技领军作用，团结带领全国科技界特别是广大青年科技人才为建设世界科技强国建功立业。

中国科协各级组织要坚持为科技工作者服务、为创新驱动发展服务、为提高全民科学素质服务、为党和政府科学决策服务的职责定位，推动开放型、枢纽型、平台型科协组织建设，接长手臂，扎根基层，团结引领广大科技工作者积极进军科技创新，组织开展创新争先行动，促进科技繁荣发展，促进科学普及和推广，真正成为党领导下团结联系广大科技工作者的人民团体，成为科技创新的重要力量。

各级党委和政府要肩负起领导和组织创新发展的责任，善于调动各方面创新要素，善于发挥各类人才积极性，共同为建设创新型国家、建设世界科技强国凝心聚力。

各位院士，同志们、朋友们！

中国实现现代化，是人类历史上前所未有的大变革。中国实现了现代化，意味着比现在所有发达国家人口总和还要多的中国人民将进入现代化行列。从现在起到新中国成立100年只有30多年时间，我们的前景十分光明，我们的任务十分繁重。

有多大担当才能干多大事业，尽多大责任才能有多大成就。两院院士和广大科技工作者要发扬我国科技界追求真理、服务国家、造福人民的优良传统，勇担重任，勇攀高峰，当好建设世界科技强国的排头兵。

让我们扬起13亿多中国人民对美好生活憧憬的风帆，发动科技创新的强大引擎，让中国这艘航船，向着世界科技强国不断前进，向着中华民族伟大复兴不断前进，向着人类更加美好的未来不断前进！

1950年朱光亚给留美同学的一封公开信

同学们：

是我们回国参加祖国建设工作的时候了。祖国的建设急迫地需要我们！人民政府已经一而再再而三地大声召唤我们，北京电台也发出了号召同学回国的呼声。人民政府在欢迎和召唤回国的留学生。同学们，祖国的父老们对我们寄存了无限的希望，我们还有什么犹豫的呢？还有什么可以迟疑的呢？我们还在这里彷徨做什么？同学们，我们都是在中国长大的，我们受了20多年的教育，自己不曾种过一粒米，不曾挖过一块煤。我们都是靠千千万万终日劳动的中国工农大众的血汗供养长大的。现在他们渴望我们，我们还不该赶快回去，把自己的一技之长，献给祖国的人民吗？是的，我们该赶快回去了。

你也许说自己学的还不够，要“继续充实”“继续研究”，因为“机会难得”。朋友！学问是无穷的！我们念一辈子也念不完。若留恋这里的研究环境，恐怕一辈子也回不去了。而且，回国去之后，有的是学习的机会，有的是研究的机会，配合国内实际需要的学习才更切实，更有用。若待在这里钻牛角尖，学些不切中国实际的东西，回去之后与实际情形脱节，不能应用，到时候，真是后悔都来不及呢！

也许你在工厂实习，想从实际工作中得到经验，其实，也不值得多留，美国工厂大，部门多，设备材料和国内相差很远，花了许多工夫弄熟悉了一个部门，回去不见得有用。见识见识是好的，多留就不值得了，别忘了回去的实习机会多得很，而且配合中国需要，不是吗？中国有事要我们做，为什么却要留在美国替人家做事。

你也许正在从事科学或医学或农业的研究工作，想将来回去提倡研究，好提高中国的学术水准。做研究工作的也该赶快回去。研究的环境是要我们创造出来的，难道该让别人烧好饭，我们来吃，坐享其成吗？其实讲研究，讲教学，也得从实际出发，绝不是闭门造车所弄得好的。你不见清华大学的教授们教学也在配合中国实际情况吗？譬如清华王遵明教授讲炼钢，他用中国铁矿和鞍山钢铁公司的实际情况来说明中国炼钢工作中的特殊问题。这些，在这里未必学得到。

你也许学的是社会科学：政治、经济、法律。那就更该早点回去了。美国的社会环境与中国的社会环境差别很大，是不可否认的事实。由高度工业化的资本主义社会基础所产生出来的一套社会科学理论，能不能用到刚脱离半殖民地半封建社会基础的中国社会上去，是很值得大家思考的严重问题。新民主主义已经很明显地指出中国社会建设该取的道路。要配合中国社会的实际情况，才能从事中国的社会建设，才能发展我们的社会科学理论。朋友，请想一想，在这里学的一套资本主义的理论，先且不说那是替帝国主义作传声筒，回去怎样能配得上中国的新民主主义建设呢？中国需要社会建设的干部，中国需要了解中国实情的社会学家。回国之后，有的是学习机会。不少回国的同学，自动地去华北大学学习三个月，再出来工作。早一天回去，早一天了解中国的实际政治经济情况，早一天了解人民政府的政策，早一天参加实际的工作，多一天为人民服务的机会。现在祖国各方面都需要人才，我们不能彷徨了！

一点也不错，祖国需要人才，祖国需要各方面的人才。祖国的劳动人民已经在大革命中翻身了，他们正摆脱了封建制度的束缚，官僚资本的剥削，帝国主义的迫害，翻身站立了起来，从现在起，他们将是中国的主人，从现在起，四万万五千万的农民、工人、知识分子、企业家将在反封建、反官僚资本、反帝国主义的大旗帜下，团结一心，合力建设一个新兴的中国，一个自由民主的中国，一个以工人农民也就是人民大众的幸福为前提的新中国。要完成这个工作，前面是有不少的艰辛，但是我们有充分的信念，我们是在朝着充满光明前途的大道上迈进，这个建设新中国的责任是要我们分担的。同学们，祖国在召唤我们了，我们还犹豫什么？彷徨什么？我们该马上回去了。

同学们，听吧！祖国在向我们召唤，四万万五千万的父老兄弟在向我们召唤，五千年的光辉在向我们召唤，我们的人民政府在向我们召唤！回去吧！让我们回去把我们的血汗洒在祖国的土地上灌溉出灿烂的花朵。我们中国要出头的，我们的民族再也不是一个被人侮辱的民族了！我们已经站起来了，回去吧赶快回去吧！祖国在迫切地等待我们！

（朱光亚等52名留美学生的签名略，摘选自《留美学生通讯》1950年第3卷第8期）